D0537739

LES ENFANTS PARFAITS

PIERRE VOYER

LES ENFANTS PARFAITS

ROMAN

Guérin littérature

©*Guérin Littérature, 1987*

166, Sainte-Catherine Est
Montréal, Québec
H2X 1K9

Dépôt légal, 4e trimestre 1987
ISBN 2-7601-1919-X

Bibliothèque nationale du Québec
Bibliothèque nationale du Canada
IMPRIMÉ AU CANADA

Parfois la nuit en forêt
Le voyageur perdu voit
Une bonne lumière et court
Le cœur rempli d'espérance
Jusqu'à la maison de l'ogre

Jean Cocteau

1
PAPA! MAMAN! OÙ ÊTES-VOUS?
(LAVAL, octobre 1987)

S'en aller où? Quand on ne sait même pas d'où l'on vient! Les pays défilaient, mais Benoît ne s'arrêtait pas. Il tournait mécaniquement les pages. Les noms des villes, des fleuves et des provinces s'emmêlaient devant ses yeux sans qu'aucun n'arrive à retenir son attention. Tout s'embrouillait. Ses yeux pleins d'eau ne pouvaient percevoir du monde qu'une image toute floue.

Les continents lui résistaient comme des nénuphars attachés au fond des pages bleues de l'atlas. Il aurait fallu tirer très fort pour en arracher un à la vase, à l'inconnu; mais myope à force de larmes, épuisé par sa peine, le pauvre Benoît ne savait pas lequel choisir.

Se cueillir un pays au hasard? Aussi bien changer de planète! Il faut trouver le sien.

Les larmes coulaient maintenant sur les pages de l'atlas, arrosaient les nénuphars revêches des océans du monde. Un seul pays suffit, quand on sait d'où l'on vient!

Qu'est-ce que sa mère allait dire? Elle n'avait rien à dire, madame Lacasse. Elle n'était même pas sa mère.

Mais l'atlas était à elle! Benoît n'emportait que ce petit vestige de quinze années passées chez des étrangers qu'il avait toujours pris pour ses parents. Il ne leur volait, après tout, que le moyen de savoir où s'en aller!

Plus ce qu'on cherche est imprécis, plus le voyage est long pour le trouver... L'Islande! Oui, l'Islande. Ça serait l'idéal! À moins que ce soit l'Irlande? Ou la Corse, Paros ou Java? Il savait seulement qu'il fallait que ce soit une île. Au fond de lui, quelque chose comme l'inconscient d'un insulaire marmonnait avec insistance: une île! L'Islande! Même s'il avait le teint plutôt foncé et les cheveux bruns, Benoît se sentait attiré par l'Islande. Un documentaire qu'il avait vu à la télévision, quelques semaines auparavant, lui avait laissé une étrange impression de déjà vu. Celui qu'on connaissait sous le nom de Benoît Lacasse avait peut-être des vrais parents à Reykjavik ou Isafjordhur. Peut-être ailleurs aussi. En Chine ou au Pérou. Partout ailleurs, sauf à Laval où étaient tous ses amis, où jusqu'à ce jour il s'était cru enraciné par les liens du sang.

D'où lui venaient donc ses pommettes plutôt saillantes et ses yeux presque en amande? Ça n'était pas typiquement québécois, mais rien non plus n'était assez marqué dans sa physionomie pour qu'on puisse l'identifier à une race plutôt qu'à une autre.

«Ils avaient un accent étranger!» Son père l'avait dit. «Celui qui a parlé!» avait ajouté madame Lacasse. À leur insu, Benoît, qu'ils croyaient sorti mais que le froid précoce avait ramené à la maison, avait tout entendu. Madame Lacasse reprochait à son mari de laisser sortir Benoît les soirs de semaine, mais d'après monsieur Lacasse, un garçon qui réussissait si bien partout, sans travailler, méritait tous les passe-droits. Il se plaisait à dire que Benoît tenait de lui, mais elle n'avait pas à le lui rappeler, il savait aussi bien qu'elle que Benoît n'était pas leur fils. Même Benoît le savait maintenant! Après avoir cherché l'atlas, il était sorti, en pleurant, pour se rendre à la course vers le seul refuge qu'il connaissait.

Les murs de la gare étaient couverts de graffiti : *Cathy love Jean-Marc, Alain love Johanne, Si vous faites le mal faites-le bien, Raise Hell, Hélène Desrosiers suce, F.L.Q., Destroyer*, etc. Une odeur d'urine chauffée rendait cet endroit presque malsain, mais dans cette petite gare de banlieue où après dix heures du soir aucun train ne s'arrêtait plus, sauf à minuit et dix l'express de Montréal, un jeune en peine pouvait pleurer en paix. La chaufferette au gaz y fonctionnait jour et nuit pour les voyageurs qui devaient attendre leur train. Ceux du matin étaient beaucoup trop endormis pour imaginer ce qui pouvait s'y passer la veille, entre dix heures et minuit. Des fois des gangs d'adolescents s'y rencontraient pour boire et fumer ; des fois des couples la transformaient en boudoir intime, et en de rares occasions, un jeune en fuite y pleurait amèrement.

C'était un soir d'octobre mais on se serait cru en février. Le froid avait retenu chez eux les plus robustes fêtards et les amants les plus enflammés. C'était une chance pour Benoît : le mauvais temps protégeait le secret de sa fuite. Il venait juste d'arrêter de pleurer quand Luc entra.

— Ben Lacasse ? ... On gèle !

La voix perchée de Luc Moreau retentit comme une cloche de fer blanc dans la petite gare surchauffée.

— Si on gèle tant que ça, dit péniblement Benoît, qu'est-ce que tu fais ici ?

— Je fais mon inspection !

L'humour de Luc était, selon son propre mot, « spécial ». Il affectait le ton glacial des pince-sans-rire britanniques, mais sa petite voix aigrelette rendait plutôt cocasse chacune de ses interventions.

11

— Tu viens lire ici? dit-il en prenant des mains de Benoît l'atlas qu'il feuilleta négligemment. À voir l'état dans lequel il avait trouvé Benoît, Luc s'était tout de suite imaginé qu'il s'agissait d'un livre triste, tellement triste que même un garçon normal, même un héros comme Benoît, devait se cacher pour le lire. Il n'avait aucune raison apparente de pleurer comme ça. Toutes les filles de l'école le poursuivaient et le bombardaient de propositions. Luc avait toujours envié la chance de celui que toute l'école appelait, sans malice, le Beau Ben.

— Je pars! dit-il.

— Pour aller où? demanda Luc avec une sincère envie de savoir où ce gars de quinze ans pouvait bien vouloir s'en aller à onze heures et demie du soir. Il ne restait que l'express de Montréal.

— En Islande, répondit Benoît avec une voix cassée par des restants de sanglots, en Islande, pour chercher mes parents.

Très intrigué par ce qu'il venait d'entendre, Luc lui remit l'atlas en fronçant les sourcils.

— En Islande? répéta-t-il doucement, avant de sombrer dans une rêverie qui le conduisit très vite au centre du monde, au cœur d'un volcan. Des courants souterrains d'eau chaude diluaient la lave. Stalactites, stalagmites et borborygmes géologiques…Luc aimait se perdre à la base des choses, en dessous du langage, où personne ne pouvait le rejoindre. Mais là, en présence d'un naufragé, il remonta vite les couches géologiques de l'Islande pour revenir servir de bouée terrestre au héros de l'école, le Beau Ben.

Ils ne se connaissaient pas beaucoup. Benoît avait entendu ce qu'on racontait sur Luc: la sœur noyée, la mère amère, la solitude de celui que madame Lussier, leur professeure de français, appelait Luc Morose; et l'intrus de la gare ne savait de Benoît que ce qu'on en disait, qu'il était un enfant parfait.

Luc avait toujours été distant et solitaire. Bébé par accident d'une famille de six, il avait toujours vécu dans une aura de profonde méditation. D'apparence maussade, il n'en était pas moins l'un des clowns de la classe. Benoît le savait capable de toujours sortir le bon mot au bon moment. Une espèce de clown blanc, à la fois docile et révolté, tranquille et exalté. Malheureusement pour lui, sa jeune sœur s'était noyée dans la rivière des Prairies, lors d'une randonnée en bateau; on n'avait pas cru bon lui mettre une ceinture de sécurité, parce qu'on ne partait que pour cinq minutes.

Il devait vivre avec le poids de cette perte. Sa mère ne s'en était jamais remise. Veuve avant l'accident, névrosée, réfugiée dans la lecture à la chaîne de romans d'amour, madame Moreau, qui vivait maintenant seule avec son bébé forcé, ne lui consacrait jamais plus de deux minutes à la fois; le temps de lui demander distraitement comment ça allait et de lui ordonner d'un ton suppliant d'aller lui acheter des cigarettes. Elle recevait ses romans par la poste et commandait tout le reste par téléphone, mais il lui arrivait de fumer tellement qu'elle épuisait ses réserves. Luc était alors son seul moyen d'en avoir un nouveau paquet avant la fermeture du dépanneur.

Elle n'aurait jamais pu survivre sans lui. Ses autres enfants, dispersés très jeunes, ne venaient en visite qu'à de très rares occasions. Luc aurait voulu mieux connaître ses neveux et ses nièces, mais sa mère ne faisait aucun effort pour entretenir les liens familiaux. Au contraire, elle se plaignait constamment d'être «pognée» avec son faux dernier. Les deux aînés étaient partis la même année que la noyade de la petite. Ça faisait déjà onze ans! Onze ans de silence servile pour Luc...qui semblait s'accommoder très bien de ce régime. Depuis qu'il était tout petit, même avant l'accident, Luc avait toujours été, pour les autres, bizarre. Il parlait aux arbres et aux oiseaux. Le vieux pin, près du ruisseau, était son confident. Les humains étaient l'espèce avec laquelle il conversait le moins souvent. Luc écoutait, rêvait...et s'immisçait soudain, presque brusquement, dans les conversations, pour placer un mot d'esprit.

Mais à la maison, il n'y avait jamais de conversation. «Comment ça va dans tes études, mon Luc?» et «va donc me chercher des cigarettes!». Ça n'était pas riche. C'était loin d'être un terrain propice à l'humour. Luc profitait de ces petites sorties pour aller fumer un joint à la gare. Il en faisait profiter les autres afin d'acheter leur affection. Il en était venu à croire qu'il aurait été chassé de la gare s'il n'avait rien eu à fumer.

Ce soir-là, Benoît devait «prendre» la gare avec Julie. Tout les gars le savaient. Les abonnés de la gare se connaissaient tous; ils étaient un petit cercle d'habitués. On s'arrangeait pour qu'il n'y ait jamais deux expériences ferroviaires en même temps. Pas de beuveries les soirs d'amour! Luc le savait très bien, mais il jouait l'innocent. Il visitait ce qu'il appelait «les lieux du crime» pour surprendre, et embêter, les chanceux qui faisaient ce qu'il aurait bien voulu faire, lui, s'il avait pu sortir de sa solitude, de son monde un peu morbide. Il préférait sombrer dans la mesquinerie. Il s'accommodait très bien du rôle de tiers, d'intrus, dont l'arrivée surprend toujours, et il savait que ce soir-là, s'il allait offrir au Beau Ben de fumer, sa présence serait tolérée pendant au moins vingt minutes. En route vers la gare, dans le froid croquant, il s'était fait une joie à l'idée qu'il allait surprendre en pleins ébats Benoît Lacasse et Julie Plouffe.

Mais Benoît était seul! Avant l'orage à la maison, il avait téléphoné à Julie pour essayer de la convaincre de le rejoindre à la gare malgré le froid.

— Y a une chaufferette au gaz qui fonctionne jour et nuit à partir du premier octobre!

— Ça sent la pisse !

Elle refusa fermement toutes ses avances. Elle avait un examen de mathématiques le lendemain matin…Elle avait même été vexée par l'insistance de Benoît. Tout le monde savait qu'il était parfait ! Il n'étudiait jamais et remportait toujours les plus grands succès.

Mais ce soir-là il était seul, et il pleurait. Luc s'assit à côté de lui ; les mots d'esprit ne montaient pas. Il venait de reconnaître la solitude immense qu'il portait en silence depuis si longtemps.

— Merci ! dit-il, je viens toujours ici pour chercher l'inspiration.

2
ADIOS INÈS !
(LA CARLOTA, novembre 1962)

À cet endroit, le courant était très fort. De nombreux affluents gavaient, au printemps, les flots gourmands du Rio Cuarto. Inès et Consuelo adoraient se promener sur la rive. Elles montaient jusqu'au promontoire magnifique d'où l'on peut voir le lac au loin. Elles apportaient des bouteilles dans lesquelles elles inséraient des messages adressés à de lointains amants, et elles les jetaient à la rivière. C'était à la fois magique et terrifiant de voir à quelle allure les bouteilles étaient emportées par le courant. Elles s'imaginaient que leurs appels se rendraient jusqu'au Rio de la Plata, qu'à Rosario ou San Nicolas de beaux jeunes hommes les liraient et s'empresseraient de venir les chercher à La Carlota.

Consuelo avait treize ans; Inès en avait quinze. Inès avait précisé dans son message qu'elle préférait un homme avec un moustache.

— Ouache!

Consuelo en avait frissonné; elle avait horreur des moustaches.

— Et pourtant tu couches avec le *señor alemano!*

Ce fut un orage surprise. Jamais Consuelo n'avait fait une pareille colère. Indignée par cette calomnie, elle saisit Inès par les épaules, se mit à la secouer violemment en répétant «menteuse! menteuse! menteuse!» et finit par la pousser dans la rivière. Inès, qui ne savait pas nager, fut tout de suite emportée par le courant. Elle criait, mais personne ne pouvait entendre d'aussi loin. En novembre, chaque année, cette rivière faisait toujours un bruit d'enfer.

Consuelo savait très bien qu'avant de pouvoir dériver jusqu'au bord, son amie risquait d'être dévorée par les pirayas. Elle ne fit rien pour la sauver. Il n'y avait plus rien à faire: le mal était fait.

Tout le monde du village disait qu'elle se prostituait avec Hertzmann, mais Consuelo continuait à le nier fermement. Inès avait été la dernière résistante, la seule à croire qu'il n'y avait entre le *Doktor* et Consuelo qu'une amitié réciproque et chaste. Mais voilà qu'à son tour elle cédait à la tentation du mensonge... Les promenades au bord de la rivière s'étaient faites plus rares. Consuelo passait tout son temps libre avec le *Doktor*. Après l'école, elle courait chez lui pour lui porter tout ce dont il avait besoin. Même pendant les vacances, elle avait à ce point négligé Inès que sa dernière amie ne put résister au courant de la calomnie.

Elle ne couchait pas avec le *Doktor* Hertzmann! Il n'y avait jamais rien eu de «sexuel» entre eux. Elle s'était attachée à lui, comme intoxiquée par ses beaux discours: elle buvait religieusement chacune des paroles de cet ivrogne-génial. Mais comment aurait-elle pu se donner physiquement à ce vieillard à la peau grise? Cette seule idée lui donnait des frissons.

Et tant pis pour Inès! Elle n'avait qu'à la respecter. Sa jalousie lui avait mérité son châtiment... Consuelo raconta au village qu'Inès était tombée en voulant prendre une branche fleurie d'un arbre penché au-dessus de la falaise. Elle ajouta qu'elle avait vu les pirayas la dévorer en quelques secondes. Elle raconta si bien la scène et versa tant de larmes que tout le monde y crut.

Elle évita cependant de raconter cette aventure au *Doktor*. Il lisait si bien en elle qu'il aurait tout de suite détecté son mensonge. Elle n'avait pas vraiment voulu tuer Inès, mais sa colère l'avait complètement aveuglée. Il fallait maintenant qu'elle vive avec le fardeau de son secret. Elle se disait qu'avec le temps le souvenir d'Inès lui pèserait moins. Au fond, elle avait aimé Inès. Elle se demandait pourquoi la vie avait voulu que sa seule amie soit emportée par le courant dément de la méchanceté des humains.

Le *Doktor* Hertzmann, lui, pendant que la guerre déchirait l'Europe, n'avait rien vu des meurtres innombrables commis par ses compatriotes; il était absorbé par ses recherches. C'était un homme doué et doux; sa science n'avait d'égale que sa gentillesse. Comment aurait-il pu supporter le crime de Consuelo? Un crime infecté par le secret.

Sur le coup, elle n'avait même pas eu peur; elle n'avait rien senti. Ce qui maintenant lui faisait peur, c'était l'éventualité d'une nouvelle chute dans ce vide, cette absence totale de contrôle, cet esclavage soudain de l'irrationnel. Une chute, un remous, le nid d'un monstre au fond du cœur.

3
UNE VISITE ÉCLAIR
(TIAN ZI, juillet 1980)

Malgré le concert affolant des cris des singes, Sun Ji entendit venir de très loin, à travers la jungle symphonique, le bateau de Xiang Men. Le moteur faisait un tel bruit qu'on aurait entendu venir le Chinois d'aussi loin que Chantaburi. Enfin, presque. On taquinait toujours Xiang Men à ce propos. Sun Ji lui disait : « On t'entend venir de Chine... » et son représentant souriait tout bonnement, sans trop comprendre, fier de servir une cause à laquelle il croyait, tout en gagnant très bien sa vie. Il faisait plus d'argent avec Sun Ji qu'il n'en avait jamais fait en vendant du riz au marché flottant de Bangkok. Ses petits voyages dans les camps établis aux frontières du Cambodge et du Laos avaient mille fois payé son rafiot hoquetant ; il aurait pu depuis longtemps se payer un beau bateau tout neuf, mais Sun Ji le lui interdisait formellement. Il ne fallait surtout pas attirer l'attention de la garde côtière. Le camp de Tian Zi devait rester libre d'entraves politiques et de complications gouvernementales.

Quand il tournait le dernier coude de la rivière, il sortait toujours de sa cabine et se plantait à la proue du *Tian Zi Messenger*, comme un bibelot de porcelaine, à la fois fragile et ferme. Sun Ji lui disait : « Tu passes partout, comme une souris ! » et cette phrase anodine avait toujours pour effet immédiat de déclencher le fou rire de Phong, la petite Vietnamienne qu'avait choisie le chef pour son service personnel.

Cigare au bec, Sun Ji sortit du pavillon central et s'avança sur le quai à la rencontre de son agent commercial. Avant même que le bateau ait été amarré, il interpella vivement le Chinois :

— Qu'est-ce qui se passe, Xiang Men ? J'ai seize enfants qui sont prêts à partir depuis huit jours !

Xiang Men, surpris de ne pas d'abord se faire dire qu'on l'entendait venir de Chantaburi ou de Chine, fit les yeux ronds (autant que faire se peut quand on a les yeux aussi bridés que ce vieux rat musqué).

— Je sais, je sais, chef, marmonna-t-il, les parents ne viennent plus ! Il faudrait y aller !

— Y aller ? En Amérique ? Mais tu es fou ! Il faut s'arranger pour qu'il continue à venir !

Une trentaine d'enfants étaient déjà sur le quai. Phong leur expliquait, dans leur langue maternelle, qu'ils allaient être lavés et soignés, qu'on prendrait soin d'eux. La majorité d'entre eux n'avait que deux ou trois ans, mais ils étaient déjà plus ou moins autonomes, forcés par la guerre à devenir très tôt des individus responsables. Les quelques bébés que Xiang Men avait pu acheter étaient pris en charge par les plus vieux du convoi, ceux qui avaient cinq ou six ans. Et tous ces jeunes voyageurs avaient l'air heureux. Était-ce d'enfin débarquer du *Tian Zi Messenger* ? Ou simplement la joie de trouver quelqu'un qui prendrait soin d'eux ?

Pendant que les enfants se remplumaient, Sun Ji préparait les contrats. Il imitait à la perfection le sceau thaïlandais et la signature des avocats. À Bangkok ou Singapour, les acheteurs n'y voyaient que du feu… jusqu'à ce que tout se gâte. Les clients ne venaient plus!

Sun Ji avait été le premier à mettre sur pied un marché d'enfants parallèle. Les organismes officiels étaient très intéressés à répondre aux demandes de couples occidentaux, stériles ou trop pressés pour faire des enfants, mais ils n'avaient à leur offrir que des orphelins thaïlandais. Sun Ji avait compris qu'il pouvait en même temps satisfaire cette demande et soulager les camps de réfugiés débordés par des arrivages quotidiens.

— Mais les gouvernements eux-mêmes ont trop d'enfants sur les bras! lui dit Xiang Men, ils ne peuvent pas tout écouler, d'autant plus qu'ils perdent de plus en plus de clients. Ils reçoivent les demandes, mais quand vient le temps de livrer la marchandise, les parents ne se présentent pas. Ils ne viennent plus jusqu'à Bangkok ou Singapour.

— Il se passe quelque chose! dit Sun Ji en mâchouillant nerveusement son cigare. Il se passe quelque chose!

— Bien sûr qu'il se passe quelque chose, reprit Xiang Men. Un de nos compétiteurs a compris qu'il fallait faire la livraison. Plus loin que Bangkok, à San Francisco, à Vancouver ou à New York, à domicile.

— Pauvre petite souris! lui dit doucement Sun Ji, il va falloir apprendre à nager!

— Ils doivent intercepter les demandes! Ils nous volent nos clients!

— Il faut les prendre au piège, dit Sun Ji. Non seulement nous devrons trouver de nouveaux clients, mais nous devrons aussi en sacrifier quelques-uns pour piéger ces escrocs. Quand nous les aurons identifiés… je penserai à quelque chose pour les éliminer!…En attendant, tu vas partir pour l'Amérique!

— Mais les camps?

— Laisse faire les camps! Il faut aller au front!

Après qu'ils eurent, en vitesse, réglé les détails de cette nouvelle mission, le *Tian Zi Messenger* repartit vers la mer. Sun Ji le regarda s'engouffrer dans la jungle. Le tonnerre du moteur gronda de moins en moins fort. Dans une demi-heure Xiang Men serait sur la mer. Le chef rentra.

— Où en étions-nous, Phong? demanda-t-il à sa petite poupée vietnamienne.

— Je vous lisais l'article du *Bangkok Post* sur l'enlèvement d'une actrice japonaise.

— Continue! Après, si tu veux, nous irons dire bonsoir aux enfants.

Il s'assit dans un vieux fauteuil tout éventré, ralluma son cigare et fit un geste paresseux indiquant à Phong qu'elle pouvait s'asseoir à ses pieds pour lui faire la lecture.

« Le directeur du théâtre a affirmé aux journalistes que les loges étaient très sécuritaires. « Je ne sais pas, dit-il, comment les ravisseurs ont pu entrer par cette porte; elle n'a même pas de poignée à l'extérieur. » Personne ne connaît pour l'instant les motifs du crime. Le public japonais était déjà très attaché à cette artiste, la première femme à jouer des rôles de *tayu* au *kabuki*. Elle était devenue en quelques mois la coqueluche de la presse japonaise, d'autant plus qu'elle devait épouser en octobre le célèbre acteur Nakamura Iwai du *Kabuki-za* de Tokyo. La famille de mademoiselle Sakade s'est dite prête à offrir une somme considérable aux ravisseurs, s'ils libéraient Yasuko dans les plus brefs délais. Monsieur Utagawa Toyokuni... »

Phong éclata de rire. La langue lui avait fourché en essayant de prononcer correctement le nom de ce directeur de théâtre... Sun Ji n'écoutait pas. Il avait l'air soucieux et regardait par la fenêtre. D'une minute à l'autre, un gros soleil rouge allait tomber dans le golfe du Siam.

4
PRÉPAREZ LE TERRAIN
(LAVAL, juin 1972)

Alice en était là! Maintenant elle pleurait chaque fois qu'elle voyait des enfants. Surtout au restaurant, dès qu'elle voyait une famille ou même un seul enfant avec un seul parent, l'émotion l'étreignait. Elle ne pouvait pas s'empêcher de pleurer. Le jeudi soir son travail la retenait à Montréal jusqu'à neuf heures. Comme elles n'étaient que deux à la boutique, elles devaient manger à tour de rôle. Alice mangeait à cinq heures: c'est le moment de la journée où l'on voit le plus d'enfants dans les restaurants... Elle s'empressait de boire du vin, pour excuser ses yeux vitreux.

Toute sa vie elle en avait voulu un, mais incapable d'en avoir elle-même avec son homme, elle refusait de faire appel au service d'adoption. Quand André le lui avait proposé, après le verdict définitif de son médecin, elle y était restée froidement réfractaire, mais avec le temps, parce qu'il avait promis de garder ce projet secret, et grâce à sa persistance, André l'avait finalement entraînée corps et âme dans une quête frénétique.

Ils avaient fait toutes les démarches nécessaires, rempli tous les formulaires, attendu, attendu jusqu'à ce qu'il finisse par obtenir une adresse à Bangkok où ils pourraient « acheter » un enfant sans difficulté. Les questions légales devaient être réglées là-bas. Ils savaient que ça leur coûterait très cher, d'autant plus que pour satisfaire Alice, ils devraient rester en Asie assez longtemps pour qu'on croie, ici, qu'elle avait grossi normalement et qu'elle avait accouché en Thaïlande. André était prêt à faire tous les sacrifices nécessaires. Pour couvrir le véritable motif de leur voyage, Alice parlait déjà de la fascination qu'opérait sur elle l'Asie du Sud-Est. Elle racontait qu'elle avait vu un film qui l'avait bouleversée... qu'elle tenait à vivre là-bas quelque temps.

L'enfant était devenu leur seule raison d'être. En effet, après quatre ans de vie commune, l'adoption d'un enfant, même secrète, leur apparaissait comme la seule solution, la seule nouveauté capable de cimenter leur union.

André trouvait la maison vide et il savait très bien que s'il n'adoptait pas un petit au plus vite, Alice allait devenir complètement névrosée. Ça serait l'enfer! Il fallait qu'un enfant vienne insuffler la vie à cette maison toute prête pour lui. André avait même déjà construit une clôture, pour que l'enfant ne puisse pas descendre au bord de l'eau. Sa chambre était prête. Chaque matin, Alice y faisait le ménage avant de partir pour Montréal. Sa patronne était avertie, Alice quitterait la boutique dès qu'elle serait enceinte. Le salaire d'André suffirait à faire vivre la petite famille Lacasse. Ils rêvaient et rêvaient. Les semaines passaient.

Elle pleurait trop souvent. C'était insupportable! Ils ne pouvaient plus sortir... Et ils n'avaient encore que la moitié de la somme! Un calvaire à l'envers où l'enfant-dieu est attendu avec fébrilité!

Ce soir-là, quand on a frappé à la porte, Alice venait encore d'éclater en sanglots en voyant, à la télévision, un commercial de fromage interprété par des enfants. André est allé ouvrir. L'homme était très poli. Il est entré, s'est assis, et s'est mis à leur parler comme s'il les avait toujours fréquentés. Il était au courant de toutes leurs démarches auprès du Centre des services sociaux. Il savait même qu'ils devaient aller à Bangkok dès que leurs finances leur permettrait de partir.

Il venait de leur offrir une solution-miracle. Pour cinq mille dollards tout de suite et dix mille plus tard, un enfant parfait leur serait livré à domicile. Ils avaient le choix du sexe, mais pas de la race... parce que les enfants qu'il offrait n'avaient pas de race.

— Ce sont des *Perlekinder*! dit-il fièrement.

Alice était perplexe; elle guettait les réactions d'André. L'étranger leur tendit un album. Ils regardèrent des photos de spécimens disponibles. Une petite fille, plutôt blonde, retint leur attention... Puis à force de revenir sur chacune des photos, ils finirent par s'arrêter à celle d'un garçon. De tous les enfants qu'on leur proposait, c'était le seul qui puisse à la rigueur leur ressembler. Il était difficile de dire s'il était Péruvien... ou Pakistanais... Sous la photo, la vignette ne donnait qu'un numéro: VG 9 7 S6H4.

— Qu'est-ce que cela veut dire? demanda Alice.

— *Versicherter Geschlechtverkehr*! Ils ont tous été soumis à un contrôle génétique. 9, c'est le numéro de couple des parents, et 7, c'est lui! Il faudra que vous lui donniez vous-mêmes un nom!

— C'est un Allemand? demanda André, très intrigué par toute l'affaire.

— Non! dit l'étranger, les *Perlekinder* n'ont pas de race! Ils sont parfaits! La dernière partie du numéro,

S6H4, c'est une formule génétique… C'est beaucoup trop savant pour ma petite cervelle!… Ce qui est important, c'est que vous économisez le voyage et puis nous garantissons le produit. Si vous le désirez, je peux vous faire parvenir une copie de son dossier médical.

Alice était révoltée d'entendre cette espèce de commis-voyageur traiter les enfants comme une marchandise. D'un autre côté, l'idée qu'elle aurait un enfant la propulsait dans une béatitude anticipée qui n'avait pas d'égale. Elle se mit à pleurer.

André l'excusa auprès de l'étranger.

— Je comprends son émotion, dit très habilement le représentant. Ce n'est pas tous les jours qu'on peut vivre un miracle!

Alice et André se regardaient sans rien dire. Leur désir ardent d'un tiers avait attiré chez eux ce commis-voyageur qui, contrairement aux autres, n'avait pas eu besoin de leur tordre le bras pour leur vendre son produit.

Mais le père d'Alice restait un obstacle majeur… à moins qu'ils ne partent en voyage pendant plusieurs mois et qu'ils n'aillent chercher l'enfant sur place.

— J'ai bien peur que ce ne soit impossible! dit l'homme en refermant l'album. L'emplacement de *Verlorelei* doit rester secret!… Si vous voulez voyager, vous pourriez peut-être en prendre livraison à Amsterdam. Je vais me renseigner. Si c'est possible, je vous le ferai savoir par le courrier.

— Après tout, dit André, on fait bien un voyage de noces. Pourquoi est-ce qu'on ne ferait pas un voyage pour l'arrivée d'un bébé?

Alice ne pleurait plus. Elle souriait largement. L'étranger repartit, conscient de laisser derrière lui un rayon de soleil qui ne s'éteindrait pas de sitôt.

5
SEÑÕR ALEMANO, NE ME LAISSEZ PAS TOUTE SEULE !
(LA CARLOTA, février 1966)

Consuelo n'avait pas encore parlé. Au contraire, elle entretenait jalousement le culte du secret. Elle était la seule à avoir vu la photo du château et le *Doktor* Hertzmann n'aurait jamais toléré qu'elle raconte aux autres fillettes ou à sa famille ce qu'elle voyait et entendait chez lui ! Il aurait pu la tuer. Elle le savait et se taisait. Les rares bribes d'information qu'il lâchait, quand il prenait un verre de trop, scellaient chaque fois davantage l'étrange amitié entre cet exilé sexagénaire et cette enfant curieuse. Ce qu'elle savait sur le passé du *Doktor* était resté, jusqu'à ce jour, entre les quatre murs de cette hutte et le secret était densément gardé par la forêt du Rio Cuarto.

Consuelo allait et venait entre la hutte et son village ; elle apportait des fruits, du vin, rapportait du linge à laver. Sa famille savait très bien qu'elle voyait quotidiennement le *señor alemano* ; ils la forçaient même à le faire, pour de l'argent. Au début, elle était terrifiée par ce vieux bonhomme aux cheveux hirsutes ; elle faisait, par la forêt, tous les détours possibles pour retarder le moment où elle devrait rentrer chez lui. Mais après quelques semaines, elle s'était rendu compte que l'ogre avait un cœur, un grand cœur. Ses visites quotidiennes étaient vite devenues un plaisir indispensable.

Elle partait plus tôt et revenait plus tard. Ses parents, qui avaient bien d'autres *niños* à fouetter, ne se souciaient guère de ces fréquentations inusitées, pourvu que la petite leur rapporte toujours sa paye. Ils avaient confiance en elle, et le *señor alemano* avait toujours été très poli avec eux. Ils avaient même eu l'impression que ces fréquentations avec le *Doktor* avaient aidé Consuelo à se remettre du traumatisme causé par la noyade tragique de sa petite amie. Ils ne savaient pas plus que le *señor alemano* la vérité au sujet de la mort d'Inès. Le secret de Consuelo était maintenant couvert par tous ceux qu'elle partageait avec le *Doktor*; il serait invisible à jamais, même s'il donnait parfois, comme un bébé, des coups de pied dans son ventre.

Dans la hutte, un ordre nouveau s'était gentiment installé. Comme elle était la seule étrangère dans son antre, le *Doktor*, d'abord amer et bougonneux, s'était lentement pris d'affection pour cette enfant rieuse qui bondissait partout, lavait, frottait, servait en chantant.

Consuelo n'avait plus peur du tout. Le *Doktor* la fascinait. Elle n'avait jamais connu tant de classe et tant d'érudition; elle ne vivait plus que pour lui.

Douze ans s'étaient écoulés depuis la première visite de Consuelo. Le *Doktor* avait espéré qu'elle s'arrondisse un peu en grandissant, mais bien qu'elle soit devenue une jeune femme, elle n'avait presque pas grandi, et elle était restée aussi maigre que la fillette qu'il avait connu jadis. Consuelo avait une beauté de condor, tendue, agile et dure. Malgré lui, le *Doktor*, qui n'avait toujours aimé que des boulottes blondes, s'était attaché à cette petite corneille sauvage qu'il appelait «ma fille adoptive dans la science».

Elle était maintenant l'âme de la hutte. Pour le *Doktor*, cette fée de la forêt était devenue le seul espoir de mener à terme sa véritable mission, l'œuvre à laquelle il avait consacré sa vie, envers et contre tous, en dépit des obstacles et des pièges de l'histoire, en secret plus souvent qu'au grand jour. Sa collaboration avec la *Wehrmacht* avait gâché sa carrière. Bien sûr, il avait eu l'occasion de faire des expériences extrêmement enrichissantes : grâce à lui, de 1933 à 1944, la génétique avait fait un pas de géant ; mais à la défaite, il avait dû fuir et abandonner ses travaux, sa clinique et ses associés.

Diplômé de l'Université de Münster, il avait été le plus jeune spécialiste en génétique du Troisième Reich. Malgré son âge, les autorités lui avaient confié une recherche très importante : découvrir les éventuelles faiblesses de la race aryenne. On chercherait ensuite à les éliminer progressivement, dans un processus général d'affermissement du type aryen qu'on produisait au *Lebensborn*.

Le jeune Hertzmann était brillant, mais il était surtout curieux. Ses recherches et ses expériences personnelles l'avaient amené à la conclusion que seul un mélange subtil des races pouvait produire un type humain vraiment supérieur. Personne n'avait voulu l'entendre ; on l'avait même menacé de lui retirer sa pratique s'il ne revenait pas dans le droit chemin, dans cette voie, tracée par ceux qui cherchaient à prouver ce dont personne n'osait douter.

Il aurait préféré que la guerre ne finisse pas, pour continuer les recherches secrètes qu'il menait parallèlement à celles auxquelles il faisait semblant de se consacrer pour le Reich, mais il savait très bien que la défaite avait été sa planche de salut. Le général Himmler avait eu vent de ses absences répétées à la clinique de Minden. Hertzmann avait été chanceux que tout s'arrête là.

C'était déjà bien loin, dans un autre continent, mais pour Consuelo, la survivance de cette histoire constituait le cœur même de sa relation avec le *Doktor*. Elle en savait maintenant assez pour le suivre dans son délire. Quand le vin emportait le vieux, Consuelo s'assoyait près de lui et notait tout, très sérieusement ; elle savait très bien qu'à présent elle était devenue la seule héritière du secret de *Verlorelei*.

— Consuelita ! Va me chercher la boîte !

Le *Doktor* n'en était pourtant qu'à son quatrième verre de vin. Quelque chose d'important allait se passer. Consuelo le sentait. Cette boîte contenait les souvenirs sacrés du *Doktor* ; elle ne devait la manipuiler qu'avec un soin religieux. C'était de cette boîte même que le *Doktor* avait un jour sorti la photo du château. Il ne restait que de faibles traces de la peinture qui avait dû, un jour, décorer cette boîte de fer blanc. On pouvait encore lire CKE sur un des îlots bleus épargnés par le temps.

Elle la lui tendit. Lentement, il y plongea ses mains sèches et en sortit un papier jauni, une feuille pliée en quatre. Il l'ouvrit : c'était une carte dessinée à la main.

— Tu vas mémoriser cette carte, dit-il. Il faut que tu retiennes le moindre détail. Ici, regarde Osnabrück, la route vers Tecklenburg, celle de Lengerich. Le long du cimetière, il y a une petite route de terre. Tu vas jusqu'au fond. Tu entres dans la forêt du Teutoburg. Tu vas voir un ruisseau, des rapides qui conduisent à une petite chute. C'est là, derrière les grands sapins. Tu ne peux pas manquer l'allée... *Verlorelei* ! Nous n'étions que six à connaître l'existence de cette maison. Les cinq autres sont morts, du moins je le pense.

— C'est le château de la photo ?

— Oui, c'est là que j'ai fait toutes mes recherches importantes !... Tu vas partir, Consuelo. Tu es assez grande maintenant pour prendre ma place. J'ai t'ai tout dit ce que je savais. Tu sais maintenant ce qu'il faut faire pour mener à terme ma mission, notre mission. Il y a là toute la place qu'il faut pour fabriquer des *Perlekinder*!

— Je n'aime pas ça quand vous dites «fabriquer»!

— Tu t'habitueras! Tu verras!

— Mais *Herr Doktor*, reprit-elle en s'éveillant tout à coup, je ne peux pas vous laisser tout seul ici!

Hertzmann regardait par la petite fenêtre qu'encombrait le feuillage des *quebrachos*. Sans les soins de Consuelo, les plantes auraient envahi la hutte minuscule, la forêt l'aurait ligoté sur place. Sans elle, le pauvre *Doktor* serait mort de faim. Par la fenêtre, il voyait vert, et derrière ce rideau toujours fermé de la forêt qui l'isolait de La Carlota, il écouta rire, encore une fois, les perroquets cruels de son exil.

— Je vais aller dans les montagnes de Córdoba, marcher, monter, monter jusqu'à ce que je tombe et meure... Je ne peux plus vivre, Consuelita. Je ne peux plus vivre avec cette boule de plomb. Mon passé avorté me tue de plus en plus.

S'il avait pu détourner ses yeux du carré vert, Hertzmann aurait vu Consuelo plus belle que jamais. Elle était très émue, ne parlait plus et secouait la tête pour dire: «Non! Non!» Doucement comme un cri de coton.

Cet homme avait dû passer trente ans de sa vie caché, parce qu'un jour, associé à des militaires avides de consolider le pouvoir de la race à laquelle ils appartenaient, il s'était servi de ses recherches officielles comme d'un paravent pour cacher ses expériences secrètes. Aurait-il dû sortir d'Allemagne avant la guerre? Les autres pays, qui s'intéressaient alors beaucoup moins à la génétique, ne lui auraient probablement pas fourni d'aussi bonnes conditions de travail. Il fit donc semblant d'essayer de prouver la supériorité de la race aryenne, pour se permettre, ailleurs, de pulvériser cette preuve par des expériences beaucoup plus concluantes que celles qu'il faisait à Minden.

Quand le monde entier se retourna contre ces vautours sanguinaires, Hertzmann dut fuir, comme les autres, même s'il ne s'était jamais vraiment intéressé à la chose militaire. Pendant la guerre, il ne vit rien des victoires de la *Wehrmacht*. Seules ses recherches, dans le manoir caché de *Verlorelei*, avaient de l'intérêt pour lui, et tout son temps était absorbé par elles... Les communiqués officiels s'entassaient sur une table, dans son bureau de Minden, sans que jamais le *Doktor* Hertzmann n'en lise aucun. Par ailleurs, il lisait toujours attentivement le moindre rapport qui sortait d'un des deux laboratoires dont il avait la responsabilité. Tout pour la science et rien pour l'armée. Il ne vit rien non plus des atrocités du génocide. Les seuls Juifs qu'il connut furent les quelques spécimens qu'on lui permit de garder, de nourrir et de soigner, pour les soumettre à ses expériences de Minden, et ceux qu'il cacha à *Verlorelei*, pour les soumettre à ses expériences d'osmose génétique.

Cet homme assis, perdu dans ses rêves, Consuelo l'aimait plus que tout au monde. Et même si elle devait en souffrir, elle savait qu'elle devait lui obéir. Elle prit la carte et en examina les détails.

Quand le *Doktor* sortit de sa torpeur silencieuse, il se leva, reprit la carte des mains de Consuelo, et se dirigea vers le poêle... C'était un de ces petits poêles carrés avec une ouverture sur le dessus, dont se servent dans leurs cabanes les bûcherons argentins. Il alluma le feu, y mit la boîte, la carte et les autres documents. Il garda cependant, pincée entre le pouce et l'index de sa main gauche, juste au-dessus du feu, la photo de *Verlorelei*. Consuelo tremblait, comme faite elle-même de papier.

Devait-elle crier, pleurer, ou fuir en vitesse vers La Carlota? Quand les flammes eurent bien léché les flancs de la boîte et que les documents prirent feu, le *Doktor* échappa la photo.

6
LA RECHUTE
(LAVAL, avril 1971)

Marie ne voulait pas d'Asiatique. Elle aurait accepté une Sud-Américaine, à la rigueur, à condition qu'elle n'ait pas, comme les Indiens des Andes, les yeux bridés et les pommettes saillantes. Mais sa préférence allait à la petite poupée blonde aux yeux bleus, le genre princesse.

Ils avaient obtenu l'adresse du marchand d'enfants de Bangkok, mais à cause des caprices de Marie qui levait le nez sur les Orientaux, Yves avait dû patienter jusqu'à ce qu'ils aient la visite d'un vendeur ambulant. Grâce au travail d'un espion, il obtenait les noms des demandeurs inscrits au service d'adoption. Tous ceux dont le nom figurait sur ces listes officiellement confidentielles recevaient la visite d'un de ces représentants plutôt laconiques dont la marchandise devait être livrée quelques semaines plus tard. Yves et Marie avaient accepté les conditions du voyageur.

Yves, qui n'avait pas cessé depuis quelques mois de prévenir Marie qu'au moment d'adopter l'enfant elle ne pourrait probablement pas voir exaucer tous ses désirs, qu'elle aurait à fléchir, fut très étonné de découvrir qu'avec ce fournisseur ils avaient le choix.

Marie feuilleta en vitesse l'album que lui tendit le représentant. Elle s'arrêta net sur la photo d'une petite blonde aux yeux bleus, la peau ambrée et les lèvres très épaisses. Elle ne ressemblait pas tout à fait à l'impératrice Sissi, du moins pas autant que Marie l'aurait voulu, mais elle était très mignonne et les garanties offertes par cet agent n'étaient pas à dédaigner.

Dans les semaines précédant l'arrivée de Léa, les nerfs de la pauvre Marie étaient tendus comme les cordes d'un stradivarius piégé; on aurait dit qu'une bombe, logée dans son ventre à la place de l'enfant qu'elle n'avait pu concevoir, s'apprêtait à sauter à tout moment; on aurait cru entendre le tic-tac à travers sa complainte languissante.

— Qu'est-ce que t'as? lui disait Yves. Tu n'es pas contente? On va avoir un bébé! C'est ce qu'on veut depuis le début!

— J'ai peur!

Elle circulait dans la maison comme une somnambule; elle chantait des berceuses, d'une manière troublante, avec une voix chargée d'angoisse qui aurait réveillé n'importe quel bébé en santé.

Depuis la visite de l'inconnu, Yves et Marie n'avaient plus fait l'amour. Elle vivait cette attente avec encore plus de repli et de complaisance que s'il s'était agi d'une grossesse. Yves essayait de la séduire; il avait pour elle toutes sortes d'attentions; il voulait la distraire, la détourner de cette chasteté, consacrée à l'enfant à venir, dont il ne comprenait pas l'utilité. Mais elle restait enfermée dans sa tour imprenable, dans ce ventre imaginaire dont elle savourait la solitude. Elle refusait d'être épouse pour devenir une meilleure mère!

Yves en avait assez! Elle chantait tout le temps, tournait dans la maison comme une âme en peine... et ratait tous les plats qu'elle préparait. Quand l'enfant arriva, Marie sauta dessus; elle le prit tout de suite des bras de la jeune femme qui le portait. Celle qui devait bientôt s'appeler Léa se mit à crier, à protester contre ce changement de mains trop brusque. L'étrangère voulut la reprendre pour la calmer.

— Elle n'a presque pas pleuré de tout le voyage, dit-elle en souriant.

Mais Marie refusa de la laisser. Elle s'enferma dans la chambre avec la petite et se mit à chanter. Elle était heureuse; l'angoisse semblait avoir disparu de sa voix. Après quelques couplets, la petite s'endormit. Mais Marie resta longtemps à chanter, l'une après l'autre, toutes les berceuses qu'elle avait à son répertoire.

Pendant ce temps, dans le salon, Yves offrit un verre à la jeune femme. Elle était blonde aussi, les lèvres charnues. Il ne put s'empêcher de lui demander si elle était la mère de la petite.

— Non! Non! J'ai été engagée pour l'accompagner chez vous.

Elle avait un drôle d'accent: elle chuintait et diphtonguait toutes les voyelles. Elle portait un collant jaune, une mini-jupe orange et un débardeur vert lime de la même couleur que ses souliers à talon aiguille. Elle était lourdement maquillée, mais un large sourire authentique enlevait à son visage toute trace de vulgarité: elle s'appelait Liza.

En la voyant s'asseoir pour boire le Martini qu'il venait de lui servir, Yves sentit son corps s'enflammer, son sexe, déjà prêt à bondir, poussait vivement son pantalon. Elle avait croisé la jambe avec une telle nonchalance et posé si mollement ses lèvres sur le verre qu'Yves la désira tout de suite, follement, sans condition.

Liza connaissait le tabac. Elle remontait du bout des doigts son collant jaune, puis se frottait lentement les cuisses pour lisser le tissu. Elle était fatiguée, mais malgré ses traits légèrement tirés, elle n'avait rien perdu de son charme.

— Je vois que la petite était entre bonnes mains, dit Yves en s'assoyant près d'elle.

— Oui. J'aime les bébés! C'est pour cela que je travaille pour eux.. même si...

Liza voulait parler. Elle avait quelque chose à raconter, mais Yves ne lui en laisserait pas la chance. Ventre affamé n'a pas d'oreilles! Homme en chaleur n'a pas de pudeur!

— Ma femme me dit toujours que les hommes sont des bébés. Vous pourriez prendre soin de moi?

Liza avait compris qu'il fallait d'abord assouvir la bête avant d'entreprendre quelque négociation que ce soit.

— Et madame Desjardins?

— Elle est aveuglée par le bébé! Vous pouvez prendre soin de moi!

— Je pourrais prendre soin de ça sans problème, dit-elle en saisissant fermement le sexe impatient. Yves eut mal; il sursauta, mais elle ne retira pas sa main, au contraire, elle se mit à masser en pressant la paume. Yves eut un petit gémissement, puis il sauta à pleine bouche sur le corps de Liza.

Dans la chambre, Marie chantait toujours. Elle en était au rosier blanc. Ils avaient le temps. C'était risqué, mais Yves ne pouvait pas tenir plus longtemps. Il joua le tout pour le tout.

Ils firent l'amour sauvagement... mais silencieusement. Des jambes en l'air, des baisers fous, mais pas de cris. Parfois un petit gémissement leur échappait. Ils s'arrêtaient. Ils écoutaient. Marie chantait toujours. Ils repartaient frénétiquement. Au moment de jouir, Yves mordit dans un coussin pour étouffer le cri. Liza contrôlait parfaitement son corps ; elle respirait profondément, sans bruit, et souriait, rose de plaisir.

Quand Marie revint au salon, Yves venait de remettre à la jeune étrangère l'enveloppe qui contenait le dernier versement de la somme totale exigée pour le bébé. Sans se douter une seconde de ce qui venait de se passer, elle s'avança vers les deux autres avec le sourire absent d'une mère qui vient d'allaiter.

— Quel âge a-t-elle ? demanda-t-elle à Liza.

— Neuf mois. Elle en avait quatre sur la photo de l'album !

— Elle s'est endormie, reprit Marie en se caressant les épaules.

— Je veux la voir dormir, dit Yves, les lèvres encore rouges et chaudes, après tout c'est ma fille à moi aussi !

Liza éclata d'un rire franc et sonore. Marie, déjà portée à se culpabiliser parce qu'elle n'était pas la vraie mère, se contenta d'esquisser un sourire maladroit.

7
BANALITÉ DE LA PERFECTION
(LAVAL, décembre 1982)

Il ne lui manquait plus que le cadeau pour son père. Elle avait trouvé une broche superbe pour sa mère, mais pour lui c'était toujours plus difficile. Il était d'une austérité tellement imperturbable qu'aucune gâterie de la vie moderne n'arrivait à le dérider. Il y avait bien les livres, mais Alice en avait assez de toujours lui offrir des livres! Le père d'André était plus facile à combler: le moindre gadget annoncé à la télévision le plongeait dans la béatitude!

Elle allait sans but parmi la foule considérable, au hasard des boutiques. Elle attendait l'inspiration... mais rien dans cet immense centre d'achats lavallois ne semblait convenir à son père.

Pour Benoît, c'était différent! Elle avait des jeux vidéo, un rouli-roulant tout rutilant, des vêtements de sport, des disques et des bandes dessinées... Elle ne manquait jamais d'idées! Dès qu'il manifestait le moindre intérêt pour quelque chose, dès qu'il exprimait un désir, Alice en prenait note! Elle maquillait encore, après dix ans, autant par le flot de ses achats que par les soins excessifs qu'elle prodiguait à son « fils », le malaise profond qui lui venait de son mensonge. Elle était prise de vertige dès qu'elle se croyait découverte! Benoît lui ressemblait-il encore assez pour qu'on puisse croire qu'il était vraiment son fils? Plus il grandissait, plus ses traits trahissaient l'exotisme de ses origines. André était blond, large et poilu, le type parfait du Lavallois de vieille souche. Sa famille avait cultivé des concombres pendant douze générations avant que son père finisse par vendre la terre à un entrepreneur qui y a depuis construit une centaine de duplex horriblement semblables les uns aux autres.

Benoît n'avait finalement pas de points communs avec André. Il n'en avait pas plus avec Alice. C'est ce qui l'inquiétait... Elle avait peur qu'on s'en rende compte, qu'on se mette à faire des comparaisons, qu'on découvre son secret. Pourquoi Benoît était-il si différent de ses parents? D'où tenait-il son intelligence éblouissante et sa beauté sauvage? Avait-il vraiment dix ans? Il paraissait plus vieux. D'où venait-il? Qui était-il? Pouvait-on voir qu'elle n'était pas sa mère?

Quand elle marchait dans la foule, elle avait l'impression de mettre à l'épreuve son système de défense, de vérifier chaque fois l'efficacité de son masque. Elle était soulagée de voir que tous ces gens couraient à gauche et à droite, chacun son tracé, sans jamais se heurter, sans s'arrêter pour la pointer du doigt... Tous ces commis pressés, synchronisés comme les petits monstres voraces des jeux vidéo... Personne d'autre qu'elle ne semblait se poser ces questions. Elle était enchaînée à son silence. Elle savait qu'avec André sa vie de couple vacillait, mais il lui était impossible d'imaginer une séparation ou un divorce. Après sept ans d'efforts infructueux, elle avait appris qu'elle était stérile, et Mademoiselle Juneau du CSS où ils avait secrètement fait une demande d'adoption lui avait dit, avant même de soumettre leur demande à l'examen du Secrétariat à l'adoption internationale, qu'ils devraient attendre encore cinq ou six ans avant de pouvoir obtenir un enfant... La visite de l'agent étranger tenait du miracle!... Ils avaient pu aller chercher Benoît tout de suite. Pendant les premières années, la passion réciproque de ces nouveaux parents avait été alimentée par l'attente commune, mais avec le temps leur amour n'avait plus gardé sa vigueur d'antan. La maison familiale dont ils avaient tant rêvé avant l'arrivée de Benoît était devenue le lieu d'une confrontation silencieuse.

Alice n'était plus malheureuse de ne plus travailler à la boutique. Au contraire! Elle ne manquait pas d'ouvrage à la maison! Pour son plus grand soulagement elle n'avait plus à affronter deux fois par jour l'enfer de la circulation montréalaise. Elle restait à Laval, dans ce nid familial qu'elle avait tellement désiré et qu'elle entretenait maintenant avec autant de précautions que s'il s'était agi d'une plante rare et fragile.

André faisait de bonnes affaires à Fabreville : la location de camions s'était avérée un excellent choix. Alice n'avait pas eu raison de le critiquer et de s'opposer à son projet. Bien sûr, elle aurait préféré que le père de son fils soit autre chose qu'un «loueur» de camions ; elle aurait préféré que les Lacasse gardent leur terre et qu'André continue à faire la culture des concombres... mais il avait profité de l'occasion pour voler de ses propres ailes et lancer une affaire à son nom. Il en était très fier.

À la maison, il parlait peu. Il lisait le journal, regardait le hockey l'hiver, le baseball l'été, le football l'automne et la lutte à l'année, même le golf quand il avait la chance d'en voir à la télévision. Tous les vendredis soirs de l'hiver il accompagnait Benoît à ses parties de pee-wees. Alice, elle, se chargeait du transport pour les cours de piano. Tout allait très bien, mais...

Benoît réussissait partout! Il leur faisait honneur! Il aurait dû les combler de joie... mais ils étaient tellement habitués au rayonnement de leur fils qu'ils étaient devenus presque indifférents à son égard. L'enfant à qui Alice continuait à prodiguer les mêmes soins excessifs était un autre, une excroissance attendrissante de l'image qu'elle se faisait d'elle-même en tant que « mère ».

Le vrai Benoît échappait à ses parents. La facilité déconcertante avec laquelle il réussissait tout ce qu'il entreprenait, son calme et sa docilité, tout cet étalage involontaire de qualités et de dons, d'une force qu'ils sentaient toujours présente mais qu'ils n'arrivaient pas à nommer, les poussaient à ce sentiment troublant qui frisait la jalousie. À force de l'admirer et de l'envier, ils en étaient venus à exprimer par de l'indifférence cette humiliation secrète que leur faisait subir cet « étranger » parfait dont ils étaient les seuls à connaître la double identité.

Après dix ans, tout le monde croyait encore que Benoît était né pendant le long voyage en Europe qu'Alice et André s'étaient payé pour célébrer la « grande nouvelle ». Ils avaient annoncé qu'ils partaient pour trois mois et qu'ils reviendraient au sixième mois de la grossesse. Tout était prévu dans leur plan. D'Europe, ils avaient ensuite écrit à leurs parents et amis qu'à leur propre étonnement la côte hollandaise leur plaisait tellement qu'ils avaient décidé d'y louer une petite maison et qu'Alice désirait accoucher là-bas, dans cette espèce de lune de miel à retardement, loin de tous les autres, pour vivre presque jalousement chacun de ces moments bénis; l'hôpital d'Haarlem n'était pas loin et il y avait d'excellents médecins.

— Une femme normale n'accouche pas en voyage !

Madame Lacasse mère se fit bien du souci pour essayer de comprendre sa bru ; elle prépara mentalement de nombreux scénarios, elle savait ce qu'elle allait dire à cette Alice à son retour du pays des tulipes !

Ni les parents d'Alice ni ceux d'André n'avaient compris le sens de cette étrange fantaisie. Elle aurait pu travailler plus longtemps, ramasser plus d'argent. André aurait pu rester au garage! Pourquoi étaient-ils partis en Europe à ce moment-là? Et pourquoi avaient-ils allongé leur voyage?...Pour apaiser les soupçons possibles, les faux parents avaient même poussé le stratagème jusqu'à faire des photos truquées: sur la plage, à Zandfoort, Alice exhibait fièrement le gros ventre que lui faisait un coussin habilement placé par André sous le chandail, les jambes arquées, l'air hébété d'une femme qui va bientôt mettre au monde son premier enfant.

L'agent qui leur avait vendu l'enfant avait communiqué leur demande à ses supérieurs; ils avaient obtenu la permission de prendre livraison de leur fils à Amsterdam. On ne leur avait évidemment pas donné l'adresse de la maison où l'on gardait les *Perlekinder*; ils devaient retrouver à la gare une femme rousse avec une robe verte qui porterait l'enfant, parmi les travailleurs et les touristes.

André doutait de l'efficacité de cette mascarade, mais comme il ne semblait pas y avoir d'autre manière de devenir père sans problèmes, il avait cédé. Il avait accepté, à contrecœur, parce qu'il mentait mal, de faire ce voyage prolongé pour camoufler l'adoption...épargner ainsi l'image de sa femme, blessée dans son orgueil par sa stérilité et timorée par les exigences généalogiques de son père qui tenait à ses racines suisses et à son héritage calviniste plus que tout au monde.

— Mais Alice, disait André sceptique, quand on va revenir il va avoir un an! C'est pas logique!

— On va rester là-bas un an! répondait calmement Alice. Après un an, on s'arrangera bien pour le rajeunir!

Au retour ils avaient choisi stratégiquement une date qui leur convenait pour l'anniversaire de Benoît. À sa première fête, un peu moins d'un an après leur retour, il avait dix-huit mois... Mais malgré tous les soins qu'Alice avait pris pour le rajeunir, Benoît avait toujours étonné tout le monde par son exceptionnelle précocité.

— Avec des parents comme les siens, disait André en croyant dissiper les doutes des autres avec un peu d'humour, c'est bien difficile de ne pas être en avance!

Et pourtant...S'il y avait une chose qu'Alice et André avaient encore en commun, c'était bien de se sentir aliénés par les succès de Benoît.

Jusque-là leur théâtre avait été très convaincant... Mais le trac d'Alice était intact: elle vivait dans la peur constante de trahir son secret. Le spectre de son père dirigeait contre elle les troupes assaillantes de son imagination paranoïaque; elle grossissait les traits de cet homme un peu réactionnaire pour en faire un monstre de rigidité. Peut-être aurait-il pu à la longue accepter la stérilité de sa fille? Il aurait peut-être pu comprendre... Elle était certaine que sa mère aurait compris son désir d'avoir un enfant! Mais son silence devait rester total! Il fallait à tout prix éviter les réactions négatives du *pater familias helveticus*! Même si elle vivait à quinze milles de la maison familiale, Alice n'avait jamais pu se défaire de la trace indélébile qu'avait laissée sur elle l'autorité monolithique de cet homme intransigeant; à l'époque du voyage, elle était certaine que son père n'aurait jamais voulu reconnaître Benoît comme son petit-fils!

Par ailleurs elle avait un besoin maladif des bénédictions paternelles! André aurait bien aimé la voir se libérer de cette crainte glaçante que lui inspirait son père; il aurait préféré ne jamais avoir à jouer cette mascarade dangereuse, mais il semblait bien qu'elle fût la seule manière de rendre Alice mère. Et si pour elle le prétexte de la grossesse itinérante était moins risqué que l'aveu de sa stérilité, pour André le mensonge avait toujours été une peau de banane. Il ne savait pas mentir. Pour ne pas trahir leur secret, il avait dû s'exiler des conversations domestiques; il se taisait.

La petite machine familiale roulait donc sans bruits, telle qu'Alice l'avait organisée...et tout ce que Benoît touchait devenait de l'or. Chacun ne prit bientôt de ce trésor que ce qui lui convenait : Alice le poussait dans ses études, vers la musique, vers les arts, et André s'époumonnait à l'aréna quand il ne se lovait pas dans son mutisme routinier. Était-ce l'absence de défi ? Un brin de jalousie ? Tout allait trop bien. Derrière son bouclier de silence, André rongeait-il son frein ? Alice en faisait-elle trop ?...Ce qu'on veut trop cacher finit toujours par nous trahir !

Elle venait de s'arrêter devant la vitrine d'une agence de voyages quand elle vit passer madame Desjardins et sa fille Léa. Alice les connaissait vaguement ; elle savait qu'elles habitaient près de la gare...

— Bonjour, madame Lacasse !

— Bonjour, madame Desjardins !

— Joyeux Noël !

— Oui...oui...c'est ça ! ...À vous aussi !

Alice dut retenir un cri. La petite fille avait les yeux de Benoît !

Quelque chose, d'ailleurs, d'inclassable, l'insaisissable éclat d'amandes électriques, la figea sur place. Elle fit semblant de retourner rêver devant une affiche de la Jamaïque, mais elle suivait du coin de l'œil cette enfant qui venait de lui rappeler Benoît. Pour la première fois elle venait de voir une ressemblance, une vraie, mais...elle avait trop d'imagination. Par quel miracle en effet, ou par quel manège inimaginable la fille de madame Desjardins aurait-elle pu avoir des liens, quels qu'ils soient, avec son fils adoptif ? Elle savait qu'elle n'était pas du pays !

Pourquoi avait-elle fui, comme son mari, une conversation possible avec madame Desjardins ? Elle aurait peut-être dû tricher, dire n'importe quoi, en profiter pour regarder plus longuement la petite Léa. Elle devait avoir onze ou douze ans...Mais elle paraissait plus vieille...Que faisait-elle au centre d'achats à cette heure-là? Elle fréquentait la même école que Benoît! Il était peut-être rentré plus tôt?

Alice décida de rentrer tout de suite! Elle n'avait plus envie de chercher un cadeau pour son père; elle voulait serrer Benoît dans ses bras, l'embrasser longuement, recréer ce lien si beau, si fort, immense et aspirant, entre la mère et son enfant...les yeux de Léa ne la quittaient plus.

Le cadeau de son père pouvait attendre! Elle avait toujours été pour lui une fille parfaite, ne disant jamais rien, ne faisant jamais rien qui puisse le contrarier, soumettant toute son existence aux conventions et aux silences imposés par son austère autorité. Elle imitait en cela sa mère qui n'avait jamais élevé la voix, qui n'avait jamais même essayé d'exprimer son point de vue à la maison.

Alice attendait de Benoît qu'il soit à ce point gavé d'amour maternel qu'il ne puisse jamais éprouver le désir de sortir du noyau familial. Elle le savait parfait, conforme à son idéal filial et doué de tous côtés, mais elle craignait quand même que la nature trop conciliante d'André ne le pousse, un jour, à chercher ailleurs une présence masculine plus autoritaire et capable d'encadrer l'apprentissage de sa vie d'homme.

Alice sentait qu'avec le temps son indifférence à l'égard d'André se transformait en haine. Elle l'avait adoré; elle le supportait à peine...Sa vie était pleine de Benoît! Et elle craignait qu'il manque à son fils quelque chose d'important, qu'il ait d'autres besoins que ceux qu'elle savait combler! Elle craignait d'être un jour dépassée, écartée, laissée pour compte, alors qu'elle consacrait tout son temps à l'entretien de la maison et à l'éducation de Benoît. Elle craignait l'humiliation des mères abandonnées...Fuir! Elle aurait pu fuir, en Jamaïque ou ailleurs. Laisser André. Mais elle ne le pouvait pas. Ils n'arriveraient jamais à s'entendre sur la garde de Benoît! Ni elle ni André ne pourraient céder!

8
LA LIGUE ET L'ÉCOLE
(LAVAL, octobre 1987)

Le sang a giclé...Ça n'a pas fait mal. Luc était tellement content d'enfin réaliser son rêve qu'en ce moment béni, la douleur n'avait pas de prise sur lui. Après s'être lui-même entaillé l'avant-bras, comme il venait de le faire à Benoît, il laissa tomber le couteau. Les deux amis pouvaient maintenant devenir des frères de sang. Luc tendit une écharpe blanche et Benoît, s'aidant de ses dents, l'enroula autour de leurs poignets rouges réunis.

— C'est scellé pour la vie, dit Luc. On a fait exactement comme dans le film! Benoît n'en pouvait plus. Ses lèvres tremblaient maintenant. Il se mit à pleurer. Le cowboy et l'Indien du film avaient eu plus de cran. Quant à Luc, s'il avait pleuré, ç'aurait été de joie; abandonné très tôt par ses frères et sœurs, il avait terriblement souffert de la solitude. Il avait enfin un frère pour lequel il était prêt à conquérir mers et mondes.

Benoît aussi venait de se faire un frère, même s'il n'avait plus de parents. La fuite, à la maison, d'informations jusque-là secrètes avait bouleversé sa vie d'adolescent. Luc allait maintenant devenir son seul soutien, remplacer père et mère, et aller avec lui jusqu'au bout, puisque Benoît voulait à tout prix retrouver ses vrais parents.

Les chances étaient minces. Les parents de Benoît eux-mêmes ignoraient tout de l'origine de leur fils. Ils l'avaient acheté d'un agent voyageur qu'ils n'avaient jamais revu par la suite. Un autre inconnu, accompagné d'une jeune femme qui en prenait soin, leur avait livré l'enfant deux mois plus tard. Il n'était déjà plus le bébé dodu de la photo que le premier agent leur avait montré. Le deuxième agent, le livreur anonyme de la gare d'Amsterdam, était reparti comme il était venu, en prenant soin, bien sûr, de vérifier d'abord le contenu de l'enveloppe qu'avait préparée André Lacasse. Elle contenait bien les dix mille dollards du deuxième et dernier versement. Pas de reçu, pas de papier, pas de merci!

Ils l'ont appelé Benoît, et tout a très bien fonctionné... jusqu'à ce que ça craque. Le couple n'allait plus, et la présence à la maison d'un adolescent robuste qui déplaçait beaucoup d'air rendait encore plus incongrue la situation familiale. En surprenant ses parents dans une dispute où ils étaient justement en train de se servir de lui pour s'entre-déchirer, Benoît avait compris que sa vie serait désormais une longue quête. Le désir de connaître ses origines le pinça dès lors jusqu'au fond de l'être. Il en fut instantanément transformé.

Après son faux départ, il se lia jusqu'à l'échange du sang avec celui qui serait désormais sa seule famille. On les voyait partout ensemble. À l'école, on jasait; on n'avait jamais connu Benoît aussi triste, et on ne lui connaissait pas non plus d'amitiés masculines aussi intenses.

Julie Plouffe était vexée. Elle avait même été jusqu'à proposer à Luc de « sortir » avec elle, pour briser cette amitié qui, croyait-elle, éloignait d'elle le Beau Ben, mais devant le refus du bouffon morose, elle était allée se jeter dans les bras de Sylvain Desjardins. Ils occupaient la gare pendant que chez Luc les frères de sang préparaient la quête aux parents.

Alice et André Lacasse ne reconnaissaient plus leur Benoît; ils ne se reconnaissaient plus eux-mêmes. La maison était un enfer. Un enfant parfait les avait tenus ensemble malgré cet ouragan qui se préparait depuis le début, mais le temps de la vérité était venu.

Madame Moreau lisait toujours un nouveau roman tous les deux jours. Pendant ce temps, dans la chambre de Luc, les frères de sang avaient entrepris des recherches. Ils étaient animés par une même envie de trouver leur destin. Luc en avait assez d'être le faux dernier d'une famille inexistante. Il disait qu'il devait bien «exister» quelque part un endroit qui l'attende. Une autre vie plus riche.

— On a chacun plus qu'une chance, mon Benoît!

À force de remonter Benoît, Luc en était venu à oublier son pessimisme naturel. Il se croyait lui-même à la recherche d'une vie meilleure, au moins d'un meilleur avenir. Benoît, lui, devait chercher dans le passé. Peu importe, les temps se confondent quand l'amitié s'en mêle.

La chambre de Luc était maintenant pleine d'atlas, de guides touristiques et de livres d'histoire. Les murs étaient couverts de cartes géographiques. Ils ramassaient tout ce qu'ils trouvaient et scrutaient en secret chacune des îles d'où Benoît serait possiblement venu, et où Luc irait chercher sa nouvelle famille.

— On invente ses parents, Benoît, on invente sa vie!

— C'est facile à dire quand tu sais d'où tu viens!

Pendant que son antre enfumé madame Moreau continuait de dévorer en silence la vie dramatique des héros de romans, Luc et Benoît, au-dessus d'elle, avaient entrepris des démarches sérieuses. Par correspondance, ils étaient entrés en contact avec le Centre des services sociaux. Ils n'avaient encore rien obtenu. Benoît allait toujours abandonner mais Luc l'encourageait avec un mot choisi.

— Ça serait lâche de lâcher, mon Ben, peut-être que ton père est millionnaire... ou pape! Peut-être que ta mère, c'est la reine d'Angleterre!

— Parle pas de malheur!

Le sang coulait encore quand la mère de Luc appela. Elle voulait des cigarettes. Ils déroulèrent l'écharpe et sortirent ensemble. En revenant du dépanneur, Luc, protégé maintenant de toute raillerie par l'amitié de Benoît, proposa une visite à la gare. Pour se faire pardonner de surprendre Julie Plouffe avec Sylvain Desjardins, ils leur offriraient un joint.

Julie, furieuse d'être encore humiliée, regarda Benoît en faisant une moue dédaigneuse.

— Dis-moi pas que c'est pour la drogue que tu te tiens avec lui?

Avant que Benoît puisse répondre, Luc avait déjà dit:

— Ben avait besoin d'aide!

— Il n'a jamais eu besoin de ton aide quand il sortait avec moi!

— Dans ce temps-là, dit Benoît comme s'il s'agissait d'une époque lointaine, je ne savais pas qui j'étais... qui j'étais pas plutôt!

— Dis-moi pas que t'as changé de bord, dit Julie sans laisser tomber sa moue.

— Non, dit Benoît en haussant les épaules, j'ai perdu mes parents.

— Quoi?

— Disons, reprit Luc qui cherchait toujours à faire le point, disons qu'il a appris récemment que ses parents l'avaient adopté.

— Y a rien là! dit Sylvain, qui n'avait encore rien dit et qui semblait fort contrarié par l'arrivée subite des frères de sang. Ma sœur aussi! Puis moi, je suis le fils d'une mère porteuse. Ma mère peut pas... Moi je connais ma vraie mère mais ma sœur ne sait même pas d'où elle vient. On pense qu'elle est née dans un autre pays mais on n'est pas sûr.

Benoît était estomaqué. Se pouvait-il qu'aussi près de lui quelqu'un d'autre soit dans la même situation que lui et n'en soit pas alerté?

— Ta sœur Léa, dit doucement Benoît, qui connaissait très bien l'idole féminine de la polyvalente, celle qui a eu cent en mathématiques?

Léa Desjardins, à qui on le comparait souvent, n'avait jamais tellement attiré Benoît. Elle était belle, mais tellement sérieuse, que les garçons la fuyaient. Elle avait été reine du carnaval, championne en gymnastique, grande gagnante du concours de danse, mais elle consacrait maintenant toute son attention à sa carrière future.

Elle répétait à qui voulait l'entendre qu'elle allait devenir une grande spécialiste de la génétique. Il fallait d'abord qu'elle devienne médecin. De longues études l'attendaient, mais elle était courageuse, en plus d'avoir une santé de fer. Souple et rigoureuse, elle était la fille dont avaient rêvé ses parents.

Luc alluma le joint. Les murs de la gare se mirent à chanter. L'odeur du pot atténuait pour un moment le parfum douteux de cet endroit béni. Benoît venait d'apprendre qu'il avait peut-être une autre alliée.

— Mais elle, c'est pas pareil! dit Luc avec un brin de jalousie. Elle souffre pas, elle l'a toujours su!

— Ça sera pas facile, Luc, on a besoin de toute l'aide qu'on peut trouver!

Au grand désarroi de Julie Plouffe, Sylvain se sentit piqué par le désir engageant de prendre part à cette quête fantastique.

— Venez chez nous! dit-il aux deux amis. Mes parents peuvent peut-être t'aider, ajouta-t-il en regardant Benoît.

Julie, en furie, se mit à crier:

— Sylvain Desjardins! Viens me reconduire chez nous!

Les trois garçons raccompagnèrent Julie chez elle. Sa mère, qui la vit venir de la fenêtre du salon, ne comprenait plus rien. Julie pleurait. En entrant, elle monta tout de suite dans sa chambre en disant pour la première fois: «Maudits hommes!» Madame Plouffe, rassurée, retourna vite à son téléroman.

9
DE CASTLE SHOES
À CHICKENDOWN
(CHICKENDOWN, mai 1977)

« Dans la chaussure ! Et purement par hasard ! Mon beau-père avait une petite boutique minable à Cincinnati. Il ne renouvelait pas son stock assez vite et n'avait jamais les modèles à la mode. Son commerce allait à la dérive... Moi, je ne voulais pas rester pompiste au coin de *Fulton Avenue* toute ma vie. J'ai décidé de lui donner un coup de main. Et bien, tiens-toi bien, mon *Tiger blade* ! Non seulement je lui ai remonté sa boutique, mais à la fin de la première année, j'ai acheté l'exclusivité d'une ligne qui a eu le bonheur de faire un malheur ! Notre chiffre d'affaires s'est mis à grimper. J'ai ouvert d'autres magasins à Columbus, Indianapolis et Cleveland... Une grosse affaire ! »

Quand est arrivé le jour de réaliser son rêve, il avait accumulé assez d'argent pour acheter le terrain, l'équipement et faire du recrutement. Il ne voulait parmi ses rangs que la crème de la crème ; blanche, il va sans dire.

Il avait revendu sa chaîne de magasins de chaussures pour devenir général et s'était installé sur la côte ouest de la Floride. Il surveillerait les travaux de la construction, à Chickendown, pendant que Lacroix se chargerait de recruter pour lui les meilleurs mercenaires du monde. La consigne était d'écarter autant que possible les Noirs, les Asiatiques, les Sud-Américains, etc... En fait, seuls les Blancs non-communistes étaient bienvenus à Chickendown. Pendant que Gallaway s'occuperait de plans et de matériaux, Lacroix chercherait des hommes aux quatre vents, des vrais, des durs comme lui.

À son retour d'Algérie, Michel Lacroix n'était resté à Lille qu'une semaine. Annette avait épousé un boulanger, et sa mère avait suivi en terre son père, Antoine Lacroix, quelques jours avant la fin de la guerre. Dégoûté par les mœurs des militaires français qu'il qualifiait de « lavettes à caquets », il n'avait aucune intention de poursuivre sa carrière militaire en France. Il avait décidé de partir pour l'Amérique.

C'est en achetant des bottines à Cincinnati qu'il avait fait la connaissance de Gallaway. L'allure physique de Lacroix avait tout de suite capté l'attention du général en puissance : les cheveux courts en brosse, des épaules larges et droites, des pommettes saillantes et un visage taillé à la hache donnaient à Lacroix une prestance qui ne pouvait être que militaire.

Ironiquement Lacroix s'était trouvé du travail dans une boulangerie de la *Ninth Avenue*. Leur premier contact avait été décisif ; ils étaient devenus très vite de très bons amis.

Gallaway n'avait jamais porté beaucoup d'attention à sa femme. Il l'avait épousée pour ne pas être seul, pour faire plaisir à sa mère... et parce qu'elle était belle, mais ça n'avait jamais été pour lui autre chose qu'une formalité.

Quand elle l'avait quitté, il avait pris trois jours à se rendre compte qu'il manquait « quelque chose » dans la maison. (Ils faisaient chambre à part ; elle ronflait.) Il avait questionné tous les domestiques au sujet de cette disparition, mais personne ne semblait savoir où elle était. Il ne lui avait pas fallu beaucoup d'efforts pour s'habituer à son absence, mais il craignait qu'elle ne demande le divorce et qu'elle convainque son père de lui retirer la gestion de la fortune familiale. Le vieux Rocco Castellano avait une confiance aveugle en son gendre. George avait travaillé si fort; c'est à lui que le vieux devait l'empire qui portait à peu près son nom : *Castel Shoes Inc.*

Rita savait qu'il était dans l'intérêt de tout le monde qu'il restent mariés. Elle était donc partie sans demander le divorce et sans laisser d'adresse. Il lui manquait seulement l'odeur du cuir et de la colle, les parfums de son enfance.

Bien entendu, elle avait emmené sa fille Teresa. S'il avait eu le temps, George aurait aimé mieux connaître Terry, mais ses affaires le retenaient toujours dans l'un ou l'autre des magasins et pour réaliser son rêve, il devait consacrer tous ses temps libres à la chose militaire. Quand un homme décide de devenir général sans passer par l'armée nationale, il est normal qu'il doive s'imposer certains sacrifices.

Gallaway avait appris quelques années plus tard que sa femme était sur une ferme du Montana et qu'elle vivait avec un professeur de sociologie. Elle l'avait rencontré à Denver où elle avait repris ses études pour s'émanciper. Jusqu'à vingt-huit ans, elle n'avait vu que des semelles et des talons et elle n'avait connu que des marchands de cuir, des entrepreneurs et des gens songeurs qui se demandaient pendant des heures quelle paire de souliers ils allaient choisir. Rita découvrait enfin le monde, au bras d'un sociologue du Colorado. George était donc libre... et prêt.

L'achat du terrain allait se conclure d'un jour à l'autre. Il devait acheter un bateau. Une première livraison d'armes l'attendait à Corpus Christi. Il était heureux de pouvoir enfin se consacrer à ce qu'il avait toujours voulu faire : être le chef d'une armée, mener des hommes au combat. À la fin de son service militaire, il aurait bien voulu poursuivre une carrière dans l'armée, mais sa mère était seule. Il valait mieux qu'il reste près d'elle. Il avait d'abord cru devoir sacrifier son idéal, mais dès qu'il avait commencé à faire de l'argent chez *Castel Shoes*, sa flamme militaire s'était vite rallumée. Il achèterait enfin l'autorité dont il rêvait et vivrait à nouveau entouré de soldats. Contrairement à Lacroix qui s'intéressait surtout au dépassement des limites physiques, Gallaway se passionnait pour la stratégie. Ils formaient une paire parfaite.

— *Perfect partners*! disait souvent Gallaway.

Un avenir doré s'offrait maintenant à celui qui pouvait se payer une armée privée et se nommer lui-même général. Tout le temps qu'excédée par ses absences, Rita l'avait cru absorbé par ses affaires, il attendait en silence le moment de sortir au grand jour et de devenir enfin le stratège militaire le plus redouté d'Amérique. Rien de trop beau pour un *self-made man*!

Les travaux avançaient. Le pavillon central du camp était terminé ; il n'y manquait que les meubles. On entreprenait maintenant la construction, beaucoup plus compliquée, du hangar où seraient entreposés les armes et les hélicoptères. Les murs devaient être enchaînés profondément au sol pour parer aux ouragans et aux raz-de-marée éventuels. Des tiges de métal de douze pieds devaient être enfoncées dans d'immenses blocs de béton pour retenir les chaînes géantes fixées aux quatre coins du bâtiment.

Pendant que Gallaway supervisait les travaux, Lacroix cherchait des candidats valables et intéressés au projet. À Boston, il avait pris rendez-vous avec un ex-détenu qui voulait se refaire une carrière. Avant d'être incarcéré, Jack Prance avait été champion de karaté ; il avait aussi participé à des manifestations de droite. C'est d'ailleurs grâce à ses activités « clandestines » au sein du

Klu Klux Klan que Lacroix avait pu le repérer. Ni le karaté, ni le KKK n'avaient pu empêcher la drogue d'entrer dans sa vie, de s'infiltrer sournoisement dans sa morale, pourtant aussi dure que le corps qu'elle habitait, et de venir détraquer l'admirable machine qu'il avait fabriquée à coups d'efforts virils. Mais Lacroix se savait capable de le ramener dans le droit chemin, de mettre sa force et son agilité au service d'une bonne cause.

— Tu vas enfin pouvoir être payé convenablement pour chacun de tes combats, lui avait dit Lacroix au téléphone.

Prance s'était montré fort intéressé. Un avenir de mercenaire était peut-être la meilleure façon de se réintégrer sans avoir à reprendre des sentiers où le passage lui serait bloqué. La morale de l'*American Karate Federation* l'empêcherait de remonter sur le podium, il le savait. Il voyait donc d'un bon œil le camp de Chickendown et semblait tout à fait disposé à s'y rendre dès que les autorités judiciaires le laisseraient partir.

Mais il n'était pas venu au rendez-vous. Lacroix avait rappelé plusieurs fois au *Judith Exton Institute* sans réussir à le rejoindre.

Lacroix trouvait dommage d'abandonner un aussi bon candidat, mais il fallait qu'il poursuive sa mission et qu'il passe à d'autres. De toute façon, même s'il avait toléré le recrutement d'un ancien détenu, Gallaway n'aurait sûrement jamais accepté la candidature d'un ancien drogué. Lacroix aurait eu beau lui répéter mille fois que la désintoxication de Prance avait été un succès et qu'il était complètement libéré de la cocaïne, le général aurait toujours eu des doutes.

Il valait mieux passer à d'autres candidats. Lacroix s'en voulait d'avoir perdu du temps avec le cas de Jack; onze autres rendez-vous l'attendaient ailleurs.

10
NE TE FIE PAS AU NOM
(BUENOS AIRES, février 1967)

Hertzmann ne partit pas tout de suite pour la montagne. Avant de s'éteindre, il fallait qu'il soit sûr de l'avenir. Il but donc pendant quelques semaines de plus en bombardant Consuelo de détails et de précisions destinés à consolider la connaissance indirecte que la petite avait de sa fameuse « méthode ».

Elle notait tout ce qu'il disait, même si la partie de son discours qui suivait chaque jour la sieste ressemblait plus à un poème... ou à un rêve. Quand il avait ses crises, le *Doktor* inventait des mots obscurs; il criait, tremblait, bavait... Elle avait beau travailler sérieusement, Consuelo n'en était pas moins ébranlée. Aux dernières lueurs du jour, elle s'en retournait à La Carlota, le cœur serré, terrorisée par l'ampleur de la tâche qui lui incombait, mais assez fière pour relever ce défi. Elle était dure, mais assister comme ça à l'éclatement d'un grand homme et noter scrupuleusement son délire avait été jusqu'ici sa plus grande épreuve dans la vie.

Quand elle aurait assez d'informations pour comprendre parfaitement la « méthode », elle n'aurait qu'a retracer les survivants parmi les anciens collaborateurs du *Doktor* et en recruter de nouveaux pour amorcer la reprise des activités de *Verlorelei*. Elle y mettrait sans doute plusieurs mois, mais à quinze ans, elle serait déjà la directrice de l'ancien château fort du *Doktor* Hertzmann.

— À moins que ces idiots aient rasé mes installations! disait-il tristement avant de se lancer dans une nouvelle tirade sur les miracles de la génétique moderne ou dans une rage imprécatoire contre Hitler et ses pantins.

Consuelo savait maintenant assez d'allemand pour se débrouiller avec les fantaisies linguistiques du *Doktor*. Elle se permettait même d'omettre les répétitions; il bloquait parfois sur un mot et le répétait jusqu'à vingt fois... Elle ne le notait qu'une fois, mais elle notait toujours la courbe émotive des répétitions. Parfois il commençait par s'extasier sur un mot; *Himmel*, par exemple, avait sur le *Doktor* un effet colossal. Puis, à force de le répéter, sa colère montait; il finissait alors sa série en criant... ou en pleurant de rage et d'impuissance. De plus, comme ses recherches scientifiques avaient toujours été solidement appuyées sur une réflexion philosophique, il aimait citer souvent les mêmes extraits. Quelques aphorismes de Nietzsche figuraient parmi ses canons réguliers. Un mot-valise de Novalis était ni plus ni moins que sa devise, un idéal auquel il avait consacré sa vie: *ein Weltverjüngungsfest*.

Heureusement, Consuelo avait pris soin de noter toutes les formules importantes dans les mois qui avaient précédé ces semaines d'enfer. Le langage du *Doktor* se désorganisait de plus en plus; sa diction, ramollie par l'alcool, était pitoyable. Elle écrivait quand même, mais elle n'était pas convaincue que ces dernières harangues soient essentielles à la mise en marche de sa mission... Elle n'avait plus peur de rien. Elle avait même hâte de partir... de quitter ce pays où tout lui rappelait Inès.

Quand le *Doktor* décida enfin que le temps était venu, ils se quittèrent. Il partit à pied vers les montagnes. Elle partit en train pour se rendre d'abord à Buenos Aires, première étape de sa mission.

Elle devait d'abord rechercher un certain Janevski, dont le vrai nom était Otto von Hohenstemm, qui s'était enfui en 1945 sur le même cargo italien que le *Doktor* Hertzmann. Il avait pris ce nom plus neutre pour ne pas éveiller les soupçons; il avait participé à de nombreuses exécutions collectives dans les camps de concentration. On comptait ses victimes par milliers; il aurait été une cible évidente de la vengeance juive. Comme il savait que tôt ou tard il allait être recherché et qu'on lui réservait le même sort qu'aux autres criminels de guerre, il avait laissé croire qu'il était mort et avait réussi à sortir d'Allemagne une bonne partie de sa fortune personnelle.

Il comptait réinvestir dans l'industrie argentine pour continuer à s'enrichir.

— Exilé peut-être, mais pauvre jamais! disait-il à Hertzmann sur le pont du *Tre Stelle* pendant les cinq minutes qu'on leur accordait pour prendre l'air avant de les enfermer à nouveau dans une cabine de fortune aménagée parmi les coffres du chargement. Pour plus de sécurité, ils durent passer ensemble dans cette cale humide et obscure les huit jours et les huit nuits que dura la traversée.

Ils s'étaient revus parfois à Buenos Aires, pendant les quelques mois qu'y passa Hertzmann avant de se retirer à La Carlota... mais le *Doktor* en était venu à fuir cet aristocrate aussi bête que raciste. En l'écoutant déblatérer ses insanités pendant le voyage, Hertzmann s'était rendu compte que son travail lui avait épargné les atrocités dont il prenait maintenant connaissance. Pendant qu'il menait ses expériences à Minden et à *Verlorelei*, son peuple était devenu fou... même les nobles avaient perdu la tête.

Hertzmann avait compris très vite que s'il s'était laissé aller, il aurait pu haïr Otto, mais il s'était toujours efforcé de découvrir le beau et le bon côté de chaque personne qu'il rencontrait.

— Déformation professionnelle! disait-il en rougissant quand on lui demandait comment il faisait pour aimer tout le monde.

Otto von Hohenstemm n'avait pas cherché à connaître le passé du *Doktor*, il ne s'intéressait qu'à sa propre sécurité.

— Je pourrais prendre un nom espagnol: Ramirez ou Perez. Ou encore un nom italien; en Argentine, c'est commun! Mais avec la tête que j'ai... C'est plus prudent de jouer la carte « Europe Centrale ». Je pourrais être Polonais!

Cette jonglerie raciale d'un peureux qui se cherche un abri amusait le *Doktor* habitué à jouer concrètement avec les races, sans se soucier des noms.

— Prenez donc un nom comme Goldstein; vous serez parfaitement à l'abri!

— Vous n'y pensez pas! Ils le sauraient tout de suite!... Les Juifs se connaissent tous les uns les autres! D'autant plus que je me sentirais très mal de passer pour un des leurs.

Hertzmann ne se sentait aucunement solidaire de ce compatriote imperturbable dans sa déchéance.

Après quelques jours de recherche dans la capitale, Consuelo l'avait localisé. Installée chez une de ses cousines, elle avait essayé toutes les pistes qu'elle pouvait trouver. Il habitait la banlieue sud, du côté de Lomas. En effet, il avait tenu sa promesse: il avait fait fructifier sa fortune; il avait investi dans une mine de tungstène qui lui avait rapporté beaucoup. Consuelo avait progressivement éliminé les autres Janevski jusqu'à ce qu'il ne reste que lui. Elle s'était alors décidée : elle agirait par téléphone.

— Señor Janevski, si vous ne déposez pas cinquante mille pesos dans le casier 807 de la gare centrale de Buenos Aires avant samedi midi, je vous livre au Congrès juif international, et j'annonce à la radio que vous êtes Otto von Hohenstemm.

Elle avait très bien prononcé son nom allemand. Il avait eu peur. C'était la première fois depuis la guerre qu'émergeait son passé. Tout le monde le pensait mort ; il était à Dresde le jour du grand bombardement!

Elle avait frappé juste. Ce coup de téléphone provoqua une tornade dans la villa de l'ancien gradé SS... Il y avait une faille. Cette fuite pouvait le ruiner. Il n'avait plus le choix. Pour rester Janevski et continuer son ascension, Otto von Hohenstemm était prêt à verser les cinquante mille pesos. Il en aurait donné plus pour s'assurer qu'on ne rappelerait plus jamais du passé ce fantôme honteux.

Le stratagème avait fonctionné. Mêlée à la foule des voyageurs, Consuelo observait l'allée des casiers, quand un jeune homme, argentin de la tête au pied, s'arrêta devant le 807. Il ne correspondait en rien à la description de Janevski que lui avait faite le *Doktor*. Il regarda un peu autour de lui pour voir s'il était surveillé, puis il déposa rapidement l'enveloppe dans le casier. Il s'éloigna, mais il ne quitta pas la gare tout de suite. Consuelo se doutait bien qu'il essaierait de la surprendre. Elle dut patienter jusqu'à ce que lui-même se lasse d'attendre, de surveiller chaque personne qui s'approchait du 807, et qu'il se décide enfin à partir, avant d'aller cueillir l'argent de son voyage vers l'Allemagne.

Une semaine plus tard, elle quitta Buenos Aires. Le lendemain, le *Doktor* Hertzmann, épuisé par une marche de huit jours, s'éteignit dans les montagnes de Córdoba. Il n'avait ni bu ni mangé depuis trois jours.

11
LES ENFANTS DU CIEL
(TIAN ZI, septembre 1981)

Sun Ji dut prendre lui-même la barre du *Tian Zi Messenger*, non pour faire la cueillette dans les camps de réfugiés, mais pour conduire à Bangkok les enfants de son camp. Il pourrait les faire travailler dans un atelier de tissage en attendant que les affaires reprennent. Pendant que Xiang Men mènerait son enquête aux États-Unis, Sun Ji éviterait la faillite en achetant à bon prix d'anciens métiers à tisser et des machines à coudre sur lesquels les enfants pourraient fabriquer des vêtements simples.

Phong, elle, était restée au camp avec une quinzaine d'enfants dont Sun Ji ne voulait pas être encombré. Ils étaient malades, ou simplement trop faibles pour faire le voyage. Ceux qui l'accompagnaient étaient assez forts pour travailler douze heures par jour. Il ferait moins d'argent qu'à la belle époque où les enfants qu'il revendait dix mille dollars lui en coûtaient vingt.

En plus, cette interruption des activités commerciales de Tian Zi permettait à Sun Ji de redorer son image, au moins temporairement. S'il avait été suspect pour les autorités, s'il avait été la cible d'une chasse aux sorcières menée par les avocats de Singapour, Sun Ji se rangeait maintenant, il devenait un banal exploiteur d'enfants, pas plus bourreau, pas plus gâteau que tous les autres. Comme il n'était plus dans leurs jambes, les organismes officiels pouvaient se partager le butin que leur laisseraient les compétiteurs étrangers dont Xiang Men devait retrouver la trace en Amérique. Il n'y avait pas grand-chose à partager depuis quelque temps. De là l'importance de démanteler le réseau ennemi avant de reprendre les activités de Tian Zi.

Phong n'avait que treize ans. La nuit, quand les enfants dormaient, elle barrait les portes de la salle commune et elle partait, seule, sur une petite barque; elle longeait la rivière jusqu'à Rayong où un client d'une cinquantaine d'années lui donnait cent bahts par nuit, juste assez pour nourrir ses quinze protégés. À l'aube, avant de revenir au camp, elle achetait un sac de riz et quelques légumes des marchands qui chargeaient leur bateau. Quand certains médicaments étaient devenus indispensables, elle visitait aussi une vieille religieuse canadienne qui connaissait l'existence de Tian Zi, mais qui n'osait rien dire, et qui pillait, par charité, la réserve du dispensaire dont elle avait la clé.

— Que sainte Jeanne d'Arc te protège, ma petite, tu es une brave fille!

La sœur aurait bien voulu accueillir les quinze enfants chez elle, mais sa supérieure, qui ne soupçonnait même pas l'existence d'un tel camp, à sept kilomètres de son couvent, ne l'aurait jamais toléré. Elles avaient assez de travail avec la population régulière de Rayong. La vieille Canadienne participait donc clandestinement à la survie de Tian Zi.

Un matin qu'elle rentrait au camp, avec un gros pot de vitamines que lui avait donné son alliée secrète en lui faisant promettre de ne pas tout donner aux autres enfants mais d'en prendre elle-même, Phong crut entendre le grondement d'un moteur. Elle crut d'abord rêver; ses ébats sexuels et ses escapades nocturnes l'épuisaient. Mais le bruit se rapprochait. Elle eut peur. Comme tous les enfants de son pays, elle était instantanément plongée dans un état de panique dès qu'elle entendait le bruit d'un avion ou d'un hélicoptère. Elle pagaya plus vite.

Au camp, tous les autres enfants se réveillèrent en entendant le vrombissement lointain du moteur. Plusieurs d'entre eux se mirent à pleurer et à crier, même la petite Channeary, qui n'avait pourtant que quelques semaines quand ses parents, poursuivis à travers le Cambodge par les Khmers rouges, avaient passé la frontière thaïlandaise et avaient atteint, à bout de forces, un des camps du Danrek. Xiang Men n'avait eu aucune difficulté à les convaincre de lui vendre la petite. La mère, folle de douleur, avait cru que son offre était, pour sa fille, la seule chance de survie.

Yon était un des doyens du groupe. Il avait six ans, l'âge limite pour Sun Ji. Il rassembla très vite autour de lui les enfants tout à coup silencieux, glacés de terreur par le battement morbide de l'hélice.

Phong, qui pagayait de toutes ses forces, avait d'abord cru que ça pouvait être la police thaïlandaise à la recherche d'un criminel en fuite; puis l'heureuse idée que ça pouvait être Sun Ji revenant chercher les enfants lui donna plus d'ardeur.

Quand elle rentra dans le camp, les enfants étaient encore tous massés autour de Yon. L'hélicoptère s'était éloigné, mais le doyen des garçons finissait de raconter aux jeunes protégés de Phong comment la vie serait belle s'ils pouvaient rester là tous ensemble à Tian Zi. Chacun aurait des tâches et des privilèges. Phong reconnaissait ses propres mots. Elle fit de la lumière et distribua des vitamines. Au loin l'hélicoptère retournait au monde cruel des adultes, à Bangkok, à Singapour ou ailleurs.

Dès le lendemain, Yon avait changé d'idée. Ils n'avait repris les paroles de Phong que pour rassurer les autres. Lui, au fond, était mort de peur. Il essaya de convaincre Phong de partir, d'emmener tous les enfants en lieu sûr, de s'enfoncer dans le forêt, à travers les plantations de caoutchouc, et de se trouver un endroit isolé où ils pourraient se construire un nouvel abri. Yon croyait pouvoir se souvenir de la méthode employée par les réfugiés cambodgiens.

Mais Phong ne voulut rien entendre. Sans l'argent de son client et sans l'aide médicale de la religieuse, ils seraient tous perdus. Alors Yon, qui était persuadé que la visite de l'hélicoptère n'était que le présage d'un malheur à venir, menaça de partir tout seul.

C'était la première fois qu'un des enfants s'opposait à Phong. Elle n'abusa aucunement de l'autorité que lui conféraient ses treize ans ; elle lui suggéra plutôt de bien réfléchir. Le petit Yon était aussi fier que terrifié. Elle avait peur de perdre son bras droit. Elle proposa donc qu'ils aillent ensemble faire la cueillette des noix de coco. Yon savait déjà grimper aux cocotiers. Elle en profiterait pour convaincre ce petit singe qu'il était indispensable à leur commune, et que pour lui la vie la plus saine était celle qu'il mènerait parmi ces enfants sauvés, comme lui, de la guerre et de l'adoption. De toute façon, où serait-il allé ?

12
UNE SORTIE REMARQUÉE
(TOKYO, novembre 1978)

C'était encore à cause du théâtre ! Elle est sortie sans refermer la porte ! Iwai était désemparé ; il ne pensait pas que sa petite suggestion puisse faire un tel effet sur Yasuko. Après tout, ils étaient mariés. Il faudrait bien qu'un jour elle se résigne à devenir mère. Toute la famille d'Iwai attendait patiemment ce jour. Il avait, une fois de plus, essayé de la raisonner, mais Yasuko ne voulait rien entendre.

Le théâtre leur avait permis de se rencontrer, mais depuis leur mariage, leurs carrières respectives semblaient toujours mettre des bâtons dans les roues de leur amour. Issus tous deux de familles d'acteurs, ils se connaissaient depuis toujours. Leur amour n'avait surpris personne, mais la singulière détermination de Yasuko leur avait attiré beaucoup d'ennuis. Elle avait juré qu'elle jouerait un jour le rôle de la femme d'Uma no Kami sur la scène du théâtre national. Son père l'appuyait, mais la plupart des autres patriarches des scènes japonaises avaient long-temps résisté avant de la laisser monter sur les planches. Depuis 1629 aucune femme n'avait tenu un rôle dans le *kabuki*. Yasuko était une des premières à oser poser sa candidature. Le grand Nakamura Nizaemon avait été le seul à vouloir la prendre sous son aile. Les autres attestaient tous l'authenticité de son talent mais ils ne voulaient pas risquer de déstabiliser la hiérarchie féodale du *Kabuki-za*. Elle avait dû se battre avec autant de tact que d'acharnement pour être reçue parmi les *onna-gatta* du théâtre national.

Et le miracle s'était produit! Malgré son traditionalisme inébranlable, le public japonais avait accepté Yasuko; il en avait même fait une star en quelques mois. La société nippone était sans doute prête à franchir ce grand pas, et personne n'était insensible au mariage des deux acteurs!

Dans ce paradis des médias électroniques qu'était déjà Tokyo en 1971, Iwai et Yasuko se sentaient toujours épiés par les journalistes. L'image extrêmement « vendable » de leur couple les forçait à ne jamais rien laisser paraître de leurs différends. En sortant brusquement comme elle venait de le faire, Yasuko risquait d'alerter les *papparazzi* voraces qui rôdaient toujours comme des vautours à pied dans le quartier du théâtre.

Iwai avait hérité du nom de Nakamura. Il appartenait maintenant à cette grande famille d'*onna-gata* qui remontait au seizième siècle et dont le privilège inestimable était de jouer les rôles de femme au *kabuki*. Son succès était historiquement assuré et son travail n'avait jamais été l'aboutissement d'un autre combat que celui que tout acteur se livre à lui-même.

Yasuko était la première femme à pouvoir jouer les rôles de femmes; elle devait gravir une à une, prudemment et péniblement, les marches de la reconnaissance auprès de ses pairs. Le public l'adorait, mais sa situation restait précaire dans la troupe. Iwai avait tendance à le lui rappeler, surtout quand ils parlaient de la possibilité d'avoir ensemble un enfant.

Iwai adorait Yasuko. Il l'avait acceptée dès le début et il la soutenait dans sa lutte, mais au fond de lui, un restant d'éducation féodale le poussait aussi à défendre une forteresse historique : l'exlcusivité des rôles féminins.

Il n'était pas jaloux, mais il disait que joués par des femmes les rôles de femmes, au *kabuki*, perdaient toute raison d'être. Il encourageait plutôt Yasuko à répondre aux offres qu'on lui avait faites au cinéma. Elle avait, d'après lui, beaucoup d'avenir dans cet art plus moderne. Mais Yasuko ne voulait pas céder ; elle voulait atteindre le but qu'elle s'était fixé.

L'enfant était donc un sujet très épineux. Si Yasuko réagissait si mal aux « approches » d'Iwai, c'est qu'elle aussi voulait avoir des enfants. Elle le désirait au plus profond d'elle-même, mais en se l'avouant, elle aurait saboté son plan de carrière. Elle disait qu'elle préférait attendre encore quelques années que leur couple et sa carrière soient solidement installés, avant de consacrer quelques mois à la maternité.

Leur envie d'être parents envenimait une situation qui n'était déjà pas facile. Les frictions se multipliaient ; le ton montait. Yasuko avait essayé jusqu'ici de contenir dans une certaine rationalité ses échanges avec Iwai, mais là ç'avait été trop. Elle avait éclaté, s'était mise à crier, à lancer contre les murs des tasses, des assiettes et tout ce qui lui tombait sous la main.

— Allez-vous finir par me laisser vivre ?

On aurait cru entendre son enfant, celui dont elle retardait égoïstement la venue. Elle était sortie sans avoir assouvi son envie de tout casser. Iwai savait qu'il la reverrait au théâtre quelques heures plus tard.

Il sortit donc à son tour de la chambre et referma doucement la porte coulissante. Le bourdonnement des rues bondées de travailleurs faisait moins de vacarme que son cœur affolé. Il savait qu'au fond Yasuko désirait, comme lui, qu'un enfant vienne transfigurer leur vie de couple. Mais le moment n'était pas venu. Était-elle trop ambitieuse? Était-il trop égoïste? Il se sentait lourd comme un ours au milieu des abeilles, une pierre triste parmi les fourmis.

Il fit tous les détours possibles avant de se rendre au théâtre... Il voulait revoir Yasuko avant d'entrer en scène. Il ne se sentait pas prêt à jouer avant d'avoir apaisé cette tempête qui l'assaillait de l'intérieur.

En arrivant au théâtre, il monta tout de suite à l'étage, mais Yasuko n'y était pas. Sa loge était vide. Ses pots de maquillage, ses pinceaux et tous ses accessoires étaient étalés sur sa table, mais elle n'était plus là. Tout le monde la cherchait. Elle avait disparu.

13
DE LA NEIGE AUX LANGES
(LOS ANGELES, septembre 1981)

À l'époque où l'AAS écoulait les orphelins qui lui étaient fournis par les différents hôpitaux de la région de Los Angeles, le marché de l'adoption était beaucoup plus restreint. Les Californiens faisaient encore leur propres enfants! Dès le début des années soixante-dix les demandes commencèrent à se multiplier, jusqu'au moment où l'AAS ne put plus suivre. On manquait d'enfants!

Jay Lopez ne pouvait pas rater une aussi belle occasion de faire fortune! Depuis sa sortie de prison, il n'avait pas revu Jack Prance une seule fois, il n'avait pas non plus repris contact avec aucun de ses anciens associés sud-américains. Comme il avait été chassé du barreau, il avait dû quitter son bureau de San Diego. Il s'était discrètement taillé une place dans *l'American Adoption Society* où son dévouement éblouissait les autres au point de leur enlever l'envie de connaître son passé. Son travail généreux pour une aussi bonne cause l'avait également racheté aux yeux de la police. Les *narcs* ne le surveillaient plus... Et Jay savait que les rues des grandes villes d'Amérique étaient pleines d'enfants perdus! Il avait peut-être encore des contacts là-bas? Il avait essayé de rejoindre Jack à Boston; il avait dû être relâché lui aussi... mais il n'était pas arrivé à ranimer la filière de l'est.

Son ancien fournisseur péruvien n'avait même pas changé d'adresse. Il s'était maintenu pendant ces dix années, quelque part au milieu de la pyramide; il était encore un maillon intermédiaire de l'empire péruvien de la cocaïne. Lopez lui offrait de se recycler dans l'adoption. C'était plus sûr et peut-être plus payant... si l'on mettait sur pied une organisation efficace.

Après de longues discussions qui lui avaient coûté une petite fortune en interurbains, Lopez avait fini par vendre sa salade à son contact péruvien. Chacun prenait cinquante pour cent de la somme versée pour les adoptions. Lopez se chargeait de trouver les clients; en fait, il détournait les « demandeurs » de l'AAS vers l'Amérique du Sud. À son bureau de Los Angeles, il leur donnait d'abord la réponse officielle : il n'y avait plus d'enfants disponibles pour l'adoption en Californie, puis il leur glissait discrètement l'adresse d'une maison à Lima où on leur en vendrait un... avec des papiers!

À son grand étonnement, Zorrito, l'associé péruvien, fit en quelques mois plus d'argent qu'en deux ans avec la drogue. Il n'était plus dans une zone brumeuse d'intermédiaires. Il se retrouvait au sommet d'une pyramide et son produit ne faisait pas l'objet d'une surveillance paranoïaque. Il était fier d'être sorti du réseau de la drogue au bon moment; les pressions américaines croissantes étaient devenues gênantes pour l'écoulement de la cocaïne.

Quant à Lopez, il était encore en « prison », mais cette fois-ci c'était son choix. Il ne pouvait pas se payer tout de suite la maison dont il rêvait à Santa Monica; il devait laisser son argent s'accumuler au Pérou. Il fallait qu'il reste à l'AAS pour trouver des clients... mais il rêvait du moment où il pourrait profiter de la vie! Son poste était une excellente couverture, mais Jay se sentait devenir esclave de cette situation. Il attendait le moment propice pour « initier » à son stratagème un autre employé de l'AAS chez qui il reconnaîtrait les dispositions naturelles indispensables pour ce genre de travail. Il lui céderait alors le recrutement et prendrait sa retraite.

Tant qu'il devait être, au moins en apparence, un employé de l'AAS, il ne pouvait montrer aucun signe extérieur de richesse excessive. Il s'en tenait au standing moyen des travailleurs sociaux. Quand le temps viendrait, il dépenserait son argent : il aurait une piscine, plusieurs voitures, une ferme et des chevaux, un bateau etc... Il n'en finissait pas d'allonger en pensée la liste de ses biens futurs !

En attendant, le commerce allait si bien qu'il avait étendu sa clientèle jusqu'aux États de l'est, et même jusqu'au Canada. Bien sûr, il écoulait en priorité les quelques bébés américains qui échouaient à l'AAS, et certains clients refusaient catégoriquement les enfants étrangers. Mais en quelques années, Lopez avait réussi à placer un peu partout en Amérique du Nord quelques centaines de Péruviens.

Hélas ! un jour, devant une baisse catastrophique des ventes, Zorrito, qui ne recevait plus de visiteurs nord-américains à sa maison de Lima, dut intervenir. Il menaça Lopez de l'éliminer s'il n'honorait plus sa part du contrat ; il ne pouvait plus vendre ses enfants s'il n'avait plus de parents pour les acheter !

Lopez avait pourtant eu autant de visites qu'avant ! Il ne comprenait pas. Il était furieux d'apprendre que sa fortune ne grossissait plus là-bas ! Il fut forcé d'entreprendre en vitesse une enquête. Où allaient donc tous ces parents perdus ?... Y avait-il un compétiteur sérieux ? Était-il capable de monopoliser le marché ?

Il devait y avoir une explication à cette baisse des ventes. Lopez entreprit de rejoindre par téléphone tous les couples qui avaient rempli à son bureau le formulaire de demande de l'AAS.

Après une vingtaine d'appels, il était déjà fixé. Certains parents affirmaient être allés eux-mêmes jusqu'en Asie pour chercher leur enfant ; on leur faisait là de meilleurs prix ! D'autres disaient ne pas savoir d'où venait leur enfant : il leur avait été livré à domicile... En questionnant tous ces parents, il avait appris que tous les enfants ou presque avaient des traits mongoloïdes, les pommettes saillantes et souvent les yeux en amande.

Après une centaine d'appels, Lopez en était sûr : c'était un réseau thaïlandais. Il se croyait capable de retracer les « coupables »...mais que pouvait-il faire pour bloquer ces ennemis ? Un doute persistait pourtant : plusieurs parents avaient affirmé que leur enfant n'était pas Asiatique, qu'il en avait vaguement l'air. Mais... peu importe, il fallait agir vite !

Les jours passaient. Jay avait peur de recevoir la visite encombrante des fiers-à-bras de Zorrito. Il vivait dans une angoisse atroce. Tant qu'il n'aurait pas rétabli la circulation entre la Californie et Lima, sa vie serait en danger. Pour la première fois, il regretta la belle époque de la cocaïne. Il aurait apprécié le soutien d'un *karateka* comme Jack en ces moments d'incertitude.

Même s'il s'était recyclé dans un produit sûr, même si ce qu'il importait ne lui passait jamais directement entre les mains, il se retrouvait coincé, une fois de plus, au bas de cette pente infernale de la criminalité... et le paravent que lui fournissait le cadre officiel de l'AAS ne lui était d'aucune utilité et ne le protégeait plus de rien.

Il fallait retracer ce compétiteur thaïlandais et lui mettre les bâtons dans le roues pour que les affaires de Zorrito reprennent et, par conséquent, pour sauver la peau de son associé californien. Lopez ne vivait plus. Il était acculé au pied du mur. En dernière extrémité, il pensa au général Gallaway. Ça risquait d'être très cher mais il n'avait pas le choix. Il fallait arracher la racine même de ce réseau et il n'y avait pas de meilleure méthode que l'intervention militaire. Lopez était coincé : investir ou voir périr sa vache à lait.

Il téléphona donc à Zorrito pour lui demander de transférer à San Diego, dans un compte de banque au nom de sa mère, assez d'argent pour faire à Gallaway un versement convaincant. Une fois que le général serait assuré du sérieux de sa démarche, il se chargerait de motiver l'expédition de manière à lui faire partager les dépenses. Son passé d'avocat lui serait encore très utile !

14
UNE HISTOIRE D'ENTRAÎNEMENT
(MONTRÉAL, octobre 1987)

Dans un décor industriel où des séries d'ampoules rouges et blanches couraient le long de charpentes métalliques, réduits au silence par une musique assourdissante, cent cinquante garçons dansaient. Docilement joyeux, ils piétinaient mécaniquement la piste du Pylône.

Johnny dansait, comme dansaient les autres, en sautant doucement, sans trop bouger les bras, pour ne pas heurter ses voisins. Son corps suivait le rythme infernal de la jungle mouvante, mais son esprit était ailleurs.

Il s'aperçut tout à coup que Pierre avait disparu. Sans s'arrêter de danser, il scruta du regard la foule très dense, à la recherche de son ami. Inquiet, seul, au milieu des danseurs, comme un naufragé dans la mer. Son cœur se calma quand il vit Pierre, une bière dans chaque main, qui se taillait un chemin en jouant prudemment des coudes dans la foule en mouvement.

Johnny s'arrêta de danser. Il quitta la piste en souriant et vint rejoindre son ami.

Il n'avait rien demandé! Il n'avait pas soif! Il ne voulait pas boire! Il fallait qu'il rentre! Il fallait qu'il pense à son entraînement!... Pierre lui sourit. Johnny prit l'une des bières et la donna à un grand roux frisé qui venait de vider la sienne. En souriant pour cacher son malaise, Johnny embrassa Pierre très discrètement et fonça dans la masse humaine pour se creuser un tunnel vers la sortie. Pierre le suivit, parmi les danseurs ivres et les robots saouls, les zombis sautillants et les libellules scintillantes, dans la tourmente artificielle du Pylône, puis découragé par la densité de cette faune hostile, il s'arrêta pour prendre une gorgée...

Johnny était-il fâché? Pierre tenait à lui... même s'il ne croyait pas à leur amour! Même s'il ne voulait être que l'«ami» de Pierre, Johnny avait tout changé!

Pierre prit une autre gorgée. Était-il prêt à faire un pas vers une vie plus saine? Est-ce qu'il suffisait d'accorder son horaire à celui de Johnny? L'aimait-il assez pour attendre qu'il s'accepte?... Ou serait-il victime de sa vie d'athlète?

Il se ressaisit et se faufila comme un serpent fou jusqu'à la sortie.

Dehors, avant même qu'il ouvre la bouche pour l'appeler, il vit Johnny monter dans un taxi. Une camionnette verte démarra au coin et suivit ce taxi vers l'est. La plaque d'immatriculation de la camionnette portait le «Z» initial des véhicules loués. La rue Sainte-Catherine, comme une rivière cruelle, venait de lui arracher son adorable nageur.

Pierre était perplexe. Il attendit un instant, s'alluma une cigarette, puis rentra au Pylône. Dans cette musique qui endurcissait à la longue ses mœurs, il dansa, en pleurant. Personne, dans cette obscurité trouée d'explosions laser, ne voyait scintiller ses larmes. Pourquoi fallait-il que dans la même ville deux garçons qui auraient pu s'aimer mènent des vies si différentes?

En dansant, Pierre revivait ses longues nuits d'attente. Quelle force obscure le poussait donc à sortir, à entraîner Johnny au Pylône, au lieu de rester tranquillement chez lui, d'aller avec lui au cinéma, au restaurant?... Même avant de connaître Johnny, Pierre savait que le prince charmant ne se tenait pas dans les bars. Il y allait par dépit, pour montrer ses nouvelles chemises et ses nouveaux souliers.

C'était justement après une nuit semblable, passée à danser parmi l'indifférence et l'anonymat dont étaient victimes les «fêtards» du Pylône, que Pierre avait rencontré Johnny. Il était passé six heures. Fidèle à son habitude, il rentrait à pied. Il avait remonté la rue Montcalm jusqu'à Sherbrooke et il traversait le parc Lafontaine en diagonale. Le jour se levait... et Pierre s'en allait se coucher. Il se félicitait que ce soit dimanche. Il pourrait dormir jusqu'à deux heures! Ensuite il irait prendre du soleil au Mont-Royal... s'il y en avait!

En passant sur le petit pont, il avait vu, au bord de l'étang, ce jeune jogger matinal qui faisait des exercices de réchauffement. Pierre avait été très étonné de le voir faire en l'air des flexions de coudes et des motions d'épaules circulaires... Les joggers qu'il avait vus jusque-là ne faisaient que des extensions des jambes, un étirement général. Ce qu'il voyait là ressemblait plus à de la danse. Il s'était arrêté pour regarder un moment cet athlète.

Le coureur matinal semblait soucieux. Se sentant observé, il s'arrêta tout net et regarda à son tour l'intrus. Son bandeau blanc soulignait la profonde noiceur de ses yeux. Il avait les joues rouges... avant même d'avoir commencé sa course. Malgré sa grande fatigue à la fin de cette nuit blanche, Pierre avait trouvé la force de lui sourire... et l'autre avait répondu! Il courait pour se calmer avant son entraînement.

La compétition pour laquelle il se préparait lui mettait beaucoup de pression sur les épaules, et la course à pied lui permettait d'arriver à la piscine moins nerveux... et déjà réchauffé.

Ils s'étaient donné rendez-vous, le lendemain, au restaurant Nouvelle Vague sur la rue Papineau. Johnny avait tellement intrigué Pierre, que celui-ci ne dormit pas avant midi. Il avait très bien senti que l'attraction physique était mutuelle, mais il savait aussi, dès ce moment, que de nombreuses barrières morales allaient retenir le beau Johnny. D'origine portugaise, il avait été élevé dans le respect absolu de la famille... et il se disait très attiré par le mariage; il voulait avoir des enfants. Il se voyait déjà père de famille. Il savait que sa carrière de nageur ne durerait pas très longtemps et il voulait choisir un métier connexe, professeur d'éducation physique ou entraîneur, de manière à pouvoir consacrer beaucoup de temps à l'éducation de ses enfants... Il était attachant!

Pierre ne voulait pas vendre des chemises jusqu'à la fin de ses jours. Il voulait travailler dans la publicité, le design ou la décoration, mais jamais son travail ne l'empêcherait d'aimer qui il voulait! Johnny marchait sur des oeufs. Il y allait à reculons! Il voulait être aimé mais n'était pas prêt à donner plus! Il ne croyait pas pouvoir aimer un homme! Pierre au contraire avait attendu si longtemps cette occasion, qu'il y laissa courir son coeur; Johnny était tout ce qu'il désirait. Il s'était lancé corps et âme. Il avait plongé!... Trop vite! Johnny acceptait de le voir, de sortir avec lui à l'occasion, mais il fallait éviter tous les endroits où ils risquaient d'être vus par des journalistes.

Pourquoi Johnny était-il parti? Il était bien difficile de reconnaître quelqu'un au Pylône! Pierre dansait sans conviction. La camionnette? Suivait-elle vraiment le taxi? Ou était-ce simplement son imagination?... Le lendemain, il appellerait Johnny pour en avoir le coeur net!

15
MIDI SONNE AU CLOCHER SUD
(COLOGNE, mars 1967)

À Cologne, à cette époque, on ne pouvait pas faire dix pas sans devoir contourner des échafaudages. Sur les trottoirs, il était fréquent de voir des tas de pierres, des malaxeurs et des tuyaux. L'Allemagne se relevait. Partout poussaient comme des champignons ces maisons alignées, toutes pareilles les unes aux autres, grises et simples. L'absence totale d'ornementation sur ces maisons qu'on devait construire au plus vite contrastait avec la surcharge baroque des vestiges historiques de la ville. Ces boîtes de béton ne témoignaient d'aucun caprice architectural; elle étaient formelles.

Consuelo cherchait la *Kreuzgasse*. On lui avait dit: derrière l'opéra, mais elle était perdue. Le réseau complexe des rues de Cologne n'avait aucun lien avec Buenos Aires, encore moins avec La Carlota. Quand elle arriva devant l'église des Saints-Apôtres, elle dut encore demander son chemin. Elle évitait de le faire.

Était-ce sa peau brune et ses cheveux noirs luisants? Était-ce encore des séquelles de la guerre? Elle sentait toujours de la méfiance dans leur manière expéditive de répondre. Elle avait passé tout droit. Elle devait retourner sur la *Schildergasse*, jusqu'à...

— Y a-t-il une église? demandait Consuelo pour être certaine de ne pas se perdre à nouveau.

— C'est juste avant *l'Antoniterkirche!*

Malgré ce petit détour, ça lui avait semblé relativement facile de retrouver le *Doktor* Pletschscy. Elle avait pris de l'expérience à Buenos Aires. La recherche de Janevski/von Hohenstemm lui avait demandé beaucoup plus de doigté et de persévérance que cette petite promenade forcée dans Cologne. Elle avait l'habitude de marcher de longues distances et elle était tellement fière d'entreprendre enfin les démarches préliminaires à la renaissance de *Verlorelei,* qu'elle aurait marché de Cologne à Münster tout de suite... Mais il fallait qu'elle s'en tienne au plan du *Doktor* Hertzmann: d'abord trouver des collaborateurs.

Heinz Pletschscy n'avait pas fui à la défaite. Il n'avait pas eu à fuir. Personne ne savait qu'il avait été un des piliers de *Verlorelei* et, pendant la guerre, ses services n'avaient pas été réquisitionnés par les nazis. Il avait gardé sa pratique privée à Osnabrück; il avait courageusement continué à soigner les civils. Deux jours par semaine, il allait, en secret, travailler au laboratoire caché du *Doktor* Hertzmann. Passé le cimetière de Lengerich, c'était bien difficile de savoir où allait le dernier petit chemin qui s'enfonçait dans la forêt de Teutoburg. Personne n'allait jamais jusque-là. À moins de savoir comment se rendre à *Verlorelei*... et donc d'avoir juré d'en garder le secret.

Après la guerre, il n'avait même pas eu à changer de nom. Pletschscy était resté Pletschscy, propre et respecté. Sa retraite l'avait amené à Cologne. Sa femme était morte depuis plusieurs années; elle avait vécu avec lui sans jamais se douter de l'existence de *Verlorelei*. Elle n'aurait jamais approuvé le genre d'expériences qui s'y faisaient.

S'il avait quitté son bureau d'Osnabrück, Pletschscy n'avait pas pour autant abandonné ses recherches. Il était maintenant professeur invité à l'Université de Cologne. Il ne donnait que quelques heures de cours par semaine et passait le reste de son temps le nez collé à des ouvrages de génétique ou de psychologie. Il avait entretenu religieusement la flamme allumée un jour en lui par le génie visionnaire de Karl Hertzmann. L'étude de la complémentarité génétique l'intéressait au plus haut point ; la vie commune des couples équilibrés beaucoup plus que le « produit » généré par leur union, pour lequel Hertzmann se passionnait. La rencontre plus que la reproduction était l'obsession de Pletschscy ; il cherchait à démontrer scientifiquement la mécanique de l'amour, inscrite, d'après lui, dans le programme génétique de l'espèce. La découverte du système von Klapp avait été l'étincelle géniale de Karl Hertzmann. Tout le reste en découlait : les expériences de *Verlorelei* et les recherches de Pletschscy.

Quand la jeune Argentine frappa à la porte, Pletschscy préparait une conférence qu'il devait donner devant les membres d'un cercle de généticiens de la *Ruhrgebiet*. Il laissa un instant ses notes et vint ouvrir. En voyant cette petite corneille aux yeux perçants, il crut d'abord que c'était une étudiante qui venait lui demander conseil, mais il resta glacé sur place quand il l'entendit lui dire :

— C'est le *Doktor* Hertzmann qui m'envoie !

Elle voyait enfin ce fameux Heinz, un des protagonistes du délire de Hertzmann. C'était un vieux monsieur courbé qui portait un kimono multicolore.

— Hertzmann! reprit Pletschscy, sidéré par l'idée que son ancien maître et collaborateur pouvait être encore vivant.

— À l'heure qu'il est, il doit être mort!

Elle parlait un allemand savoureux, presque littéraire. Il l'invita à s'asseoir dans un vieux fauteuil dont les bras étaient couverts de périodiques ouverts sur une avalanche de photos et de graphiques.

— Je suis son héritière... Je viens vous demander votre aide pour relancer *Verlorelei*.

Un éclair bleu traversa les yeux du professeur Pletschscy. Il n'avait jamais eu le courage d'entreprendre seul la relance des activités scientifiques de *Verlorelei*, mais chaque été, depuis la fin de la guerre, il était allé y passer quelques jours, pour faire le ménage et empêcher le plus possible les bâtiments de se détériorer.

— Le bureau du *Doktor* Hertzmann est exactement comme il l'a laissé en 1944... Demain, j'ai une conférence, mais si vous le voulez, nous irons samedi!

Consuelo jubilait. Un ange avait dû programmer sa journée. Le *Doktor* Pletschscy, en quelques instants, la comblait au-delà de ses espérances. *Verlorelei* n'était plus un endroit perdu au bout du monde, il était tout près!

— Je sais en mots comment m'y rendre, dit Consuelo, mais j'y serai plus vite si vous m'y guidez!

— L'héritière de Karl! répéta-t-il en examinant de la tête au pied cette petite noiraude aux yeux de charbon. Il n'en revenait pas.

— Le *Doktor* m'appelait sa « fille dans la science »!

— Mais où est-il donc?

— Je vous l'ai dit. Selon toute vraisemblance, il doit être mort. Il est parti tout seul dans les montagnes de Córdoba.

— En Espagne?

— En Argentine!... Il voulait finir sa vie dans les hauteurs! Moi, j'ai quitté mon pays pour venir vous convaincre de reprendre avec moi les activités de son laboratoire.

— Mais comment...?

— Le *Doktor* m'a remis une liste de gens que je pourrais essayer de retrouver... Vous étiez le premier sur la liste. J'ai été chanceuse!

— Attention! La police ici pourrait nous mettre des bâtons dans les roues!... Mais comment voulez-vous que nous relancions les opérations? Il faut des...

— Des cobayes? J'ai un plan! Elle se sentait prête à tout organiser.

Quand elle lui montra le livre noir où elle avait noté le délire du *Doktor* Hertzmann, l'éclair bleu vint à nouveau mettre le feu dans les yeux de Pletschscy. Il feuilleta presque religieusement le précieux document. Les paroles obscures du *Doktor* Hertzmann prenaient beaucoup de sens pour lui.

L'apparition de Consuelo le replongeait d'un coup dans une aventure qu'il rêvait de poursuivre depuis plus de quinze ans.

Le lendemain, pendant que le *Doktor* Pletschscy donnait sa conférence à l'université, elle en profita pour faire sa première visite européenne. Elle n'avait encore rien vu. Pendant l'escale de Madrid, elle était sagement restée dans l'aérogare en attendant que l'équipage soit prêt à repartir. À Francfort, elle avait sauté dans le premier train de la ligne Francfort-Amsterdam en descendant de l'avion. Elle avait vu le Rhin à la brunante. Les vignobles et les châteaux se fondaient déjà à la masse grise du soir. Une vieille dame, dans le train, lui avait indiqué la Lorelei. Consuelo savait l'importance que ce mythe avait dans la pensée du *Doktor* Hertzmann... Elle fut déçue : ça n'était qu'un cap rocheux sans envergure ! Elle connaissait au nord du Rio Cuarto des rochers beaucoup plus impressionnants que ce petit promontoire inoffensif. La nuit tombait quand le train entra dans Cologne.

En sortant de la gare, elle avait tout de suite été séduite par la gigantesque silhouette de la cathédrale qui se découpait sur le ciel rouge. Elle s'était sentie appelée, mais il fallait d'abord qu'elle retrouve le *Doktor* Pletschscy.

Elle avait vu très vite le reste de la ville, sans vraiment regarder. Elle ne remarquait que les églises. Les églises lui servaient de point de repère dans les forêts de pierre comme Cologne ou Buenos Aires. Elle profita donc de la journée du lendemain pour retourner visiter la cathédrale.

Elle entra dans cette grande église avec toutes les appréhensions d'une enfant « sauvage » qui ne connaissait la culture européenne qu'à travers les récits d'un *Doktor* exilé.

La hauteur des voûtes ! La grosseur des colonnes ! Il aurait fallu une ronde de douze enfants pour entourer chacune d'elles ! Les tableaux, les tapisseries, l'orfèvrerie, tout lui coupait le souffle. Elle s'attarda longuement sur chacun des vitraux. Elle n'avait jamais rien vu de plus beau.

Après avoir admiré la décoration des autels latéraux, elle décida de gravir à pied les marches du clocher sud. Débordante d'enthousiasme, elle commença si vite son ascension qu'elle fut tout étourdie après une centaine de marches. Elle dut ralentir la cadence et reprendre plus calmement sa conquête en spirale. Elle s'arrêtait devant chaque fenêtre et regardait tantôt la ville, tantôt le Rhin.

Avant d'entreprendre l'ascension de la dernière spirale, elle s'arrêta au dernier palier pour admirer les plus grosses cloches d'Europe. Au sommet du clocher, une véritable illumination l'attendait : le ciel bleu chantait à travers une dentelle de pierre. La lumière concentrée dans chacun des médaillons lançait des aiguilles sur la plateforme. Consuelo pensa tomber à la renverse. Elle s'assit sur un petit banc posé là, près de l'escalier. Le dos appuyé contre le mur et la tête renversée, elle pouvait admirer cette splendeur sans perdre l'équilibre. Elle se demandait vraiment comment des ouvriers du treizième siècle avaient pu monter aussi haut une telle merveille.

Elle fut interrompue dans son extase quand elle sentit une main se poser sur la sienne. Une jeune fille s'était assise près d'elle et lui souriait.

— C'est beau, hein ?

— C'est magnifique, dit Consuelo en retirant sa main. Mais qui êtes-vous ?

— Je m'appelle Britt. Je suis une amie... D'où viens-tu ?

— D'Argentine, répondit Consuelo en se demandant s'il était prudent de révéler son pays d'origine à une inconnue.

— Ça doit être un beau pays !

— Il y a de belles montagnes et de belles forêts, mais nous n'avons rien comme ça !

Elle était à nouveau happée par les étoiles de lumière bleue dans ce ciel de pierre.

— Nous avons été chanceux, dit Britt, que celle-ci ne soit pas rasée !

Elles restèrent un long moment à regarder ensemble le moindre détail de ce clocher qui leur faisait l'effet d'un arbre géant à l'ombre duquel on pouvait voir la lumière percer des trous.

Il était midi. L'étrangère invita Consuelo à redescendre et à casser la croûte avec elle. Elle connaissait en bas un endroit où les *Knockwürste* étaient particulièrement délicieux.

Elle s'appelait Britt Metz-Amschitzell. Consuelo grimaça en entendant ce nom. Britt lui expliqua qu'elle avait ajouté le nom de sa mère à celui de son père pour venger l'affront constant que la civilisation des mâles dominateurs faisait subir à la gent féminine. En l'honneur de sa mère, Britt Metz avait choisi de porter ce nom presque aussi long qu'une caravane transportant de la bière et des saucisses, un train plein de charbon et de minerai de fer : Britt Metz-Amschitzell.

Consuelo avait grimacé parce qu'elle ne se sentait pas capable de répéter sans se tromper un nom pareil. Par ailleurs la musique des syllabes la fascinait et Britt avait le plus beau sourire du monde.

Elles passèrent une bonne partie de l'après-midi à faire connaissance. Britt était une belle blonde aux yeux bleus, sportive. À côté d'elle, Consuelo avait l'air d'une naine : une corneille en compagnie d'une jument de race. « De race aryenne », pensait Consuelo en essayant d'imaginer avec qui Britt devrait être accouplée pour enfanter une « perle », dans l'éventualité, bien sûr, où une analyse de son sang révèlerait la présence du système von Klapp. Sinon, elle serait écartée. Elle n'était peut-être pas destinée à devenir une mère à *Verlorelei*... Consuelo rêvait. Elle ne savait pas encore si elle arriverait à relancer les expériences du laboratoire et de toute façon, il était plus prudent de ne pas en parler tout de suite. Tout ce qui concernait le projet *Verlorelei* devait, pour l'instant, rester secret.

Le soir même, chez le *Doktor* Pletschscy, Consuelo en apprit beaucoup sur les activités du laboratoire. Le *Doktor* insistait pour que soit inauguré un programme humanitaire où, en plus de chercher à produire des êtres humains parfaits, à tout le moins des spécimens très résistants et très beaux, on chercherait aussi à comprendre la mécanique de l'amour et de la formation des couples.

— Personne n'a réussi jusqu'à ce jour à démonter cette merveilleuse horloge!

Consuelo l'écoutait distraitement, elle pensait à Britt. Était-ce le hasard? Elles s'étaient rencontrées à midi dans le clocher sud de la cathédrale de Cologne, le premier jour de l'été! Pour le *Doktor* Pletschscy, qui continuait à débiter ses mises en garde et ses recommandations, *Verlorelei* devait être avant tout une école d'amour où ne seraient admis que les spécimens les plus complémentaires. En outre, il fallait, d'après lui, éduquer les candidats pour qu'ils participent de plein gré aux expériences, de manière à faciliter la recherche et favoriser les résultats. Il fallait à tout prix leur expliquer l'isogénèse chromosomique, leur faire lire les notes du *Doktor* Hertzmann, les renseigner sur Ovide, sur l'amour courtois, sur la philosophie de Platon, sur tout ce qui risquait de les éclairer, de les « convertir » à la cause véritable de *Verlorelei*.

Consuelo n'avait jamais aimé physiquement. Sa relation avec Hertzmann en était restée à quelques caresses inoffensives et des baisers au front. Elle se sentait soudain fébrile à l'idée d'accoupler les autres sans savoir de quoi exactement il s'agissait.

— Comment allons-nous trouver les candidats? demanda-t-elle pour donner l'impression qu'elle suivait attentivement les propos de Pletschscy.

— Dommage que j'aie perdu la trace des huit enfants de 1944, reprit-il comme s'il n'avait pas entendu la question, ça nous aurait fait un bon fond!... Il faut d'abord organiser les équipes d'encadrement avant de penser à former des couples! J'ai participé le mois dernier à un séminaire sur les philosophies pratiques de Heidelberg. J'y ai rencontré quelques savants qui nous feraient des acolytes intéressants. Il s'agirait de les convaincre de venir à *Verlorelei*. J'ai entendu là une conférence donnée par un spécialiste de l'amour mystique en Inde, le professeur Yanantha. Il y avait aussi un jésuite du Canada qui passe pour être le plus grand platoniste au monde... Nous pourrions les contacter.

Consuelo était encore absorbée par sa rêverie. Elle imaginait Britt dans la boulangerie de son père. Elle devait être une bonne vendeuse. Elle se souvenait par cœur du début d'un poème que Britt lui avait récité dans le clocher:

Wo sind die Seelen der süssen Zeit?
Alle zum Norden schon geflogen.
Noëmie, Noëmie, Noëmie,
Die tapfere Noëmie bleibt!

Pletschscy parlait toujours, du système von Klapp, de la difficulté de repérer les porteurs, de consolider le réseau génétique par d'autres complémentarités raciales. Le flot incessant de ses paroles inondait la petite pièce de la *Kreuzgasse* et Consuelo naviguait librement sur ces eaux savantes. Elle savait qu'aucune relance ne serait possible sans une ferme autorité.

— N'oubliez jamais que c'est moi, l'héritière du *Doktor* Hertzmann! dit-elle brusquement au *Doktor* Pletschscy. Celui-ci ne comprit pas le sens de cette intervention subite, mais comme il se savait le seul scientifique capable de diriger les opérations, il ferma presque paternellement les yeux sur cette petite crise de pouvoir. Il ne savait pas encore que Consuelo cherchait à se grandir, à se donner de l'importance... pour ne pas décevoir Britt. La jeune Allemande l'attirait mais il fallait qu'elle garde le contrôle.

Elle décida donc dès ce jour de se faire appeler Noëmie von Klapp. Le prénom était un choix romantique, mais il amoindrissait l'impact du patronyme qui lui semblait convenir aussi bien à sa fonction qu'à sa personnalité. Elle abandonnait son véritable nom aux flots de l'oubli ; il entraînerait avec lui le souvenir d'Inès. Elle aurait tout donné pour effacer à jamais l'image obsédante de cette noyade absurde ; et toute référence à l'Argentine lui rappellerait un monde qu'elle voulait oublier. Elle espérait trouver en Britt une inspiration capable d'éclipser pour toujours le sourire indélébile de sa dernière amie d'enfance. Noëmie von Klapp serait désormais le seul nom de l'héritière du *Doktor* Hertzmann.

16
COÏNCIDENCE
(BOSTON, novembre 1978)

Anton l'avait d'abord repéré dans la foule, à la sortie d'une station de métro. Il commençait à pleuvoir et tout le monde se bousculait. À les voir aussi fébrilement chercher un abri, on n'aurait jamais cru que les Bostonnais étaient habitués aux averses.

Dans la cohue générale, Anton avait falli perdre la trace de ce jeune homme (il se serait cru à Bangkok ou à Tokyo!), mais grâce à son talent naturel de chasseur, grâce à son flair, il avait réussi à le suivre jusqu'à son domicile. Ça pouvait être la maison d'un ami, de sa fiancée ou de ses parents! Anton n'en savait rien mais il savait qu'il était sur une piste sérieuse. L'aiguille du génétomètre avait bondi dans le rouge. Il n'y avait aucune hésitation possible dans le cas de ce jeune homme. C'était un blond aux yeux verts, plutôt court et carré. Il portait un jean sale et une chemise à carreaux par-dessus son T-shirt. Ses manches roulées laissaient voir des tatouages sur ses avant-bras, sur ses mains et même sur ses jointures : *love* à droite et *hate* à gauche. Il devait avoir vingt-cinq, trente ans.

En s'approchant pour noter l'adresse de la maison où le jeune homme venait d'entrer, Anton vit une plaque de cuivre à côté de la porte : *Judith Exton Institute*. Dans la fenêtre de gauche un autocollant disait : *Clean up your act*! Intrigué, Anton avait tout de suite fait les recherches nécessaires pour savoir quel genre d'établissement ça pouvait être.

(Judith Exton avait passé sa vie à soulager des malheureux. Riche héritière d'un industriel bostonnais, elle ne s'était jamais mariée. Elle consacrait tout sont temps à ses pauvres, ses malades et ses déshérités. À sa mort, les autorités municipales avaient appris avec étonnement que dans son testament elle faisait don de ses biens et de sa fortune à l'État du Massachusetts, en exigeant que sa maison soit transformée en un centre de transition pour des ex-détenus en voie de réinsertion sociale. Le maire était furieux.)

Le jeune homme sortait donc de prison! Il serait facile à prendre parce qu'il était sans doute encore tenu de rentrer chaque soir, après sa journée de travail, au 117 *Boylston Street*. Anton aviserait en temps et lieu ses collègues du Service des enlèvements. En attendant, une autre journée de recherches intenses attendait l'agent-détecteur de *Verlorelei*. Pour le dossier, il fallait savoir qui était ce jeune homme. Noëmie von Klapp ne voudrait peut-être pas d'un ancien prisonnier. Il était au moins utile de savoir quel crime il avait commis et de le préciser sur la fiche qu'il remettrait à Vassili Papanikos.

C'est en lisant le *Boston Herald* sur microfilm, à la bibliothèque de Cambridge, qu'il avait trouvé : à vingt-deux ans, Jack Prance, champion de karaté, avait été arrêté pour trafic de cocaïne. La Fédération américaine de karaté avait fait grand bruit de cette affaire, à l'époque.

Après huit ans de prison, à cause de sa bonne conduite, on lui avait accordé cette liberté surveillée.

Comme il était maintenant sur la voie du repentir et de la normalisation, Noëmie serait sans doute favorable à son enlèvement. À moins qu'elle ne s'en préoccupe pas du tout, que pour elle les résultats d'une détection génétique soient la seule chose qui compte? Il valait mieux ne pas prendre de chances et accumuler toutes les informations disponibles sur chacun des candidats.

Anton était quand même étonné: la présence de cocaïne dans le sang réduisait à la longue la performance sexuelle des consommateurs et brouillait le message génétique. Devant des cas semblables le génétomètre n'allait jamais plus haut que 40. Jack Prance avait fait grimper l'aiguille jusqu'à 120 au moins... Peut-être en avait-il fait le trafic sans en prendre lui-même? Anton se posait de sérieuses questions. Huit années étaient-elles suffisantes pour effacer toute trace de drogue et rétablir la santé des messagers du sang?... Il ne comprenait rien à cette affaire. Enfin, Pletschscy et compagnie s'arrangeraient avec ça! Si le détecteur avait réagi si fort, il fallait organiser l'enlèvement et montrer à la police américaine que les agents du *Entführungsamt* de *Verlorelei* pouvaient réussir un aussi bon coup de filet que le leur: grâce à un coup de téléphone astucieusement intercepté, ils avaient pris en même temps Prance à Boston et Lopez, son associé, à San Diego.

— Il devait la vendre sans en prendre! se répétait Anton en refusant de croire, un seul instant, que le génétomètre du *Doktor* Prazec puisse faire défaut.

17
VOUS ALLEZ TROP LOIN,
DOCTEUR FARAH!

(VERLORELEI, janvier 1979)

— Garde Mac Lean! Garde Mac Lean! Communiquez avec la centrale!

Quand le docteur Farah sortit de son bureau pour lui remettre le dossier de Yasuko Sakade, garde Mac Lean avait quitté sa table de travail... L'examen était terminé. Il fallait maintenant « donner » les résultats à l'ordinateur, et le docteur ne connaissait absolument pas le fonctionnement de la machine.

— Pour moi, c'est de l'allemand! répétait-il souvent, en évoquant sa difficulté à maîtriser la langue officielle de la clinique.

Il était quatre heures vingt-sept. Trois minutes avant l'appel général. Il fallait que la jeune Japonaise retourne au plus vite à son unité domiciliaire... Mais sans le papier de l'ordinateur, elle ne pouvait pas sortir et partir en copulation contrôlée. Sans ce papier, elle n'était plus fonctionnelle, et elle menaçait même l'équilibre de tout le système. Où était donc garde Mac Lean?

— Allez voir à la pouponnière! à l'infirmerie!... Je ne peux pas retenir ici la petite Nipponne après quatre heures et demie ! C'est strictement interdit !... Il lui faut absolument sa feuille jaune pour partir en VG !

Il se servait volontiers de ces lettres. Elles lui évitaient de se casser la tête à mémoriser des mots comme *Versicherter Geschlechtverkehr*, qui désignaient la copulation contrôlée.

Visiblement embarrassé, le docteur Farah allait nerveusement d'une fenêtre à l'autre en évitant de regarder dans les yeux la divine Yasuko.

Sans réfléchir davantage, le docteur, hors de lui, tira sur la manette d'alarme. Toutes les sirènes se mirent à hurler. Malgré l'interdiction formelle de donner aux pensionnaires l'accès aux documents qui les concernaient, il tendit le dossier médical à Yasuko et sortit de la pièce. Il se dirigea d'un pas décidé vers le bureau de la grande patronne en marmonnant des injures à l'endroit de son assistante disparue. Mais avant qu'il ait eu le temps de se rendre, il la vit, elle, venir vers lui, la grande patronne, la petite corneille que tout le monde craignait, suivie de près par garde Mac Lean et Britt Metz-Amschitzell.

— Docteur Farah !... Je ne peux malheureusement pas vous faire exécuter ! Ce serait trop simple ! J'ai besoin de vous... Si je m'écoutais, je vous ferais rôtir les orteils à petit feu... Animal répugnant !

Le docteur Farah ne savait pas quoi répondre aux injures de la patronne. Il regardait garde Mac Lean, mais l'appui qu'il cherchait en elle s'écroulait comme un château de sable après la visite d'une vague. Elle baissait les yeux.

— Vous méritez la mort, poursuivit Noëmie. Vous avez mis toute notre production en péril. Pour votre petit plaisir personnel, vous vous êtes permis de polluer mon produit.

— Mais voyons, Noëmie, dit le docteur, je porte toujours un condom!

— Pas un mot. Garde Mac Lean m'a tout dit!

— Je n'en pouvais plus, soupira Betty Mac Lean. Chaque jour j'entendais par la grille de ventilation les cris, les plaintes, les gloussements des pensionnaires que vous « examiniez »!... Je crois à la pureté de notre mission, docteur, je crois au *Perlekinder*! Je ne pouvais pas garder plus longtemps ce secret qui m'empoisonnait l'existence. C'était trop lourd à porter. Il fallait que je parle, docteur. Excusez-moi! Il fallait que je parle. J'ai parlé!

— Idiote! Traîtresse! dit-il en serrant les dents.

— Vicieux! reprit Noëmie. Vous êtes vraiment très chanceux que je n'aie pas d'autres médecins disponibles en ce moment!

— Vous devriez le renvoyer! dit timidement Britt.

— Tu sais bien que c'est impossible! On nous retracerait trop facilement!

Le docteur Farah aurait dû fuir de Beyrouth pour éviter la prison. Il était accusé d'avoir pratiqué des avortements illégaux dans une clinique privée du quartier chrétien. Comme il était un grand gynécologue, acclamé par tous les spécialistes du monde, c'est avec une grande fierté que Noëmie von Klapp l'avait accueilli à *Verlorelei*. Il s'était malheureusement laissé aller à son penchant naturel et s'était servi de son autorité pour abuser sexuellement des jeunes femmes qui lui étaient confiées, lors des examens reliés à la copulation contrôlée ou à l'évolution des premiers mois de leur grossesse.

— Le docteur Farah, dit froidement Noëmie, sera confiné aux appartements des hommes. Il lui sera interdit de pénétrer chez les femmes!... C'est malheureusement la seule punition que je puisse vous infliger en ce moment!

— Mais je suis gynécologue! dit-il pour essayer de se défendre.

— Gynécologue ou pas, vous n'êtes qu'un ingrat!

Un éclair de colère traversa les yeux de Noëmie von Klapp. Elle appela les gardes. Alertés par l'alarme, ils ratissaient les pièces du semi-sous-sol et du deuxième étage, à la recherche d'un intrus, d'un accident ou d'une bataille, sans se douter que le calme utérin du premier étage pouvait être perturbé.

— Ici! imbéciles! leur cria-t-elle de toutes ses forces, avec sa voix de corneille naine.

Deux costauds en uniforme noir accoururent, firent claquer leurs bottes et saisirent le docteur Farah par les bras dès que Noëmie leur eut dit:

— Amenez cet ogre chez les hommes! Et qu'il y reste!

Ils refirent claquer leurs talons et repartirent vers les appartements des garçons, à la clinique du deuxième étage, celle-là même dont l'ennemi juré de Magdy Farah, le docteur Heinz Pletschscy, était le grand responsable. Le satyre honteux suivit les gardes sans offrir de résistance. Il connaissait pourtant les humiliations qui l'attendaient en haut. Pletschscy ne manquerait pas l'occasion de marquer des points dans la joute à mort que se livraient ces deux médecins.

— Vous ne reviendrez au premier étage que pour les examens et les cas d'urgence, ajouta Noëmie. Et vous serez toujours surveillé!... Comment peut-on être aussi enfantin? dit-elle plus bas, en s'envolant vers son bureau.

Sans dire un mot, l'infirmière écossaise retourna à la clinique des femmes. Yasuko Sakade était restée là sans bouger, encore figée après les assauts du docteur. Garde Mac Lean lui arracha des mains le dossier médical et composa machinalement quelque chose sur le clavier de l'ordinateur. La machine se mit en marche, et comme si elle leur tirait la langue, elle cracha mollement la feuille jaune sans laquelle Yasuko Sakade n'aurait jamais pu être autorisée à passer la nuit avec Conrad Fisher.

Les sirènes se turent. Betty Mac Lean, jalouse de n'avoir jamais été courtisée par le docteur Farah, souriait méchamment à la petite comédienne qui n'y comprenait rien et n'avait aucune envie d'aller coucher avec cet étranger qu'on lui désignait comme son partenaire parfait.

— Tiens, petite putain! dit-elle en tendant la feuille jaune à Yasuko Sakade. Va te faire voir ailleurs!

D'une main sèche, la grande garde rousse ouvrit la porte et poussa dehors cette petite poupée de porcelaine que le *Entführungsamt* avait amenée du Japon. Tout n'était pas rose à *Verlorelei* mais tant que Noëmie von Klapp pouvait compter sur des collaborateurs fidèles comme Betty Mac Lean, elle garderait, d'une main de fer, le contrôle absolu sur ce château dont elle avait tant rêvé en Argentine, et qu'elle conduisait maintenant vers un succès financier sans précédent.

18
LA LEVURE À L'OEUVRE
(COLOGNE, août 1969)

La vieille pétrisseuse faisait tellement de bruit que Britt n'avait aucune chance d'entendre les *Beatles* déverser généreusement le baume apaisant de « Yesterday » sur l'Allemagne endormie. Même si elle s'était réfugiée à l'autre bout de la boutique pour pétrir à main, selon les exigences de son père et de la tradition, la pâte des tartes à l'oignon, elle n'arrivait pas à se soustraire aux tambours grincheux et désuets de cette grosse pièce de machinerie d'avant-guerre. Elle enfonçait donc vigoureusement ses poings dans la pâte, et malgré ces inconvénients matériels elle travaillait dans le bonheur. Elle était heureuse ! Amoureuse ! Elle avait, en plus, une cause à défendre. Elle voulait faire vite le plus d'argent possible, vendre ensuite la boulangerie et tout investir dans *Verlorelei*.

— Et tes parents ? lui demandait Noëmie.

— Ma tante Hildegarde va s'occuper d'eux ! Mon oncle a fait fortune depuis qu'il vend des appareils de télévision en couleurs !

— Mais ton père ne te laissera pas partir comme ça !

— C'est ma façon à moi de prendre mon héritage !

Tout pour Noëmie ! Elle pétrissait avec d'autant plus d'ardeur qu'elle savait que son amie, en compagnie du *Doktor* Pletschscy, rencontrait ce soir-là à Heidelberg ces fameux spécialistes dont ils avaient tant parlé. Elle imaginait le couple : un prêtre et un gourou ! Elle imaginait allègrement la profondeur des propos qu'ils échangeraient. Elle se sentait tellement dépassée qu'elle n'en avait que plus d'admiration pour Noëmie. En effet, même si elle n'avait que vingt ans, la petite Argentine aux yeux de feu nageait habilement dans ces eaux savantes et semblait en connaître autant que le *Doktor* Pletschscy ! Pourquoi aurait-elle été impressionnée par un « fakir » ou par un jésuite canadien ?

Au moins, Britt était maintenant au courant des affaires de Noëmie. Elle participait à sa manière à l'érection de *Verlorelei*. Même en chantant et en rêvant, elle travaillait plus fort qu'une douzaine d'hommes vaillants. Elle n'avait même plus besoin de s'arrêter pour soupirer en pensant tendrement à son amie, elle travaillait pour elle ; chacune de ses minutes était consacrée à celle dont elle s'était complètement imprégnée depuis ce mémorable après-midi dans le clocher sud de la cathédrale. Elle ne vivait que pour Consuelo !

— Je t'ai dit mille fois de ne plus m'appeler Consuelo ! Je suis ici maintenant ! L'Argentine, c'est fini !... Je suis une citoyenne du monde et je veux qu'on m'appelle Noëmie von Klapp !

Pourquoi pas ? Après tout, le prénom venait de Britt, de ce petit poème qu'elle avait innocemment récité ce jour-là dans les hauteurs gothiques où elle avait vu Noëmie pour la première fois. Quant au nom de famille, Britt n'en connaissait pas la référence exacte, elle savait seulement qu'il s'agissait d'un hommage à un grand homme de science. Tous ces longs mots et ces grands noms que s'échangeaient Pletschscy et Noëmie se confondaient de toute façon en un magma barbare auquel Britt n'avait aucune envie de s'attarder. Il lui fallait du vrai, du palpable ; elle ne comprenait que ce qu'elle pouvait voir. Son amie gardait, pour elle, la même âme et le même corps, qu'elle s'appelle Consuelo ou Noëmie von Klapp ! Ses yeux et ses cheveux noirs étaient, pour Britt, les seuls oriflammes de la vérité. Elle acceptait tout le reste en se disant qu'un jour elle arriverait à comprendre la personnalité complexe de son amie. Noëmie n'était toujours « visible » qu'à moitié, de profil ou d'un angle fuyant.

L'ardeur qu'elle mettait à changer de nom n'était pas seulement l'effet de son enthousiasme pour la renaissance de *Verlorelei*, c'était aussi le fruit de ses angoisses. Et pour foncer plus fermement vers l'avenir, elle nourrissait son ambition de l'affection nostalgique du *Doktor* Pletschscy pour son viel ami, dont elle était l'héritière, et de l'aveugle passion de Britt, enflammée par l'idée de créer une société nouvelle à partir de prototypes améliorés, d'hommes et de femmes plus forts et plus beaux.

Chacun projetait en *Verlorelei* ce à quoi il aspirait. Noëmie voulait se réaliser pleinement, et comme elle était la seule détentrice des secrets du *Doktor* Hertzmann, elle voulait faire de ce laboratoire à peine sauvé des eaux de l'oubli le plus gigantesque empire et la plus riche entreprise de la planète... Il n'y avait pas de raison qu'elle ne réussisse pas, puisqu'elle avait en main une clé convoitée par tous ceux qui croyaient en l'avenir des enfants parfaits !... Elle devait à Hertzmann le secret de la fabrication des *Perlekinder*, mais elle avait imaginé toute seule un système qui comprenait l'enlèvement des « donneurs » et des « porteuses », et la distribution lucrative des bébés.

Pletschscy la laissait prendre ces initiatives. Il n'avait pas le choix. Il était obsédé par ses recherches, et Noëmie était sa seule chance de pouvoir mener ses expériences et d'espérer obtenir des résultats concrets dans la réalisation de couples complémentaires parfaits. Il fermait les yeux sur les ambitions commerciales de sa jeune collaboratrice pour se consacrer plus vite à ses accouplements scientifiques.

Britt en était à l'enfournement de ses tartes à l'oignon. Elle souriait toujours. Les heures passaient vite. Elle savait qu'elle retrouverait Noëmie au *Schwarzes Scharf* en fin de soirée... Elles avaient mis tellement de temps à se connaître vraiment, et Noëmie avait été si difficile à apprivoiser que Britt avait encore, au fond, quelques doutes sur la durabilité de ce que Noëmie s'entêtait scrupuleusement à appeler leur «amitié»... mais elle s'accrochait à son rêve. Elle savait que Noëmie avait sur ses émotions un contrôle absolu et qu'elle restait imperturbable en toutes circonstances; il était seulement difficile de s'y habituer.

Leur amitié croissait à l'ombre des affiches publicitaires de films américains que Britt aurait bien voulu voir mais que Noëmie s'entêtait à dénigrer, pour marquer son indépendance, en prétextant qu'elles n'avaient pas ensemble assez de temps pour se permettre d'en perdre au cinéma. Elles remettaient toujours à plus tard leur visite au *Kölsches Kino* et Britt ne voyait toujours qu'en photo Charlston Heston et Liz Taylor; elle continuait à rêver sans comprendre pourquoi ses rencontres avec son amie argentine étaient si strictement réglementées. Elles s'entretenaient de tout et de rien, de la jeunesse moderne, de la reconstruction de l'Allemagne, de la menace du communisme, des progrès de la science.. en général. Jamais un mot sur *Verlorelei*.

Noëmie s'était une fois aventurée à questionner Britt sur ses connaissances en génétique. Elle avait été soulagée de constater que son amie ne s'intéressait aucunement à cette science. Tout ce qui touchait à la reproduction et au commerce des sexes la dégoûtait. Elle n'avait aucune envie de se soumettre tacitement à la maternité domestiquée et de perdre sa vie dans l'anonymat d'une banlieue de Cologne avec un mari qu'elle ne pouvait pas aimer. C'est Noëmie qu'elle aimait de toutes ses forces, et elle avait tellement hâte de finir ses études pour consacrer plus de temps à leur relation.

Un soir, Noëmie n'y tint plus! La serveuse venait d'apporter le Coca-Cola de Britt et le café de Noëmie quand l'embâcle céda. Britt connaissait l'existence d'un certain professeur d'université avec qui Noëmie travaillait, mais elle ne savait pas son nom, et elle n'aurait jamais pu deviner que son amie était à la tête d'une organisation secrète. Ce que Noëmie raconta ce soir-là éclipsait tous les films américains dont rêvait Britt.

L'aventure dans laquelle s'était engagée son amie frôlait les limites du vraisemblable; les vrais motifs de son séjour en Allemagne — ceux qu'elle avouait du moins! — et la nature scientifique de sa «mission» glacèrent d'étonnement la pauvre Britt qui n'était jamais sortie de Cologne et qui n'imaginait même pas qu'on puisse former des couples mieux que la nature et produire des enfants parfaits. Mais dès que fut passée sa surprise, elle devint vite l'acolyte la plus zélée de Noëmie von Klapp.

À l'époque de leurs premières fréquentations, Noëmie menait une double vie. Britt ne savait encore rien de *Verlorelei* et le *Doktor* Pletschscy ignorait tout des rendez-vous nocturnes de sa jeune collègue avec cette fille d'un boulanger de Cologne. Comme une statue muette, entre deux exaltés, ligotée par ses secrets, Noëmie ne cédait de son intimité que des miettes insignifiantes. Elle choisissait avec beaucoup de parcimonie ce qu'elle acceptait de laisser voir et ce qu'elle abandonnait à la vie des autres. Bien sûr elle voyait monter les flammes dans les regards de Britt, mais elle ne se permettait d'encourager ces élans qu'avec beaucoup de réserve. Elle préférait feutrer leurs échanges, envelopper leur «amour» dans un écrin de discrétion; mais sous le calme apparent, sous la froideur hiératique, sous le masque de sphinge, une enfant de la forêt se débattait contre des secrets dévorants qui la tiraillaient de toutes parts.

Elle se sentait responsable de Pletschscy ; l'exaltation du *Doktor* était à son point culminant, et tous les rêves qu'il avait soigneusement repliés à la fin de la guerrre sortaient maintenant du placard de sa mémoire, emportés par les fantômes en liesse de son imagination scientifique. L'arrivée de cette petite Argentine sans vergogne avait provoqué dans sa vie un remous sans précédent ; elle avait permis la résurrection de *Verlorelei*. Et fouetté par son dynamisme aussi latin que juvénile, le *Doktor* se sentait maintenant prêt à entreprendre avec elle la reconstruction du laboratoire... mais il n'y avait rien à bâtir ! Il s'agissait seulement, au début, de former une équipe compétente.

— Il nous faut la crème de l'élite scientifique ! lui répétait toujours Pletschscy, mais Noëmie voyait déjà plus loin.

— C'est de bras qu'on aura besoin !

D'autre part elle se sentait de plus en plus liée à Britt et chaque soir, elle courait la rejoindre au *Schwarzes Scharf*. Sans vouloir complètement éteindre la flamme de son amie, elle cherchait à lui communiquer son calme, à temporiser ses élans passionnels.

L'idée de bâtir un temple scientifique à la gloire de la perfection des couples l'enchantait tout à fait, mais elle se posait de sérieuses questions sur le financement d'une telle entreprise. Les cinquante mille pesos de Janevski s'épuisaient rapidement ; il faudrait bientôt trouver autre chose !... Britt avait alors décidé d'abandonner ses études et de redonner vie à la boulangerie paternelle pour faire de l'argent là où il était possible pour elle d'en faire.

Si elle s'enflamma si vite et si fort, c'est sans doute parce qu'elle identifiait le succès des activités scientifiques de ce laboratoire étrange qu'essayait tant bien que mal de lui décrire Noëmie à la réussite de leur relation. Elle savait qu'en travaillant très fort, elle pourrait économiser jusqu'à trois cents marks par mois. Avec la vente de la boulangerie elle pourrait accumuler jusqu'à trente ou quarante mille marks... Mais le plus grand sacrifice qu'elle faisait pour Noëmie n'était pas de relever ses manches et de mettre littéralement la main à la pâte, mais bien d'abandonner son projet de carrière. Au grand désespoir de ses parents, au lieu de vendre des pains et des gâteaux, elle s'était inscrite en photographie à l'université de Cologne — le cours en était à ses premiers balbutiements! — mais elle avait décider d'interrompre son apprentissage pour suivre et aider Noëmie.

Malheureusement, malgré l'interdiction formelle de révéler quoi que ce soit sur *Verlorelei*, Britt n'avait pas réussi à cacher son enthousiasme débordant. Pendant une séance de pose où Liza van Openraam lui servait de modèle, elle avait parlé « d'une espèce d'agence de rencontres » bien particulière qui trouvait toujours le partenaire idéal. Voulait-elle se mettre en valeur devant ce jeune mannequin qu'elle ne connaissait qu'à peine? Voulait-elle se rendre intéressante? La jeune Hollandaise était très belle. Elle était de passage à Cologne et elle avait accepté, pour quelques marks, d'aider Britt à faire son travail de mi-session. L'agence que lui avait décrite Britt l'aurait libérée de tous ses problèmes d'argent. Elle était très intéressée; elle voulait en savoir plus.

Britt avait dû confesser cette fuite, et Noëmie avait été outrée! Elle avait failli faire une scène au *Schwarzes Scharf*. Faudrait-il maintenant mettre au parfum cette « fille de rien du tout » dont Noëmie ne pouvait que se méfier? En plus d'être belle, elle était Hollandaise... et Britt avait raconté ce que son père disait de la Hollande et d'Amsterdam! Noëmie s'en était fait une image infernale!

— Mais elle est très intéressée par ton projet! répétait Britt en essayant d'obtenir de Noëmie qu'elle accepte aussi Liza à ses côtés.

— Qu'est-ce que tu veux qu'on fasse avec elle?

— Elle est très belle! Elle peut sûrement être la compagne idéale de quelqu'un!

— Ça n'est pas aussi simple que tu le penses! *Verlorelei* ne sera jamais un bordel!

Elles trouveraient bien une solution pour intégrer Liza. En attendant, Britt avait fini toutes ses tartes; elle était prête à partir. Pourvu que Noëmie ne soit pas retenue à Heidelberg et qu'elle puisse être au rendez-vous à l'heure! De toute façon Britt l'attendrait... et le *Schwarzes Scharf* restait ouvert jusqu'aux petites heures.

Le temps était venu. Il fallait plonger. Deux longues années de fréquentations minutées aux tables du *Schwarzes Scharf* avaient poussé à bout la patience des deux jeunes femmes! Il fallait que s'expriment leurs corps.

19
UN! DEUX! UN! DEUX!
RÉVEILLEZ-VOUS, FEMMELETTES!
(CHICKENDOWN, mai 1981)

Les photos prises en vol montraient bien que, malgré l'emplacement du camp, l'attaque était possible. Lacroix resserrait chaque jour davantage la poigne de fer qu'il avait sur les mercenaires de Chickendown. On allait bientôt pouvoir bouger! Les hommes étaient prêts. Le général Gallaway n'aurait bientôt qu'un mot à dire pour que ses troupes partent en campagne. Son mini porte-avion conduirait les hommes jusqu'aux portes du golfe de Siam; de là, les hélicoptères-chasseurs s'envoleraient pour aller vers la côte thaïlandaise et détruire ce camp suspect d'où sortaient tant d'enfants adoptés par des couples américains. Jay Lopez avait convaincu le général qu'il devait intervenir! Ses espions avaient réussi à retracer l'itinéraire du bateau qui conduisait régulièrement des enfants à Bangkok. En outre un vol de reconnaissance au-dessus des côtes thaïlandaises leur avait permis de localiser précisément le camp ennemi dont lui avait parlé Lopez.

Avec son tact habituel, l'ancien avocat californien avait frappé juste. En mettant le général Gallaway au courant de la crise de l'adoption, en lui expliquant que les services officiels d'adoption ne pouvaient plus satisfaire à toutes les demandes et que les couples devaient sortir du pays pour trouver des enfants disponibles, il avait orienté son plaidoyer pour attiser la ferveur politique de ce général illégal, plus américain que les aigles du Pentagone. Gallaway voyait en effet d'un très mauvais œil qu'on dépense des sommes considérables pour introduire aux États-Unis tous ces jeunes Asiatiques.

— C'est une invasion déguisée de ces sales communistes! Le Pentagone devrait intervenir, mais le gouvernement ne voit rien! Ils perdent leur temps à organiser des dîners officiels qu'ils déguisent en pourparlers de paix.

— Enfantillages! reprit Lacroix.

— Le Pentagone digère son caviar! conclut Gallaway, pendant qu'on laisse entrer au pays tous ces bébés bridés!... Si l'armée américaine ne fait pas son devoir, on va le faire à sa place!

Le soleil allait bientôt se coucher sur la baie de Waccasassa. Les Cedar Keys, au large, allaient être baignés dans la lumière rouge. Il fallait que Lacroix retourne à ses soldats. Il était responsable de l'entraînement des mercenaires et il prenait cette tâche à cœur. Il bombardait ses hommes d'imprécations vivifiantes, et compliquait chaque jour la séquence d'exercices qu'il leur imposait. Il avait été lui-même endurci par ses vingt ans de guerre; la vie spartiate des camps militaires ne lui faisait pas peur. Au contraire, il semblait apprécier la rigueur et l'austérité. Il soutenait qu'elles étaient des conditions essentielles à la formation des hommes. En Algérie, où ses copains l'avaient surnommé Lame, à cause de cette face pointue que l'absence permanente de sourire aiguisait davantage, il avait connu des conditions de vie indescriptibles. On l'avait torturé. Il n'avait pas parlé. Il s'était enfui.

Après avoir bourlingué pendant quelques années, il était venu offrir ses services à Gallaway. Ce riche militaire retraité entretenait à ses frais des troupes de mercenaires dont il louait les services à des intérêts privés. Pour favoriser un gros importateur de fruits, il avait récemment réussi à déstabiliser le gouvernement de Sint-Angela. Ses troupes avaient envahi l'îlot et chassé le président et ses ministres pour permettre au propriétaire de l'île voisine d'agrandir son empire. La présence de quarante militaires avait été un argument convaincant pour les deux mille habitants de Sint-Angela, habitués à leurs deux policiers. Personne n'avait vraiment cherché à savoir d'où venaient les soldats. Tout ce qu'on avait vu là-bas, c'était que ces hommes portaient des mitraillettes et ne souriaient jamais.

— Cachez vos dents! criait Lacroix quand il en voyait un sourire. Elles resteront pointues!

Il leur avait enseigné une espèce de commandement à répondre qui ne manquait pas chaque jour de stimuler le moral des troupes: « *What are we? Real men! Soon to be? Number one!* » Lacroix répétait souvent qu'ils n'étaient que cent cinquante, mais qu'ils devraient être plus forts que mille.

— On les aura, mon *Tigerblade*, on les aura, lui dit le général. Tu peux commencer le compte à rebours.

Pour les putschs sud-américains, quelques interventions dans les Caraïbes et l'appui qu'il avait apporté aux militaires contre-révolutionnaires d'un gouvernement socialisant d'Afrique noire, Gallaway avait toujours choisi très méticuleusement les opérations dans lesquelles il engageait ses hommes. Il ne voulait surtout pas que soit ternie la réputation de Chickendown. Mais là, avec l'affaire de Rayong, c'était la première fois qu'il partageait les frais d'une expédition. Sa haine viscérale des communistes l'aveuglait et le conduisait à des accès de paranoïa que Lacroix, qui ne tenait plus en place, qualifiait de « chances ». Plus Gallaway délirait, plus l'attaque approchait. Et ce Français fendant que le général avait très justement rebaptisé « *Tigerblade* » vivait pour se battre.

Quand les soldats seraient installés à l'embouchure de la rivière, Lacroix commanderait la charge : on allait d'abord encercler le camp, puis resserrer lentement la ceinture armée, pour être certain que personne ne fuie avant qu'on incendie cette pépinière de communistes potentiels destinés à se déverser sur l'Amérique comme une peste sournoise.

Lacroix sortit. Gallaway ferma les volets. Une pluie chaude tombait sur la Floride. Les palmiers pliaient l'échine, mais *Tigerblade* restait droit. Il s'avança d'un pas viril vers le mess des mercenaires où il devait diriger, avant le couvre-feu, les exercices du soir.

20
ME SUIVEZ-VOUS?
(MONTRÉAL, octobre 1987)

Savonné de la tête au pied, les yeux fermés et les oreilles pleines de mousse, Johnny ne pouvait ni voir ni entendre ce qui se passait autour de lui. Un journaliste s'était posté dans l'une des douches de l'allée voisine et surveillait, par le miroir du fond, le moindre geste du champion. Il attendait que Johnny finisse de se laver, pour lui demander une entrevue-éclair pendant qu'ils s'habilleraient. Il était fier de son coup; le directeur du journal serait ravi; mais il se sentait honteux comme un petit garçon qui s'apprête à faire un mauvais coup. Bruno voyait sans être vu. Il admirait en secret ce dont tous les admirateurs de Johnny Assunçao jouissaient en public: l'architecture musculaire de cette torpille humaine.

Quand la porte de la sortie de secours s'ouvrit, quand les deux cagoulards entrèrent, assommèrent Johnny et le traînèrent, tout nu, dehors, Bruno, malgré lui, seul témoin de la scène, ne put s'empêcher de les suivre. En s'enveloppant d'une serviette, il saisit la porte qui n'avait même pas eu le temps de se refermer complètement, et entra d'un pied discret dans cette aventure insensée.

À sa connaissance, il était impossible d'ouvrir cette porte de l'extérieur. Il avait déjà essayé de s'introduire dans ce centre sportif sans carte de membre, mais il avait dû se résigner à payer et à prendre sa douche s'il voulait s'approcher de ce nageur-étoile dont la moindre parole valait de l'or. Comment ces hommes avaient-ils pu ouvrir cette porte de l'extérieur? Et pourquoi enlevaient-ils ce jeune athlète?

Dehors, à moitié nu, Bruno Breton regarda s'éloigner une camionnette verte. Il n'eut même pas le temps de noter le numéro de la plaque... Avec quoi? Il ne prenait jamais sa douche avec son bloc-notes et son crayon! Tout s'était passé si vite.

Déçu et subitement saisi par le froid cru de cette journée d'octobre, il revint vers la porte de la salle des douches. Elle s'était refermée derrière lui...

Avant qu'il puisse réagir à l'incongruité de la scène, une main sèche s'était posée sur son avant-bras pour lui signifier de ne pas essayer d'ouvrir la porte.

— Je les connais!

C'était un homme âgé au sourire jauni par la cigarette. Il portait des lunettes si épaisses qu'on aurait cru qu'il avait le dos courbé à force de les porter.

— Je n'ai plus la force de les poursuivre, dit-il à Bruno, c'est vous qui allez partir! Vous allez les suivre... jusqu'à *Verlorelei*! Il faut la retrouver!

— Mais... dit Bruno en voyant disparaître la camionnette des ravisseurs.

— Vous les reverrez plus tard. Pour l'instant venez chez moi.

Bruno, déboussolé, commençait à trouver que les événements allaient un peu vite pour sa petite tête de journaliste sportif. Qu'est-ce que cet homme faisait là?

Le lien était loin d'être évident. Était-il au courant de l'enlèvement?

Le vieil homme lui prêta son manteau et le conduisit vers une Renault rouge. Ils montèrent : un jeune journaliste, gelé dur, dans un manteau trop petit pour lui, et un vieux chauffeur nerveux qui semblait bien être, des deux, le seul qui sache un peu où ils allaient.

— Je vous ai observé depuis quelques semaines. Vous êtes l'homme qu'il nous faut pour la mission *Verlorelei*.

Bruno était bien loin de sa chronique sportive. Cette fois-ci le boulevard Saint-Joseph ne le conduisait pas vers le journal. Ils roulaient vers l'ouest.

— Je ne comprends rien à ce que vous racontez! dit Bruno.

— Je m'appelle Albert Guénette. J'ai été lié contre mon gré à cette ogresse faussement allemande que vous allez retracer pour moi, pour nous en fait. Nous sommes plusieurs à vouloir lui mettre la main au collet... Vous serez très bien payé.

Bruno se sentit tout à coup pris dans ce petit manteau comme dans une camisole de force. En suivant les ravisseurs, il avait cru se lancer à la chasse au scoop, mais il se retrouvait chargé d'une mission étrange, propulsé dans une histoire dont il saisissait très mal le sens.

La voiture s'arrêta devant une imposante maison en pierres de la côte Sainte-Catherine.

— Soyez discret! Les autres pères pourraient nous entendre!

Ils montèrent, comme deux chats, l'escalier de secours, jusqu'à la petite porte du grenier.

En entrant dans la chambre d'Albert Guénette, Bruno fut saisi par l'odeur : cigarette au menthol. Des centaines de livres étaient posés, ouverts, fermés, empilés les uns sur les autres, partout dans la chambre, sur la table de chevet, sur les bras des fauteuils, par terre aussi, comme si une tornade était passée par là.

— Je suis jésuite, dit le vieillard. Je me suis spécialisé dans l'Antiquité grecque. Surtout Platon! Et c'est pour cette raison que j'ai été approché par Noëmie von Klapp.

C'était trop pour Bruno! Il se laissa tomber dans un fauteuil que le père Guénette venait de dégager pour lui. Il n'osait même pas demander qui était cette Noëmie von Klapp. Il regardait les livres sans rien dire.

— J'aurais dû me méfier, reprit le père Guénette en préparant du thé.

Quand je suis entré en contact avec elle, à Cologne, j'ai senti que ça ne pouvait pas en rester là! Elle a tout fait à l'époque pour m'embarquer dans son bateau. J'avais beau être un esprit moderne, je restais jésuite… Mais là, c'est trop! J'ai accepté de jouer le jeu de ses ennemis… pour mes papiers. Il faut que je récupère mon texte. Sans ma thèse, ma carrière n'a plus de sens… Il faut que j'apporte les corrections nécessaires et que je la publie au plus vite. Sinon, je suis un raté!… Vous êtes tombé du ciel! S'il n'y a pas de hasard, il faut qu'il y ait des interventions divines!

Bruno se sentait comme emporté par une vague. Ça lui rappelait un rêve qu'il avait fait où le trottoir roulait sous ses pieds, les maisons défilaient, sans qu'il bouge. Le père Guénette lui apporta une tasse de thé, s'assit sur le lit et lui raconta tout ce qu'il savait des ravisseurs de Johny Assunçao.

Yanantha, qu'il avait connu dans un séminaire sur les philosophies pratiques à Heidelberg, l'avait convaincu de rencontrer cette mystérieuse femme de science dont il disait le plus grand bien. Elle leur offrait à tous deux, le spécialiste du yoga tantrique et celui de la philosophie platonicienne, une chaire de professeur chez elle, dans un château lointain où des groupes de jeunes, appelés à participer à des expériences de pointe, avaient besoin d'être éduqués de manière à faciliter la pratique d'accouplements scientifiques.

— J'ai beau être jésuite, je reste prêtre! dit Guénette en échappant dans sa tasse un nuage de lait.

Noëmie von Klapp avait insisté. Le père Guénette parlait aussi bien l'anglais que l'allemand.

Comme les jeunes spécimens allaient venir d'un peu partout, des quatre coins du monde, il fallait que ces spécialistes professent dans la langue qui rejoindrait le plus grand nombre. Elle avait même été jusqu'à flatter leurs bas instincts en leur disant qu'ils auraient la chance d'enseigner à la plus belle jeunesse de toutes les races: Adonis, Aphrodite, Hercule et compagnie... Mais rien n'y fit. Le père Guénette n'avait pas fléchi. Pour accepter, il aurait fallu qu'il soit en tous points d'accord avec la formule de Noëmie von Klapp: produire des enfants parfaits. Il doutait qu'on puisse intervenir de manière aussi catégorique dans le plan divin de la nature.

Pour Yanantha, c'était tout autre chose. Il avait été attiré par la paye. Noëmie leur avait offert des cachets faramineux. Il n'avait pas pu résister à la tentation de s'enrichir en vitesse.

— C'est bien beau de voir des auras, disait-il, d'avoir des pouvoirs, d'entrer dans l'esprit des gens, mais jusqu'à présent ça n'a jamais été très payant!

On l'avait conduit là-bas les yeux bandés. (L'emplacement exact de *Verlorelei* devait rester secret.) Sur place, sa carrière de professeur n'avait pas été bien longue. La philosophie du tantrisme avait dû céder le pas à la voyance. Noëmie préférait réorienter Yanantha vers la prospection. Même s'il fallait laisser les jeunes surhommes croupir dans l'ignorance des *chakras* et du *tantra*,

Yanantha rapportait plus sur la route! Ses dons facilitaient la tâche des agents chargés d'enlever les héros génétiques dont Noëmie avait besoin pour mener ses expériences.

Tout avait changé le jour où le génétomètre avait fait son apparition. Cet appareil, qu'avait fini par mettre au point le professeur Joseph Prazec, après vingt ans de tâtonnements, permettait de détecter, d'aussi loin qu'une centaine de mètres, les spécimens supérieurs du point de vue génétique. On pouvait promener cette sonde dans la foule (elle était assez petite pour tenir dans la paume d'une main) et mesurer le potentiel génétique des individus. Quand l'aiguille pointait dans le rouge, on savait qu'on avait repéré un bon spécimen. Il ne restait qu'à le suivre et préparer minutieusement son enlèvement.

Yanantha aurait pu revenir au tantrisme, mais il était tellement humilié d'avoir été remplacé par une machine qu'il refusa toutes les offres de Noëmie. Tous les efforts qu'elle fit pour le récupérer furent vains. Devant son entêtement, elle lui avait fait crever les yeux avant de le renvoyer à Cologne.

— Pauvre folle! dit le père Guénette, ce n'était pas parce qu'il était aveugle qu'il avait perdu ses dons de perception ultra-sensorielle. Il n'aurait jamais dû accepter d'y aller!... Elle l'a rendu fou, lui aussi!

Pour se venger, Yanantha avait entrepris de détruire Noëmie. Il avait même investi tout l'argent qu'il avait fait à *Verlorelei* dans la lutte contre son ancienne patronne. Après vingt-deux ans de silence, il avait repris contact avec Albert Guénette; il lui avait envoyé de l'argent pour qu'il suive les ravisseurs de Johnny Assunçao. À Montréal, le père Guénette était son seul contact.

— Mais je suis trop vieux pour partir à l'aventure!... Et puis je ne suis pas sûr qu'il faille raser *Verlorelei*, ou tuer Noëmie, comme le voudrait Yanantha.

Seul son texte avait de l'intérêt pour le père Guénette. Et les jours étaient comptés.

Le père Guénette se leva, sortit du tiroir de sa table
de travail un billet d'avion, puis il prit sur une étagère
un petit calepin vert qu'il remit à Bruno en lui faisant
promettre d'y noter tout ce qu'il verrait au cours de son
voyage. Bruno regarda le billet et constata qu'il partait,
sans l'avoir demandé, pour Amsterdam. L'idée de sauver Johnny Assunçao le hantait bien plus que le texte
d'Albert Guénette ou la vengeance de Yanantha.

D'une commode où règnait un fouillis indescriptible, le père Guénette sortit un jean et un chandail, très
bien pliés, qu'il remit à Bruno. Pendant que le jeune journaliste, encore éberlué, s'habillait en vitesse, le jésuite
qui cherchait des souliers et des chaussettes, ne cessait
de répéter:

— Vite! Vite! L'avion décolle à dix-neuf heures
trente-sept. Ils ne vous ont pas vu, mais n'attirez quand
même pas leur attention. Restez discret!

Les livres, les papiers, les meubles et les tentures
sentaient la cigarette au menthol.

21
ALLER-RETOUR
POUR AMSTERDAM
(avril 1980)

— Thijsje! Mon petit pigeon d'amour!

Loes était bien contente de le revoir. On racontait dans le quartier qu'il s'était enfui, qu'il était mort, qu'il avait été liquidé dans un règlement de compte et qu'on avait jeté son corps dans le *Prinzengracht*, ou simplement qu'il s'était suicidé parce que Loes avait refusé d'être à lui, et à lui seul, pour la vie. Chacun avait sa version des faits; chacun interprétait selon sa propre imagination la disparition de ce charmant jeune homme qui n'avait pas l'air d'un criminel et qui suivait sérieusement ses cours à l'Institut d'horticulture.

Loes refusait de croire qu'il s'était tué parce qu'elle ne voulait pas abandonner pour lui sa clientèle. C'était trop absurde! Il fallait bien qu'elle travaille. Et de toute façon, elle était persuadée que la passion de Thijs était factice. Elle connaissait assez les hommes pour reconnaître un amour sincère, et la flamme de Thijs ne lui disait rien qui vaille.

— C'est un paravent, lui disait-elle, et même pas chinois!

Puis ils riaient tous les deux, parce qu'en eux, si la flamme amoureuse ne faisait aucun ravage, une amitié s'était solidement enracinée.

— J'étais prisonnier en Allemagne, dit-il à son amie, et je me suis enfui. J'ai réussi à déjouer l'attention des gardes et je me suis caché dans une des camionnettes qui font la navette entre ce château débile et Amsterdam.

— Je sais que tu as toujours été un fin renard! Mais pourquoi lesAllemands t'ont-ils fait prisonnier?

— J'ai été enlevé!... Et c'est au nom de la science qu'on m'a gardé dans cette prison dorée! Pour me forcer à faire l'amour avec une femme dont je n'avais pas envie!

— Pauvre petit chou! dit-elle avec un brin d'ironie.

— Et toi, reprit Thijs, fais-tu toujours ton métier de fou?

— Bien sûr, mon pigeon, je serais folle d'abandonner une mine d'or!... D'autant plus que mes belles années achèvent!

Loes avait trente-neuf ans. Elle avait été depuis dix ans une des reines du *Red Light District*. Elle en avait plein le... dos, mais elle voulait traire jusqu'à la dernière goutte cette vache à lait qu'avait été pour elle la prostitution.

— J'ai eu le temps de réfléchir, Loesje, et je sais maintenant que c'est toi que je veux!

— Pauvre petit, dit-elle, tu ne sais même pas ce que tu aimes, parce que tu ne sais pas ce que tu es!

— Ça n'est pas parce que j'aime aussi les garçons que je ne peux pas t'aimer!

— Non, bien sûr! répondit-elle sans conviction.

Elle connaissait le passé de son ami. Elle tira le rideau, pour isoler son petit salon, et elle prépara du café.

Thijs était sincère. Il n'était revenu que pour elle. Son charme, son sourire et sa nature généreuse l'obsédaient. Même s'il avait eu, là-bas dans sa prison dorée, une relation insensée avec un jeune Néo-Zélandais, l'image de sa poupée-mère ne l'avait jamais quitté. Mais était-ce vraiment pour retrouver son amie Loes ou simplement pour fuir le désespoir d'avoir perdu Conrad, qu'il avait risqué sa vie en quittant *Verlorelei*? Il ne le savait pas.

L'odeur caressante du café fit remonter en lui de beaux souvenirs: c'était un des parfums les plus représentatifs de sa ville natale. Il souriait, heureux de retrouver la chaleur d'Amsterdam, mais à la moindre incitation, au moindre indice, son esprit voguait à la recherche de Conrad.

Noëmie von Klapp, après l'échec de l'accouplement avec Yasuko Sakade, avait renvoyé dans son pays le jeune Néo-Zélandais. Au lieu d'être parfaite, comme on l'avait prévu, leur copulation contrôlée avait été un véritable fiasco, et Thijs y était pour quelque chose.

Il avait toujours été bon coureur de fond. Il s'entraînait chaque jour avec le groupe des pensionnaires. À *Verlorelei*, chacun devait être en parfaite forme. Un jour, sur la piste, il vit Conrad Fisher le dépasser calmement, comme s'il ne faisait aucun effort. Thijs fut terrassé par la beauté de cette gazelle aux boucles blondes. Il se mit à le suivre partout, à chercher son regard dès qu'ils étaient dans la même pièce. L'autre ne semblait pas insensible à ses sourires. Un jour que le groupe des futurs pères parfaits courait dehors, Thijs et Conrad profitèrent de leur avance sur les autres, et sur le gardien, pour s'esquiver dans le bosquet derrière lequel tournait la piste. Leurs corps s'étaient intensément repus l'un de l'autre... En quelques minutes, le tour était joué... Ils rejoignirent le groupe au deuxième tour de piste, sans que le gardien se soit aperçu de rien.

Ils se mirent à se rencontrer dans les douches; ils s'attardaient aux lavabos, et quand les autres étaient tous retournés au dortoir, ils faisaient l'amour dans une cabine, sans quitter des yeux la porte où un surveillant aurait pu apparaître à tout moment.

Quand vint le soir où Conrad et Yasuko devaient convoler en union parfaite, Thijs, qui avait préparé un petit tour destiné à saboter leur copulation contrôlée, saisit la chance que lui offrit un léger retard dû à la correction disciplinaire que venait de subir un médecin de la clinique des femmes, pour déposer dans la chambre 11 de la tour des CC une vipère qu'il avait prise dans la cour alors qu'il travaillait à retourner la terre de ce qui allait éventuellement devenir le potager de *Verlorelei*. Il avait, une fois de plus, épaté toute l'équipe par sa vitesse et son agilité.

Il avait gardé sa petite proie dans sa poche toute la journée. Quand vint le temps d'enfermer Conrad et Yasuko, les gardes, à la pointe du fusil, les forcèrent à entrer dans la chambre 11 des CC et à se mettre au lit. Ils refermèrent ensuite la porte. Un soupirail leur permettait de vérifier l'évolution de la séance.

Yasuko y allait à reculons. Son cœur était à Tokyo, et Conrad ne l'intéressait pas particulièremet.

À peine quelques minutes après le début de l'accouplement, un cri dévastateur se fit entendre jusqu'aux dortoirs. Les gardiens étaient habitués aux cris des CC, mais là, ils se demandaient tous s'il s'agissait d'un cri de mort ou d'un orgasme d'une force exceptionnelle.

Conrad avait eu la peur de sa vie! Mais son honneur était sauf. L'honneur de Thijs aussi, puisque son athlète adoré restait intouché... ou presque. Yasuko resta d'ivoire. Elle sourit, prit la vipère et la déposa sur le plancher. Conrad bondit à nouveau, mais la bête disparut très vite sous le lit et Yasuko vint vers lui pour le rassurer. Elle lui passa même la main dans les cheveux. Rien de plus.

Quand Noëmie apprit l'échec de cette copulation contrôlée, elle éclata. La rage aux yeux, le nez gonflé, elle lança son livre sur le mur. (C'était le gros livre noir dans lequel elle gardait ses notes.) Par chance elle évita le vitrail.

— J'aurais dû m'en douter! Ah! ce Farah! Il va me le payer!

Le départ de Conrad laissa Thijs désemparé. Le jour où il apprit qu'il devait à son tour monter dans la tour nord-ouest de *Verlorelei* pour s'accoupler avec la jeune Espagnole qu'on lui avait assignée, il avait pris la fuite. Pour oublier Conrad, il voulait revenir vers Loes. Elle était la seule à pouvoir le guérir de cette passion que le secret avait rendu plus intense. Certes, il avait aimé d'autres garçons avant *Verlorelei*, mais à Amsterdam ses relations étaient toujours restées des amitiés particulières. Cette passion était toute nouvelle.

Il revenait vers Loes pour essayer une fois de plus de restructurer sa vie, de rentrer dans l'ordre. Son impressionnabilité l'étourdissait. Pour lui, la vie ne pouvait pas avoir de sens avec un homme; il s'accrochait à l'idée d'un foyer, d'une famille. Il attendait l'heure bénie où la possession exclusive de Loes le comblerait parfaitement et le guérirait de son penchant insensé.

Mais Loes avait l'oeil:

— La preuve que tu ne m'aimes pas vraiment, c'est que tu n'es même pas jaloux de mes clients.

Il avait toujours voulu convaincre Loes de changer de vie, pour lui, mais il n'était jamais allé jusqu'aux actes d'intimidation, comme on avait vu Henk le faire chez Minnie, au coin de la *Pijlsteg*. Thijs avait toujours été un garçon poli et réservé.

À Lœs, il avoua qu'il avait été maladivement jaloux de Yasuko. En tant que partenaire parfaite de Conrad, elle humiliait le pauvre Thijs. Il s'attristait de ne pas avoir été scientifiquement sélectionné pour «compléter» Conrad.

Thijs raconta dans le détail tout ce qu'il avait vécu là-bas. Et Lœs, qui semblait incrédule, répétait pour se rassurer :

— Ça ne me surprend pas, ils sont tellement tordus ces Allemands !

Les exercices, les examens, les expériences et tout l'aspect scientifique ne l'impressionnait pas du tout. Mais quand il en vint aux enfants parfaits, Lœs tendit l'oreille. Elle mouillait son index, du bout de la langue, et elle essuyait lentement les gouttes de café sur le bord de sa tasse. Ne jamais avoir eu d'enfants la rendait triste. Elle évitait d'en parler pour ne pas altérer le vernis de son succès : elle était quand même une des prostituées les plus respectées du nord de la ville ! Mais son rêve persistait. Elle élèverait son enfant sur la côte, à Zandfoort, où elle pourrait travailler l'été.

— Si on allait marcher ? proposa Thijs.

Il faisait beau. Ils remontèrent la *Leidsestratt* jusqu'au parc Vondel. En parlant, Thijs essayait de se convaincre qu'il pourrait réaliser maintenant ce qu'il n'avait pas réussi à faire avant son enlèvement : vivre avec Lœs, et la forcer à prendre sa retraite de *Sint-Annenstraat*.

— Je travaillerai pour deux ! disait-il.

— Donne-toi pas tant de mal ! Je sais bien que mes jours sont comptés mais je ne suis pas rendue si bas ! J'ai pas besoin de toi, Thijs... Et toi, toi surtout, c'est pas de moi que tu as besoin!

La pluie se mit à tomber. Ils se réfugièrent en courant sous le pont de la *Eerste Constantijn Huygensstraat*. C'était une de ces averses subites dont Amsterdam a l'habitude. Encore de l'eau, sur cette ville-égout où tout se mêle, sur cette ville-amour où tout vous tend les bras.

Thijs continuait à broder sur son thème, à chanter la pomme à cette blonde rondelette qui ne voulait rien entendre, du moins rien de ses avances tant de fois répétées. Elle était par contre très intéressée par les *Perlekinder*.

— C'est pas fou, disait-elle. Y'a tant d'enfants qui ont des parents pas intéressants!

— Mais au moins ils les connaissent, leurs parents!

— Mais Thijs, puisqu'il en faut de toute façon pour les adoptions...

Un original qui faisait son jogging sous la pluie passa près d'eux. Thijs lui cria quelques mots d'encouragement. Loes savait bien qu'il pensait à Conrad, mais elle le laissa reprendre sa romance sans l'interrompre. Elle aurait bientôt l'occasion d'exposer ses vues. Les retrouvailles de Thijs et de la bière hollandaise allaient lui en donner l'occasion.

22
L'ARAIGNÉE DE LA GARE ATTAQUE
(COLOGNE, Juin 1986)

Il tissait un filet d'ondes au milieu duquel il s'asseyait, et il attendait, comme une araignée qu'une victime viendrait sauver. Ses verres fumés lui faisaient maintenant une tête de vedette... sur le déclin. Ses longs cheveux gris tombaient en épaisses volutes sur son veston *blackwatch* ; un pantalon blanc et des bas orange... dans des sandales complétaient le costume habituel de cet insecte blessé.

En arrivant à Düsseldorf, Yanantha avait tout de suite tissé sa toile... et il s'était attaché, sans problèmes, une jeune étudiante qui attendait le train pour Wuppertal et qui ne le prit jamais. Après quelques minutes de conversation, elle était captive. Il la convertit très vite à sa cause, sans jamais essayer de l'attendrir par le récit de ses malheurs. Elle avait même mis plusieurs heures à se rendre compte qu'il était aveugle. Elle avait bu ses paroles sans se poser de questions. Sans s'en rendre compte, Yanantha se servait déjà d'elle comme d'un bâton d'aveugle. Elle était déjà prête à se coucher à ses pieds comme une chienne fidèle ; elle jouait déjà sans connaître son rôle.

Yanantha était beaucoup trop orgueilleux pour raconter la vérité au sujet de sa cécité; il refoulait sa rage contre Noëmie von Klapp et préférait s'inventer un passé d'aveugle, une enfance mystique où il avait fait l'expérience de regarder le soleil pendant de longues minutes en se concentrant sur cette source intarissable d'énergie... Il préférait mentir plutôt que de dire à qui que ce soit que la corneille de *Verlorelei* lui avait fait crever les yeux.

Elle s'appelait Renate. Ils vivaient ensemble dans une chambre d'hôtel à Neuss. Yanantha donnait des conférences sur les pouvoirs de l'esprit un peu partout dans la région de Düsseldorf, dans les collèges et les universités, devant les clubs de femmes, parfois même devant des hommes d'affaires, partout où des groupes voulaient l'entendre. Renate l'accompagnait partout et l'assistait dans l'organisation de ces rencontres; elle s'occupait, entre autres, de la caisse. Ils recevaient aussi dans la chambre, prestement transformée en salon de consultation, des clients désireux de questionner Yanantha sur leur avenir.

Renate, convaincue d'avoir trouver le *gourou* qui l'avait sauvée de l'éternelle errance en la mettant sur le droit chemin, sur la voie de l'illumination, ne refusait rien à Yanantha. Elle lui donnait au lit aussi entière satisfaction.

Un jour sur la *Gustaf-Gründgensplatz*, il avait saisi Renate par le bras. Il venait de sentir une charge vibratoire intense qui lui rappelait ses enlèvements... et son intuition s'en mêlait. Là dans la foule, il y avait quelqu'un dont on chassait les ondes. Il en était certain.

— Qui est devant moi?

— Un jeune homme, dit Renate.

— Et derrière nous?

— Un autre homme

— Et qu'est-ce qu'il a dans les mains?

— Comment savez-vous qu'il a quelque chose dans les mains? dit Renate qui observait cet homme en feignant de regarder avec admiration le théâtre qui était derrière eux... Il porte une espèce de transistor... Comment avez-vous fait?

— Suis cet homme! Discrètement! Et prends-lui cet appareil! Je t'attendrai dans le parc derrière le théâtre.

Elle avait réussi, comme emportée par une force inconsciente, à prendre cet étrange appareil des mains d'un gros gaillard. Elle ne savait pas comment. Une force s'était emparée d'elle. En un clin d'œil, elle avait accompli cette mission pour laquelle elle ne se serait jamais sentie prête auparavant. L'araignée avait vraiment des pouvoirs magiques!

Pour lui expliquer la raison d'être du génétomètre, Yanantha avait dû lui raconter toute l'histoire de *Verlorelei*. Il n'avait omis que la conclusion cruelle de cette aventure. Pour sauver son honneur, il faisait croire à Renate qu'il avait pratiqué l'auramancie malgré sa cécité. Sa pupille aurait cru n'importe quoi. Sans qu'elle s'en doute, chaque mot de ce récit cruel enfonçait une épine dans le cœur de Yanantha.

À partir de ce moment, il ne pouvait plus revenir en arrière. Il multiplia les conférences et les consultations pour amasser le plus d'argent possible et agir au plus vite.

Il se mit à lui dicter de longues lettres à d'éventuels associés. Sans poser de questions, Renate se vouait corps et âme à l'organisation de son coup d'éclat, une expédition punitive de grande envergure. Il voulait anéantir Noëmie von Klapp et *Verlorelei*. Raser cet enfer!

Quelques jours après la capture du génétomètre, il avait découvert une arme très efficace : une cliente américaine la lui avait offerte. Il avait «vu» en elle que son mari quitterait l'Allemagne pour retourner travailler aux

États-Unis... dans une autre base militaire où il ferait beaucoup plus d'argent... au bord de la mer, à un endroit où il y avait beaucoup de palmiers!

— Chickendown! s'était écriée la cliente. Mon mari a reçu effectivement une offre pour travailler en Floride! C'est formidable!

Il l'avait habilement fait parler. Il avait tout appris sur le général Gallaway et sur son armée parallèle. Comment cette cliente américaine d'un voyant aveugle originaire de l'Inde pouvait-elle se douter que ce *gourou* était aussi l'initiateur d'un attentat meurtrier?... Elle lui avait livré tout ce qu'il voulait savoir.

Yanantha se fiait à son associé canadien pour prendre contact avec le chef des mercenaires, mais pour le convaincre de participer à cette campagne, il fallait plus que des mots... et plus que des vibrations. Il fallait un bonbon! Et pour le père Guénette le seul bonbon du monde était son bébé volé: sa thèse sur l'érotologie retenue à *Verlorelei*. Yanantha se souvenait très bien de cette nuit d'intense inspiration où Guénette, emporté par une fièvre créatrice sans précédent, avait rédigé d'un seul souffle l'essentiel de son texte. Il n'avait jamais vu son ami canadien dans un tel état: il écrivait vite en picorant vivement les pages de sa plume.

— Pensez-vous qu'il va embarquer? avait demandé Renate après avoir pris en dictée la lettre au père Guénette.

— Bien sûr! dit Yanantha. Il n'a pas le choix! Il ne se souvient pas de ce texte. Il ne peut plus le récrire. Il en connaît les grandes lignes, mais il ne peut plus retrouver le secret de ces nœuds magiques que je lui avais inspirés cette nuit-là!... Il veut ce texte! Il va nous aider!... Et nous, samedi prochain, nous prenons le train pour Münster... J'ai une bonne intuition. Je pense qu'ensemble nous pourrons retrouver *Verlorelei!* Avec l'appareil de Prazec, les gardes te laisseront passer... Tu vas aller jusque dans le bureau de Noëmie pour reprendre ce texte... Je me charge de brouiller les pistes! Tu n'as rien à craindre. Ensemble, nous sommes plus forts que tous ces gardes stupides et ces *Doktoren* gâteux!

Renate se voyait mal en train de voler, d'entrer par effraction chez des gens qu'elle ne connaissait même pas, mais elle avait une telle confiance en Yanantha qu'elle serait allée pour lui jusqu'au pôle Sud, en Sibérie ou dans le Sahara. Elle obéissait aveuglément à son philosophe omnipotent.

23
Neuss, le 22 septembre 1986

Mon cher Albert,

Eh bien oui, c'est moi! La vie est étrange. On a été si proches l'un de l'autre à Heidelberg, et puis ce long silence. J'ai obtenu ton adresse au département de philosophie de l'Université de Düsseldorf.

Tu avais raison. Noëmie von Klapp est une folle! Il m'a fallu toutes ces années pour m'en rendre compte. J'ai été aveuglé par l'illusion utopiste de son « plan »; elle m'a exploité d'une manière indécente! J'ai été à son service pendant trop longtemps. Quand elle a voulu me remplacer par une machine (le génétomètre de Prazec était supposément plus efficace que mon auramancie!), elle m'a chassé. Et le comble de sa méchanceté: pour que je ne puisse jamais retrouver *Verlorelei*, elle m'a fait crever les yeux! Pauvre sotte! Malgré ma cécité, je peux encore sentir les ondes et distinguer les états vibratoires.

L'autre jour à Düsseldorf, j'ai croisé dans la rue une personne dont les vibrations étaient particulièrement intenses. Heureusement, j'étais avec ma pupille allemande. Je lui ai ordonné de suivre cette personne et de surveiller tous ceux qui s'en approcheraient. Mon intuition avait été parfaite : Renate est revenue avec l'appareil de Prazec et le calepin de cet agent. J'étais fier de ma prise, mais c'est loin d'être assez ! Il faut arrêter cette folle ! C'est pour que tu m'y aides que je t'écris aujourd'hui.

Dans le calepin de l'agent détecteur (Renate m'en a fait la lecture), il y a le nom d'un jeune Montréalais et les adresses où il peut être vu. J'ai pensé à toi. Tu pourrais nous aider à retracer *Verlorelei*.

Ces adresses devaient permettre aux agents chargés de l'enlèvement de faire leur travail. Ce que je ne sais pas, c'est la date où a été fait ce prélèvement. Les informations ont-elles été déjà transmises à *Verlorelei* ? Si oui, nous arriverons peut-être trop tard. Mais il faut mettre toutes les chances de notre côté. Si tu pouvais intercepter ces agents, nous ferions un grand pas !

Je sais que tu voudrais récupérer ton texte sur l'érotologie. Noëmie en fait un très mauvais usage. Elle tortille ta pensée pour satisfaire ses caprices. Il faut agir. Je compte sur toi. Voici les coordonnées : Joao Assunçao, 4278, L'Esplanade / Bassin d'entraînement de la piscine olympique, entrée par la rue Viau / Le Centre de développement physique, 2275 est, boulevard Saint-Joseph / Le Pylône, coin Montcalm et Sainte-Catherine.

Bonne chance ! Si tu les vois, suis-les !

Communique avec moi dès que tu sais quelque chose. Voici mon adresse actuelle : Yanantha, hôtel *Drei Kronen, Rachestrasse* 77, Neuss.

Ton ami,

Yanantha

24
LE CHAT SORT DU SAC
(LAVAL, octobre 1987)

— Ton oncle prêtre ! dit Marie comme inspirée subitement.

— Il écrit des livres ! C'est pas son domaine !

Mais l'idée n'était peut-être pas mauvaise...

Yves n'avait pas revu son oncle Albert depuis une vingtaine d'années, depuis qu'il avait quitté le collège. À l'époque où il étudiait au collège Sainte-Marie, Albert Guénette y était encore professeur de philosophie. Yves n'avait aucune prédisposition pour cette matière ; Platon l'endormait. Au grand désespoir de son oncle, il préférait le football. Il explorait le centre-ville de Montréal, les salles de pool, les cinémas et les tavernes, alors que le père Guénette aurait souhaité le voir déchiffrer Aristote à la bibliothèque.

En prenant connaissance du projet de Léa, Yves n'avait pas hésité une seconde à l'appuyer. Il ferait tout ce qu'il pourrait pour l'aider à retrouver ses «vrais» parents ; mais ses relations, les clients et les fournisseurs de son magasin d'articles de sport, ne lui avaient été d'aucun secours dans la quête des origines de sa fille.

Léa n'était plus seule. Benoît Lacasse était aussi à la recherche de ses parents. Elle voulait qu'ils fondent ensemble un mouvement pour officialiser leur démarche. Benoît était d'accord, à condition qu'il puisse y amener Luc Moreau, son «frère de sang». Et comme ils étaient deux camarades de classe de son frère Sylvain, il pourrait lui aussi assister aux réunions. Léa aimait que les choses soient faites en bonne et due forme.

Yves, qui n'avait jamais voulu tenir secrète l'origine de ses enfants, ne pouvait qu'accepter de les aider, d'apporter son appui au comité des quatre. Pour attendrir la femme de fer du CSS, il avait cherché à rallier des personnages influents, mais personne ne voulait s'en mêler. Son avocat, habitué à des causes commerciales, n'osait pas s'attaquer à la rigidité légendaire de l'appareil juridique. Il n'y avait pas beaucoup de chances qu'on retrouve les «papiers» de Léa et de Benoît, mais la consultation des dossiers du Centre des services sociaux aurait pu leur donner des indices précieux. Il y avait si peu de pistes qu'il ne fallait en écarter aucune. Malheureusement, mademoiselle Juneau était infléchissable !

— C'est une ancienne sœur changée en bloc de ciment ! disait Yves.

Marie trouvait légitime la démarche des enfants, mais elle craignait que ça ne les déçoive plus que ça ne les aide. Elle se méfiait du ministère des Affaires sociales et elle couvait une peur secrète : la découverte des origines de Léa pourrait déchiqueter sa famille !... Elle approuvait en silence leur quête d'identité réelle, mais elle refusait d'y participer. Elle laissait cette gloire cruelle à son mari : Yves se battait pour retrouver le vrai père et la vraie mère de Léa ; il se dépensait par amour pour sa fille, quitte à être éclipsé après. C'était un bien noble geste, mais ça n'avait pas donné de résultats concrets.

En dernier recours, Yves avait appelé son oncle Albert... À son grand étonnement, il lui avait demandé de venir, avec empressement, le rencontrer à Montréal.

Le père Guénette savait vaguement que son neveu avait deux enfants, mais il fut presque agréablement surpris d'apprendre qu'il les avait adoptés.

— En fait, seulement Léa! Sylvain est *mon* fils!

En apprenant que son neveu avait « acheté » sa fille d'un agent voyageur, le père Guénette sentit tout de suite qu'il touchait du doigt, dans sa propre famille, un fil conducteur, une piste qui le conduirait peut-être jusqu'à Noëmie von Klapp.

— D'où venait-il?

— D'Allemagne!... Et on peut dire que Sylvain est de la même souche, ou presque: Liza est Hollandaise!

Le père Guénette fronça les sourcils, moins par étonnement que parce qu'il était agacé de constater l'ignorance de son neveu: Yves confondait l'Allemagne et la Hollande.

— Je ne pense pas, dit l'oncle Albert, que Liza serait contente de t'entendre la traiter d'Allemande!

— Je sais, je sais, mais elle venait de Cologne!

— De Cologne!!!

Il n'osait plus parler. Il attendait qu'Yves lui révèle tout ce qu'il voulait entendre. Si Bruno Breton échouait, il y aurait toujours cette piste-là! Mais Yves n'en savait pas plus. Marie avait consenti à ce que Liza porte l'enfant de son mari, à condition qu'elle ne remette jamais les pieds dans la maison.

— Mais où est-elle? demanda brusquement le père Guénette qui ne semblait aucunement choqué d'apprendre que Sylvain était l'enfant d'une mère porteuse, mais

149

qui frétillait à l'idée de retrouver son texte. Ses espoirs de la récupérer s'étaient étiolés au cours des années, mais voilà que d'un autre chemin son propre neveu venait de le remettre sur la piste de *Verlorelei*.

— Elle aurait pu me sauver bien des efforts, ta Liza!

Il croyait tenir enfin des indices sérieux pour retrouver Noëmie. Il eut cependant la sagesse de retenir son enthousiasme personnel pour s'attaquer au problème de Léa et de ses amis. Il se disait déçu d'apprendre qu'Yves n'en savait pas plus que lui sur *Verlorelei*, et désolé de ne pas pouvoir l'aider.

— Mais vous êtes connu, mon oncle, c'est ça qui compte!

Cette petite phrase, anodine en apparence, avait blessé l'oncle Albert. Il était connu pour son enseignement et ses articles, mais il se considérait comme un raté tant que sa thèse disparue restait impubliée. Ce texte sauvage, écrit dans un état d'illumination, restait pour lui le haut lieu de sa pensée, la perle de son intuition philosophique. Il avait encore quelques notes, mais la formulation exacte de cette thèse écrite en une seule nuit, sous le coup d'une inspiration foudroyante, lui échappait toujours.

— Tu sais Yves, je suis jésuite. Je ne suis pas ministre ou maire de la ville. Je n'ai pas d'autorité dans les affaires sociales.

— Si vous n'intervenez pas vous-même, vous pouvez en parler à un évêque, un cardinal; il doit bien y avoir des autorités pesantes capable de faire pression sur le CSS!

— Vous ne trouverez rien là!

— On ne sait jamais, les dossiers qu'ils ont pourraient peut-être nous donner des idées.

— Léa ne vient pas de là!

— Je sais. Mais ils ont bien dû retracer les agents qui nous l'ont vendue !

— C'est Liza qui serait la mieux placée pour nous renseigner !

Yves ne l'avait pas revue depuis longtemps. Il faudrait convaincre Marie de la laisser revenir. Après tout, il était temps que Sylvain retrouve sa mère ! Il savait qu'il était l'enfant d'une mère porteuse, mais il ne la voyait jamais !

Yves n'avait pas revu la belle porteuse depuis des années, mais il savait que Liza avait fondé un centre d'accueil pour les mères porteuses, qu'elle essayait de rentabiliser la location de leur ventre à des couples stériles.

— Il faut absolument que tu me présentes cette Liza ! dit le père Guénette sans cacher un enthousiasme qui surprenait son neveu. Yves était fier de voir que son oncle réagissait positivement à sa démarche, mais il ignorait la passion revendicatrice du père Guénette et l'avidité avec laquelle il voulait reprendre son texte. Il était certain que le coup avait été fait par Noëmie von Klapp ; le vol avait eu lieu le lendemain de la rencontre où il lui avait exposé les fondements de sa philosophie des couples parfaits. D'ailleurs, qui d'autre que Noëmie von Klapp aurait pu s'intéresser à Platon et à l'érotologie ? Qui d'autre aurait voulu d'un texte aussi austère sur les rapports amoureux ?

— Je vais faire ce que je peux pour sensibiliser cette demoiselle Juneau au sort particulier de ta fille, mais je ne te promets rien ! Je pense que même le Secrétariat à l'adoption internationale ne pourrait rien pour elle ! Les agents de *Verlorelei* doivent opérer dans le plus grand secret ! Ta fille est probablement une *Perlekind* de *Verlorelei* !

— Oui... oui... ça me revient ! Comment ça se fait que vous connaissez ça ?

— Ça serait trop long à t'expliquer! Disons que je suis renseigné! La seule chose importante que j'ignore encore, c'est l'emplacement exact de *Verlorelei*. Et malheureusement, je crains que mademoiselle Juneau et le CSS ne puissent rien pour nous aider à le savoir.

Yves était estomaqué! Une aussi forte coïncidence était à peine croyable. Quelle réunion de famille: son oncle prêtre allait l'aider à retrouver les vrais parents de sa fille adoptive! Marie avait eu là une intuition géniale! Sans participer à la recherche proprement dite, elle avait mis tout le monde en branle. Yves aurait maintenant à la convaincre de revoir Liza parce qu'il avait l'intention d'organiser chez eux la rencontre entre son oncle et la mère de Sylvain.

25
DANS LA VILLE DE L'AMOUR
(AMSTERDAM, juin 1980)

Alertée par le souvenir qu'elle avait de l'anathème que son père avait toujours jeté sur cette ville du péché, Britt craignait que Noëmie ne soit distraite et peut-être trop intéressée par son séjour à Amsterdam, même si elle devait en revenir le soir même. Cette Loes dont leur avait tant parlé Thijs était peut-être belle, aussi belle que Liza, mais elle aussi était Hollandaise, ce qui rassurait Britt un peu. Noëmie avait la même attitude que le père Metz à l'égard des habitants de cette ville de légende : ils auraient béni tous deux le débordement de l'Amstel ! Le père de Britt y aurait vu la vengeance de Dieu. Noëmie la sienne... Elle ne s'était jamais remise de la trahison de Liza !

Cette belle amie hollandaise que Britt avait introduite au service de Noëmie dès la fondation de *Verlorelei* et qui l'avait escroquée en s'installant au Canada avec l'argent qu'elle devait rapporter de la livraison d'un des premiers *Perlekinder*, cette poupée que la science du *Doktor* Pletschscy n'avait pas jugée digne de devenir une mère de *Perlekind* parce qu'il n'arrivait pas à lui trouver de partenaire parfait, cette Liza van Openraam était responsable de la méfiance de Noëmie envers les habitants de cette ville à canaux et, par extension, envers tous les Néerlandais, Frisons ou Flamands... Cependant l'idée de Thijs était très bonne. En rapetissant la pouponnière, on pourrait produire plus. Il fallait plonger, se rendre à l'évidence : le contrat d'Amsterdam était avantageux ! Et c'est pour négocier la mise sur pied de ce fameux centre de distribution que Noëmie avait voulu se rendre en personne dans la ville... de l'amour.

Loes attendait à la gare cette audacieuse femme de science dont Thijs avait fait un portrait plutôt glaçant, mais dont elle admirait les réalisations avant-gardistes. Comme elle avait elle-même sacrifié la maternité pour ne pas ralentir sa « carrière », Loes était intéressée par tout ce qui pouvait soulager cette profonde frustration. Avec l'argent qu'elle avait économisé, elle avait acheté la maison où elle recevait ses clients et louait maintenant des chambres aux étages.

— Ça manque d'enfants là-dedans ! disait-elle à ses compagnes.

— Pourtant on ne manque pas d'hommes pour nous en faire, répondait une autre en riant.

Mais Loes était sérieuse. Elle enviait ces femmes choisies pour être mères à *Verlorelei* et libres du fardeau d'avoir à élever leur enfant... mais elle était trop vieille, et elle aurait voulu le garder ! Pour les autres filles, c'était différent, elle comprenait le besoin, elle connaissait la loi de l'offre et de la demande. Elle avait donc été attirée et intriguée par cette entreprise secrète, puis elle avait saisi au vol l'occasion de réaliser l'un de ses vieux rêves : recycler les filles ! Elle était d'une part convaincue de la nécessité d'une reproduction calculée et contrôlée, et d'autre part obsédée par l'idée de créer des emplois et d'offrir à ses compagnes menacées par le déclin la possibilité de se faire un avenir valorisant.

Elle reconnut tout de suite la « corneille » que Thijs lui avait décrite. Dès que Noëmie posa le pied sur le sol hollandais, Loes l'enveloppa de mille attentions. Elle lui offrit d'abord un verre, mais comme Noëmie refusait bière et vin, elles prirent un café près de la gare. Noëmie admira les fantaisies architecturales de Cuypers.

Loes lui proposa ensuite de lui faire visiter la maison qu'elle comptait transformer en centre de distribution, en fait un lieu de transit où les bébés et les porteuses auraient le temps de s'habituer les uns aux autres.

Elles longèrent la *Niewe Burgsteeg*. Sur le pont, Loes indiqua l'endroit où habitait Thijs avant de se volatiser. Elle voulait reprocher subtilement à Noëmie les manières brusques de ses fiers-à-bras qui enlevaient des gens sans avertir leur famille et leurs amis ; elle avait tellement souffert de la disparition de Thijs.

— C'était mon meilleur ami ! ajouta-t-elle pour essayer d'attendrir Noëmie. Mais rien n'y fit, la corneille ne compatissait pas. Thijs avait eu beau faire un portrait troublant de son enlèvement, raconter avec beaucoup d'emphase comment il avait été envoûté par Yanantha, Loes avait beau ajouter à ce récit les détails savoureusement violents de sa propre imagination, Noëmie ne compatissait pas davantage.

— Il marchait là-bas quand le « fakir » l'a abordé. C'est lui qui me l'a raconté quand il est revenu. Il y avait aussi un homme fort, un Grec. Ils ont « raccompagné » Thijs à leur voiture d'une manière très cavalière !

— Vassili est un rustre ! dit sèchement Noëmie sans pour autant sembler vouloir s'excuser. Revenons à *nos* moutons !

Loes voulait obtenir de Noëmie qu'elle reprenne Thijs à *Verlorelei*. Elle l'aimait trop pour le laisser ronronner sa déclaration d'amour plus longtemps. La grande scène du pécheur repenti ne la touchait plus ; elle n'y avait jamais cru! Il s'accrochait à elle comme à une bouée pour oublier Conrad; il voulait aimer cette vieille amie parce qu'il souffrait trop de savoir qu'il ne pourrait jamais revoir ce coureur néo-zélandais pour lequel il s'était enflammé à *Verlorelei*. L'amitié était son refuge.

— C'est inutile! lui dit Noëmie. On ne peut pas le reprendre! On a déjà renvoyé chez elle la petite Espagnole qui formait avec lui le G2I2!

— Mais il doit bien y avoir autre chose à faire là-bas que copuler jour et nuit?

Noëmie fournit tout de suite quelques explications scientifiques auxquelles Loes ne comprit rien.

— Il a le tour avec les fleurs! Plus qu'avec les femmes! ajouta Loes pour lui suggérer de le prendre comme jardinier. Elle savait qu'il serait plus heureux là-bas qu'à ses côtés à gémir!

Noëmie fut étonnée d'apprendre que Thijs avait été amoureux de Conrad Fisher! Elle n'osa rien ajouter, parce que l'homosexualité était pour elle un terrain glissant; elle préférait ne pas se prononcer afin d'éviter les pièges... Loes obtint d'elle que Thijs soit réadmis à *Verlorelei*, non plus comme copulateur, mais comme jardinier.

Pendant que Loes continuait de vanter les talents de jardinier de Thijs et à répéter qu'elle souhaitait son bonheur plus que tout au monde et que, même si elle n'avait pas voulu de lui comme amant régulier, elle avait pour lui la plus tendre affection, Noëmie admirait les corniches des maisons. Elle préférait regarder en l'air; les fenêtres ouvertes l'intimidaient. Elle n'osait pas regarder vivre de près les habitants de cette ville; elle était là pour affaires!... Elle eut un frisson quand elle vit, à l'ombre de l'église, un client qui entrait chez une blonde plantureuse après y avoir été invité par le sourire le moins ambigu du monde.

Elle avait horreur du sexe! Britt était sa seule exception. Et encore!... Leur relation était toujours restée plutôt sage et douceâtre. L'ampleur du secret y était inversement proportionnelle à la gravité des actes. Elles entretenaient un dialogue très romantique et s'adonnaient à de régulières taquineries physiques, mais leur vie sexuelle restait candidement angélique. Rien de leurs cajoleries et de leurs jeux tendres ne devait transparaître à l'extérieur du cocon de leur intimité. Les manifestations trop évidentes de la sexualité dégoûtaient Noëmie; elle évitait le pavillon des couples parfaits. Elle ne s'y rendait qu'en cas de besoin. Elle ne pouvait pas supporter de voir tous ces amants s'embrasser et se tripoter en public. Elle aurrait souhaité qu'ils limitent leurs ébats à la tour des copulations contrôlées.

Elles y étaient: 29 *Sint-Annenstraat*. Sans être luxueux, l'intérieur était fort confortable. Au-dessus de l'escalier, un système de miroirs permettait de voir la rue, très clairement, jusqu'à la *Oude Kerk*, comme si on y était et plus confortablement que si on avait été posté sur le toit. Ce stratagème avait été très utile aux prostituées d'antan. À l'époque où elles marchaient encore, les filles pouvaient, grâce aux miroirs, attendre au chaud l'hiver: elles voyaient venir de loin les clients et ne sortaient faire une touche qu'au dernier moment... Cette maison avait été le lieu de travail d'une dizaine de filles avant que le travail à la fenêtre ne jette le discrédit sur les étages! Noëmie n'écoutait pas ce que lui racontait Loes, elle songeait aux miroirs: ils seraient très utiles pour garder secrètes les entrées et les sorties des agents, pour assurer la discrétion des opérations.

Dans le salon de Loes, des tableaux magnifiques sur les murs, ces marines typiquement flamandes où de pauvres voiliers sont toujours menacés par des vagues voraces et des nuages noirs. Sur la table un jeté de velours à motifs floraux... Pas de coussins de satin provocants, pas de peau de tigre ou de léopard. On aurait dit l'intérieur d'une famille bourgeoise.

Amsterdam était l'endroit parfait d'où l'on pouvait acheminer dans le monde les *Perlekinder*. Le marché de l'adoption était en pleine croissance et les affaires promettaient d'être prospères. Cette maison pouvait avoir une autre vocation si Loes et Noëmie arrivaient à s'entendre.

Loes voulait engager comme agentes accompagnatrices d'anciennes prostituées désireuses de quitter le plus vieux métier du monde pour se tailler une place dans l'un des plus nouveaux; elle soutenait que ses compagnes avaient toutes les qualités requises pour assurer la distribution des *Perlekinder*.

Noëmie fut d'abord choquée d'être devancée par une autre. Jusqu'ici elle avait été la seule responsable, la seule initiatrice de *Verlorelei*. Toutes les idées qui avaient contribué à l'expansion du programme de recherche et d'expérimentation étaient venues d'elle seule! Prazec et Pletschscy n'auraient jamais osé la contester! Ils cherchaient et inventaient en silence, très heureux de vivre le grand élan imprimé par cette jeune étrangère à la roue de *Verlorelei*.

Mais Noëmie était-elle prête à confier cette tâche à des Hollandaises... prostituées?... Elle était au moins assurée d'une chose: depuis qu'elle avait instauré le dépôt direct des sommes versées par les parents étrangers dans un compte suisse, la livraison à l'étranger des *Perlekinder* ne l'inquiétait plus! Les clients payaient d'avance maintenant. Elle pouvait dormir sur ses deux oreilles!

Noëmie se fit donc violence pour apaiser sa rage contre Liza. Elle était prête à payer le prix! Elle avait encore un peu peur de la décentralisation, mais elle savait qu'ils ne pouvaient plus garder autant de bébés à *Verlo-relei*, s'ils voulaient augmenter la productivité... Mais Loes avait beau lui répéter que toutes ses filles avaient de très bons passeports et qu'elle verrait à ce que les bébés en aient aussi, Noëmie résistait encore. Il lui répugnait de s'associer avec ces filles, elle qui n'avait toujours porté qu'un pantalon noir et une chemise rouge.

— Il n'y a pas de meilleure protection! lui dit Loes. En voyant mes filles avec des bébés, personne ne se posera de questions!

— Elles pourraient peut-être être moins « voyantes » pour voyager, pour la sécurité de *Verlorelei*!

Elle avait constamment à l'esprit l'image de Liza posant pour Britt dans un studio de Cologne... Il ne fallait pas non plus effrayer la clientèle! Comme le marché le plus prometteur était celui de l'Amérique du Nord, elles auraient tout avantage à tamiser leur éclat habituel.

— J'ai enfin mon *Lieferungsamt*, dit fièrement Noëmie pour montrer qu'elle cédait et acceptait la proposition.

Loes comprenait l'allemand, mais elle préférait faire semblant d'être incapable de le parler.

— Je préfère appeler mes filles « *ooievaaren* », c'est notre mot pour « cigognes »! Une flotte de cigognes, ça sera ma plus grande réalisation!

— C'est une transformation peu commune! ajouta Noëmie. Des poules qui deviennent des cigognes!

Loes avait trop d'humour pour ajouter quoi que ce soit.

Après avoir promis de reprendre Thijs à *Verlorelei*, Noëmie repartit vers l'Allemagne. Elle laissait à Loes le soin de choisir un personnel compétent et « discret » autant que possible, pour effectuer la distribution. Les accompagnatrices seraient payées à Amsterdam ; l'argent viendrait en même temps que les bébés ! Elle s'était finalement laissé convaincre que les accoutrements extravagants de ses futures accompagnatrices brouilleraient les pistes et serviraient de paravents. Loes lui avait montré des photos : Liv, la Norvégienne, Suzy, du Surinam ; Karen et Vivi, même Rose Monet, la Française, seraient enchantées de quitter les hommes pour prendre soin d'un enfant... d'autant plus qu'elles seraient mieux payées !

Noëmie imaginait déjà les ventes qu'elle réaliserait ! Elle se sentait riche ! Elle aurait voulu partager sa joie avec Britt ! Mais c'est elle-même qui avait insisté pour que son amie ne l'accompagne pas !

Avant de quitter Amsterdam, elle acheta une boîte de chocolats individuellement enveloppés dans un papier blanc et bleu à motif de moulin à vent. En se rendant à la gare, elle s'était arrêtée encore une fois sur le pont d'où l'on voyait l'appartement de Thijs : elle aimait les maisons hautes, les crochets avec lesquels les habitants hissaient des canaux les marchandises importées d'Asie, d'Afrique, d'Amérique ou d'Océanie, les fenêtres fleuries, le pont-levis sur l'Amstel et les passants souriants de cette ville d'eau où tout lui semblait mêlé, où tout se fondait, trésor et déchet, dans une même encre inspiratrice. Elle évitait cependant de regarder l'eau ; elle n'aimait pas les cours d'eau ; elle avait toujours peur d'y voir apparaître le visage d'Inès !

Elle n'aurait jamais pu rester dans une ville à canaux ! Elle préférait la forêt d'où elle était venue et où elle retournait sans plus s'attarder ! Un ciel d'anthracite avançait derrière elle, comme si la mer du Nord, attentive à sa ville chérie, rabattait une couverture chaude et rassurante sur les épaules d'Amsterdam.

26
L'AMOUR DU PPP
(VERLORELEI, juillet 1987)

L'arme du garde était vaguement pointée vers le plancher; elle pendait plutôt mollement. Il la tenait d'une seule main. Il aurait dû normalement pointer fermement son arme vers Jack, mais dès qu'il regardait Wana, il oubliait son rôle. À force de jouer trop souvent dans le psychodrame intime de ce couple parfait, il en était venu à le faire mécaniquement, à jouer sans conviction le rôle du tortionnaire nécessaire à la réalisation du fantasme de Jack. Par ailleurs, il était loin d'être lassé du corps d'ébène de la grande Gabonaise. «Je ne la regarderai jamais assez!» disait-il aux autres gardes envieux. «Huit fois mère et encore aussi gracieuse qu'une gazelle!»

Jack aimait qu'on le force à prendre Wana. Bousculé, insulté par le garde armé, il couvrait à son tour d'injures celle qu'il appelait *scum of the earth* ou *black trash*. Après avoir résisté un bon moment à l'intimidation forcée du garde, il malmenait à son tour la belle Wana, la rouait de coups, jusqu'à ce qu'à bout de forces, il s'abandonne chaque fois comme un bébé repu, la tête entre les seins de cette perle noire.

L'échange était ferme, mais Wana, qui avait des épaules aussi larges que celles de Jack, encaissait aisément les coups. Elle était forte comme une lionne. Il la prenait sauvagement ; elle se débattait vivement, criait et frappait des poings. Tous leurs gestes semblaient réglés par un chorégraphe fou furieux. Après neuf ans de vie commune, ils n'avaient pu empêcher la routine de faire son nid dans leur théâtre sexuel, mais ils avaient quand même réussi à perfectionner ce jeu jusqu'au raffinement suprême.

S'ils avaient accepté d'être au PPP sous l'observation constante du *Doktor* Pletschscy et de son équipe, c'était pour avoir le bonheur de se prêter à ce jeu d'amour. Au début, quand on lui avait appris qu'il devait aimer une Gabonaise, Jack s'était d'abord révolté ; il avait été tellement insulté d'être accouplé à une Africaine qu'il refusa de manger pendant cinq jours. Les fantômes de son éducation hurlaient d'horreur au fond de son esprit troublé. Il avait refusé de la toucher jusqu'à ce qu'on dût le forcer à la prendre à la pointe du fusil.

Cette expérience avait été pour Jack une grande révélation. Il avait répété à tout le monde qu'il préférait mourir plutôt que de faire l'amour avec une Noire, mais l'intervention de la violence l'avait convaincu qu'il était, à son insu, destiné à cet amour particulier. Après la lutte, il s'était senti tout à coup comblé comme il ne l'avait jamais été, follement amoureux de Wana.

Noëmie von Klapp était fière d'eux. Leur CC avait finalement très bien fonctionné : en plus d'être un couple modèle au PPP, ils avaient fait ensemble huit *Perlekinder*, en neuf ans. Ils étaient pour elle l'exemple parfait, la preuve que la « méthode » Hertzmann était efficace.

Le *Doktor* Pletschscy suivait avec grand intérêt l'évolution de leur relation. Chaque petite nuance, chaque variation de leur rituel amoureux et de leur vie quotidienne devait être méticuleusement notée et ajoutée à leur dossier.

Le garde, lui, ne pouvait jouer que du fusil. Un certain Paul avait joué le rôle de tiers tortionnaire depuis le début, mais comme il se faisait vieux, Noëmie avait décidé de le remplacer par un garde plus jeune et elle avait nommé Paul gardien de sécurité à la pouponnière. Le *Doktor* Pletschscy avait lui-même proposé ce transfert pour avoir la chance d'observer les réactions du couple à l'apparition d'éléments nouveaux.

Le débutant manquait de fermeté. Jack devait même le rappeler à l'ordre. Il découvrait avec enthousiasme les tatouages les plus intimes de Jack et le pelvis électrisant de sa parfaite partenaire. Il était absorbé par la présence magique de Wana, ses jambes luisantes et son corps sculptural. En enviant l'élu, il oubliait le sérieux de son rôle et cette insouciance amplifiait l'absurdité de la scène.

Avec une blanche, avant, Jack n'avait pas connu le grand amour. Etait-ce parce qu'il ne savait pas s'y prendre? Ou simplement parce que son temps n'était pas venu? Il avait dû se consacrer au karaté pour canaliser son énergie débordante.À *Verlorelei* cette approche violente du contact physique lui offrait une solution-miracle. Les remparts de sa haine héréditaire s'étaient écroulés en une seule nuit; il avait été subitement guéri de cette haine viscérale qui courait dans la famille, mais le psychodrame était resté, pour lui, la meilleure façon d'exorciser les fantômes de son passé. Son père l'avait entraîné très jeune à détester les Noirs. Ils avaient participé ensemble à de nombreux rallyes du Ku Klux Klan, à des manifestations racistes un peu partout aux États-Unis. Le jour de ses quatorze ans, son père lui avait offfert un revolver en lui disant : « Tiens, mon fils, pour écarter les « nègres » de ton chemin ! »

Très impressionné, Jack avait pris l'habitude de se masturber en serrant de l'autre main ce colt, symbole de la puissance. Ce qu'il n'avait jamais dit, avant *Verlorelei*, c'est qu'il imaginait alors des scènes où il se voyait dompteur de femmes fauves et noires. Ici, il avait pu réaliser son fantasme et il l'avait poussé à fond depuis neuf ans. Il ne touchait plus le fusil, il s'en faisait menacer.

Il jouait le dégoût hystérique et crachait sur Wana jusqu'au point tournant du psychodrame ; alors il se jetait sur elle et, sous les yeux du garde ébahi chaque fois, il la prenait férocement. Dans la première partie, pendant que Jack résistait aux ordres du garde, Wana ronronnait sensuellement. Elle se caressait les seins, écartait les jambes : une vamp affamée sortie tout droit de la brousse ! Les gardes avaient souvent de la difficulté à résister, à rester insensibles au jeu de la Gabonaise ; plusieurs avaient même éjaculé dans leur uniforme.

En fait, Wana Nbemecogo ne sortait pas de la brousse africaine ; elle était secrétaire médicale à Libreville avant d'être repérée par les agents d'Anton Lühr et amenée de force à *Verlorelei* par les hommes de Vassili Papanikos. Jouer l'allumeuse l'excitait au plus haut point. Persuadée d'avoir en elle une femme fatale, une panthère enfouie sous la rigidité de son personnage professionnel, elle se prêtait généreusement au jeu de Jack. Elle y fondait le sien. Leurs fantasmes se complétaient parfaitement. Les insultes la provoquaient et l'attaque sauvage du Blanc libérait l'animal qui cherchait à sortir de son corps habitué au carcan d'un uniforme occidental. Dans son bureau moderne à Libreville, elle s'était toujours sentie exilée, blanchie de force et déracinée.

Les accouchements de Wana s'étaient toujours très bien déroulés. Ses bébés étaient toujours très beaux et très forts, de parfaits *Perlekinder*. Son seul problème était chaque fois d'accepter de les laisser partir. Après six mois, les enfants étaient tous envoyés à Amsterdam pour être redistribués dans le monde, selon les demandes du marché de l'adoption. Wana vivait très mal cette période sombre ; elle pleurait et se révoltait, mais tout le monde savait que tôt ou tard elle se rétablirait.

Jack essayait de la soutenir. Il aimait maintenant Wana plus que tout au monde. Leur amour était pour lui le lieu privilégié de son évolution personnelle et pour elle un refuge apaisant. Sauvé miraculeusement d'une vie de mercenaire par son enlèvement, Jack pouvait maintenant vivre loin des chaînes de la drogue, loin de l'avilissement de son agressivité dans le commerce de la force militaire, et se réaliser pleinement, grâce à une femme que ses préjugés d'antan ne lui auraient jamais permis d'approcher. Il ne la quittait que pour donner des cours de karaté aux gardes, et travailler quelquefois au jardin. Chaque fois qu'il la désirait, un garde venait jouer pour eux le rôle du tortionnaire. Mais depuis quelque temps, ils n'avaient plus envie d'être accompagnés par ce tiers encombrant. Malheureusement il n'était pas question de lui donner son congé ! Le *Doktor* Pletschscy considérait que leur fertilité légendaire et la qualité de leur production étaient directement liées à la précision de ses techniques. Il prétendait que leur copulation contrôlée donnait de bons résultats grâce à l'observation minutieuse qu'il faisait de chacune des séances du psychodrame. La violence qui s'y développait constituait pour lui un objet d'étude passionnant.

Mais ce théâtre, à la longue, avait perdu toute surprise. Jack et Wana avaient évolué. Leurs fantasmes s'étaient transformés : en les jouant souvent, en les exprimant, ils avaient ouvert la porte à de nouvelles images, à de nouveaux désirs. Un véritable amour, épuré de toute déviation, libre de toute entrave et de tout déguisement, était né de leur union forcée.

Wana aurait préféré voir les gardes six pieds sous terre et Jack n'avait plus envie d'entretenir toute cette violence. Ils étaient mûrs pour la tendresse, pour une intimité qu'ils n'avaient pas encore connue.

— Si on s'en allait?

— Où veux-tu que nous allions, mon pauvre Jack?

À *Verlorelei*, ils étaient chez eux. Partout ailleurs, ils auraient eu les problèmes de tous les couples mixtes. Ils seraient obligés de travailler et Wana n'avait plus envie d'être secrétaire médicale.

— Et moi je ne sais rien faire, disait Jack! Ce n'est pas le karaté, ni la drogue, ni même *Verlorelei* qui m'ont apporté le plus. C'est toi, Wana!... L'amour, c'est la seule chose que je sais faire!

— En effet!... Continue!

Ils replongeaient dans le remous de leur amour, oubliant dans l'ardeur des caresses qu'ils étaient prisonniers et qu'ils le seraient ailleurs aussi.

27
LE CAPITAINE SOURIS
NAVIGUE SUR TERRE
(LOS ANGELES, janvier 1981)

Caché derrière la haie de cèdres, il épiait le moindre bruissement de feuilles autour du 74 *Bardley Crescent*. Il en était à sa quatrième visite. Il se posait là chaque fois, et attendait patiemment de pouvoir cueillir des indices. Il était si loin de son bateau et des enfants de Tian Zi! Tel que Sun Ji le décrivait, tel qu'il le désirait, souris sur terre comme sur mer, Xiang Men s'était changé sans problèmes en enquêteur, en invisible espion dans un quartier résidentiel de Santa Monica.

Il avait d'abord suivi ce couple à leur sortie de l'AAS (*American Adoption Society*) à Los Angeles. Ça lui avait coûté une fortune en taxi! Il ne fallait pas qu'il flambe trop vite le peu d'argent qu'il avait reçu de Sun Ji. Sa mission en Amérique était capitale pour l'avenir de Tian Zi. Les autres jours, il était revenu en autobus.

Du placard où il avait réussi à se glisser, parmi les torchons et les balais, il avait entendu monsieur Lopez expliquer à ce couple que l'AAS n'avait pas, pour l'instant, d'enfant pour eux, qu'il n'en avait plus depuis longtemps, que les orphelins américains étaient une espèce en voie de disparition, et que s'ils désiraient vraiment un enfant, ils devaient faire appel à des services étrangers... ou attendre la visite d'autres fournisseurs.

Même si le bureau de monsieur Lopez était juste à côté, Xiang Men avait de la difficulté à entendre les éventuels parents. Ils étaient peut-être gênés de devoir faire une telle démarche. Monsieur Lopez avait ajouté qu'il connaissait l'existence de marchands d'enfants illégaux, mais qu'il refusait de divulguer quoi que ce soit à leur sujet... Il n'en savait probablement pas plus !

Certain d'être sur une bonne piste, Xiang Men avait tout de suite décidé de suivre ce couple. Sun Ji serait ravi d'apprendre qu'il allait bientôt pouvoir retracer ce compétiteur sans gêne qui les égorgeait à distance !

Le premier voyage jusqu'à Santa Monica avait été particulièrement difficile. Pour ne pas éveiller les soupçons du chauffeur, Xiang Men avait évité de lui dire : « Suivez cette voiture ! » Il s'était lui-même chargé de donner les indications. Il ne quittait pas des yeux la Pinto rouge des Presscott et dictait au chauffeur la direction à prendre, selon qu'elle virait à droite ou à gauche. À l'échangeur de l'ouest, il avait cru les perdre, mais il avait finalement réussi à se rendre jusqu'à Santa Monica.

Revenir le lendemain avait été un jeu d'enfant. Il fallait qu'il revienne jusqu'à ce qu'il ait les informations nécessaires pour mener plus loin son enquête. Les Presscott avaient l'air si déçus à la sortie du bureau de monsieur Lopez, qu'ils allaient sûrement entreprendre de nouvelles démarches... si ça n'était pas déjà fait ! Xiang Men attendait qu'ils prennent contact avec ces autres fournisseurs dont monsieur Lopez avait parlé.

Le deuxième jour, il était arrivé juste au moment où le facteur déposait quelques lettres dans la boîte postale des Presscott. Il s'était tout de suite senti piqué. Il fallait qu'il jette un coup d'œil sur ces enveloppes pendant que les occupants étaient absents. Les Presscott travaillaient tous les deux, mais des voisins auraient pu le voir?... Il cherchait un moyen de se rendre invisible. On a beau être souris, quand on est un navigateur chinois à Santa Monica, on peut encore faire froncer des sourcils.

En ouvrant l'œil, il s'était vite rendu compte qu'il y avait un moyen de s'approcher du courrier des Presscott. Il avait remarqué qu'une ribambelle de camelots, de toutes les races et de tous les âges, circulait dans le quartier pendant l'après-midi et inondait les boîtes postales d'une avalanche de feuillets publicitaires.

De retour à Los Angeles, il s'était acheté un sac de toile et s'était fabriqué des dépliants fictifs avec les feuilles d'un journal afin de revenir à Santa Monica et de prendre connaissance en vitesse des correspondants des Presscott. Le temps de feindre d'y fourrer son feuillet d'annonce, il tirerait un instant les lettres de la boîte. Sa mémoire encore vive croquerait les informations utiles.

Il était prêt mais le facteur n'était pas encore passé. Un beau soleil chaud versait sur le parterre des Presscott une lumière tendre et la couleur des fleurs éblouissait Xiang Men. Il était amoureux des jardins. Il n'osait pourtant pas s'aventurer dans celui-ci; il aurait fallu qu'il rampe d'un buisson à l'autre pour s'assurer de ne pas être vu... C'était trop risqué!

En goûtant de l'extérieur les délices de ce jardin défendu, il se sentit coupable de jouir, ne serait-ce qu'un instant, d'une belle journée de soleil en Amérique, pendant que Sun Ji surveillait, dans un local sombre et humide, ces pauvres enfants condamnés à travailler douze heures par jour. Xiang Men n'aimait pas beaucoup l'idée d'exploiter les enfants! Les vendre à des parents adoptifs était plus sain: on les envoyait toujours vivre dans un monde beaucoup moins hostile que celui qu'ils auraient connu s'ils étaient restés dans les camps de réfugiés avec leurs parents. Mais les atteler à des machines à coudre, c'était inhumain! Xiang Men avait toujours entretenu l'idée qu'il sauvait la vie à ces enfants. Sans son intervention, ils étaient condamnés à souffrir. Le sort qu'ils subissaient maintenant était pourtant très loin d'être une libération! Il était temps qu'on règle cette crise de paralysie de Tian Zi et qu'on rende les enfants à l'adoption. C'était pour remettre les enfants sur la route que Xiang Men avait lui-même entrepris ce voyage.

Bien sûr, il était content de voir enfin l'Amérique. Il y avait expédié tant d'enfants! Il pouvait enfin pratiquer l'anglais qu'il avait appris à Bangkok en négociant avec des parents adoptifs venus de l'étranger. Il était très attiré par les anglophones qu'il croyait tous plus riches les uns que les autres. Il avait même donné à son bateau un nom à moitié anglais: *Tian Zi Messenger*.

Los Angeles ne l'avait pas dépaysé. Il était habitué à l'infernal bourdonnement de la grande ville. Il y avait juste un peu moins de Chinois qu'à Bangkok. Il s'était senti capable d'affronter tout seul ce monstre exotique de plastique et de béton tant de fois imaginé pendant les longues heures qu'il passait sur son bateau, entre Bangkok et le camp de Tian Zi. Ces villes éléphantesques étaient les mêmes sur tous les continents: on aurait cru voir partout l'œuvre d'un même architecte fou qui s'amusait à monter des piles de blocs, à les aligner en défiant les lois de la pesanteur.

Xiang Men n'avait pas eu peur. Il était fier d'accomplir une mission d'une grande importance pour Sun Ji. Seul dans ce grand pays, il avait enfin la chance d'épater ce patron qui ne lui avait jamais fait de cadeau, qui le menait au doigt et à l'œil, despotiquement, mais auquel il s'était attaché comme un chien fidèle prêt à fermer les yeux sur l'indifférence d'un maître ingrat.

Chien soumis ou souris, Xiang Men ne s'était jamais vu autrement : une ombre qui partait souvent, mais revenait toujours. Il ne s'était jamais éloigné autant de Tian Zi. Et là où il avait cru devoir jouer dans des bureaux son rôle d'espion, il se retrouvait déguisé en camelot, caché derrière une haie, à guetter fébrilement le passage d'un facteur.

28
LE THÉÂTRE OU LA VIE?
(TOKYO, mars 1984)

Une ronde d'enfants, sublime et tragique, aspergeait de couleurs crues le jardin éclairé par d'énormes lanternes suspendues au plafond. Devant la splendeur des costumes, Yasuko regrettait un instant de n'être pas sur la scène, mais à bien y penser elle préférait savourer son bonheur de spectatrice et en ouvrant très grands les yeux, elle se renfonçait dans son fauteuil pour ne rien manquer.

Pour satisfaire les exigences de son vainqueur, l'empereur doit sacrifier son fils. Le gardien de l'enfant, Una no Kami, voulait substituer son propre fils à la place de l'héritier impérial, mais Saito Torozaemon, son beau-frère, originaire du clan vainqueur, devait choisir parmi les danseurs un de ses propres petits-enfants et le tuer. Yasuko connaissait la pièce par cœur, mais elle se laissait prendre comme une novice éblouie.

Iwai était magistral dans le rôle d'Hanazono. Yasuko ne le quittait pas des yeux. Son moindre geste était d'une élégance inégalable. Oui, elle pleurait, mais ça n'était pas de voir souffrir Hanazono, ça n'était pas de rage ni de jalousie, elle pleurait de bonheur. À la maison, ses deux enfants dormaient profondément, comme des anges au paradis. Plus rien ne les séparerait. Plus rien jamais ne l'éloignerait d'Iwai. Elle avait eu si peur de ne pas revenir, d'être à jamais prisonnière de Noëmie von Klapp, de ses médecins et de ses gardes, qu'elle avait fait à son retour un nouveau serment qui annulait le premier : elle allait désormais consacrer sa vie à son mari et à ses enfants. Elle restait persuadée que son enlèvement avait été relié à sa popularité, qu'elle avait tenté le démon en forçant les portes du *Kabuki-za* et que son absence avait été la conséquence directe de son entêtement à courtiser la faveur du public. Le peu d'allemand qu'elle avait appris à *Verlorelei* ne lui avait pas permis de comprendre exactement pourquoi elle avait emmenée là de force. Elle avait au moins eu la chance d'échapper à la copulation contrôlée. Un mauvais plaisantin lui avait sauvé la vie en plaçant une couleuvre dans le lit qu'elle devait partager avec un jeune Néo-Zélandais.

On avait essayé par la suite de reprendre l'expérience, mais Conrad Fisher n'arrivait pas à faire l'amour avec elle. Il avait été traumatisé par la couleuvre. C'est du moins ce qu'avait cru le *Doktor* Pletschscy.

Yasuko n'avait pas compris pourquoi on ne l'avait pas offerte à un autre homme. Il y en avait là pour tous les goûts ! Elle avait été endormie. Avait-elle été endormie ? Elle avait repris conscience à Tokyo, assise seule sur un banc à l'aérogare.

À sa disparition, Iwai avait cru qu'elle s'était enfuie. Il avait pleuré toutes les larmes de son corps (comme Hanazono devant la menace infanticide du vainqueur de l'empereur). Les enquêteurs de la police lui avaient cependant démontré sans l'ombre d'un doute que sa femme avait été enlevée. Après des mois d'angoisse, il l'avait vu revenir, plus belle que jamais, débarrassée de son rêve despotique d'être la reine «féminine» des *onna-gata*.

Elle avait toujours été très forte. Elle avait dû se faire une cuirasse impénétrable pour affronter jadis les farouches défenseurs du privilège masculin de jouer des rôles de femme, mais son aventure européenne lui avait permis de réaliser combien elle aimait Iwai, et de comprendre qu'elle trahissait sa nature profonde en essayant d'atteindre à tout prix ce piédestal illusoire où son mari, maintenant, triomphait seul.

Elle sourit.

— Que le théâtre reste donc une affaire d'hommes!

Avant, elle aurait considéré sa maternité comme une défaite, une entorse fatale à sa carrière, mais ce soir-là, spectatrice heureuse, c'était à son tour de regarder Hanazono pleurer. Iwai était admirable.

La tigresse ronronnait de plaisir. Elle aurait léché ses deux petits s'ils avaient été près d'elle. Si les autres spectateurs l'avaient vu sourire, ils n'auraient pas reconnu l'ancienne chasseresse dont le seul trophée était d'avoir pris la place d'un homme.

Il était encore possible qu'elle fasse du cinéma. Dans quelques années. Elle n'avait pas fermé cette porte. Quand les enfants seraient assez grands, elle accepterait peut-être des rôles. Ça lui ferait une sortie dorée. Elle était plus belle que jamais. La maternité lui avait vraiment réussi. Elle était satisfaite... mais elle avait encore du talent! Elle aurait voulu encore jouer, mais pas au *kabuki*. Iwai était désormais le seul *onna-gata* de la famille... Peut-être que plus tard leur fils voudrait suivre les traces de son père? Elle ne voudrait pas que Iwai le force. La vie décide à notre place. Il ne faut pas intervenir. Comme le fleuve suit son cours en se réalisant, malgré les méandres et les montagnes à contourner, les hommes et les femmes se rendent à la mer.

29
PROCÈS-VERBAL
(VERLORELEI, septembre 1986)

1. Britt Metz-Amschitzell fait lecture de l'ordre du jour. Le docteur Magdy Farah en propose l'adoption. Il est appuyé par Bo Parsen.

2. Britt Metz-Amschitzell fait lecture du procès-verbal de la réunion du 17 août. Anton Lühr en propose l'adoption; Il est appuyé par Bo Parsen.

3. *Rapport des activités de chaque équipe*:

A. Service de détection: Anton Lühr présente le rapport. Vingt-six nouveaux spécimens ont été détectés au cours du mois. Douze des dossiers sont déjà prêts pour le Service des enlèvements. Les autres dossiers présentent encore quelques problèmes. Anton Lühr demande à Bo Parsen de prendre la parole et d'exposer les faits. Le représentant du Service des ventes explique à l'assemblée les conséquences économiques néfastes que pourrait avoir ce problème de « détection » sur l'ensemble de la production de *Verlorelei*. Déterminer avec précision les coordonnées des candidats asiatiques demeure, selon les agents qui ont préparé le dossier, une tâche particulièrement difficile, surtout quand les détecteurs travaillent dans de grandes villes comme Tokyo, Hong-Kong ou Singapour : les candidats leur échappent avant même qu'ils puissent entreprendre de les suivre dans la foule. Quand le génétomètre leur indique qu'ils sont en présence d'un bon spécimen, ils arrivent difficilement à l'isoler, à cause de la densité de population et de la moyenne élevée du potentiel génétique des Asiatiques.

Discussion :

Noëmie von Klapp demande des explications.

Le docteur Magdy Farah propose que le Service de détection ne travaille que dans de plus petites agglomérations. Le *Doktor* Pletschscy exprime des doutes quant à la pertinence d'un tel changement. Il rappelle à l'assemblée, statistiques à l'appui, que 68 pour cent des Asiatiques de *Verlorelei* ont été enlevés dans les grandes villes.

Le *Doktor* Pletschscy demande le vote sur la proposition du docteur Farah.

3 pour, 8 contre, 2 abstentions. La proposition est rejetée.

Anton Lühr poursuit son rapport. Ils ont eu aussi quelques problèmes en Europe : le fonctionnement du génétomètre a été perturbé par des interférences encore non identifiées. Ils ont perdu déjà plusieurs spécimens valables à cause d'ondes indésirables qui brouillaient la lecture du potentiel génétique. À Düsseldorf, un agent a même été attaqué, en face du théâtre municipal, par une jeune femme qui lui a volé son appareil.

Noëmie von Klapp dissipe la consternation en faisant elle-même lecture d'un article du livre des règlements de *Verlorelei* : il y est fortement recommandé que les agents détecteurs travaillent le moins possible sur le territoire de la République fédérale d'Allemagne. Elle répète à l'assemblée qu'il est dangereux d'y faire des enlèvements et que *Verlorelei* a tout avantage à ne pas attirer l'attention des autorités de Bonn ou même de Münster.

Miguel Parranquina propose que deux agents de sécurité soient mutés à l'enquête, pour retrouver la voleuse, avant que cet incident n'ait des répercussions irréversibles.

Le *Doktor* Pletschscy demande le vote sur la proposition de Miguel Parranquina.

7 pour, 5 contre, 1 abstention. La proposition est adoptée. Anton Lühr s'engage à surveiller plus attentivement les agents de son équipe. Par ailleurs, il demande à l'assemblée de voter la fabrication du nouveau modèle de génétomètre mis au point par le *Doktor* Prazec. Cet appareil plus perfectionné que l'ancien modèle permettrait aux agents de capter de plus loin les ondes des spécimens.

Discussion :

Le docteur Magdy Farah s'oppose à la fabrication de cet appareil tant que l'équipement de la clinique gynécologique n'a pas été renouvelé.

Après avoir marqué une certaine hésitation, Betty Mac Lean appuie le docteur Farah. Elle fait lecture d'une proposition préparée par Lisbeth Eigor, directrice de la pouponnière : « Attendu que la production de *Verlorelei* a triplé depuis cinq ans, attendu que le commerce des *Perlekinder* est devenu le moteur de cette production, attendu que la recherche proprement dite et les expériences psychologiques sur les couples parfaits semblent reléguées au second plan, il est proposé qu'un laboratoire d'insémination artificielle soit installé dans le PPP, qu'on recycle certains agents du Service des enlèvements pour qu'ils se spécialisent dans la cueillette de semence. » Vassili Papanikos s'oppose à toute réduction du personnel de son équipe. En ce moment le Service des enlèvements accuse un sérieux retard sur le Service de détection. Même s'ils n'enlevaient que des mères porteuses, les agents fourniraient à peine !

Noëmie von Klapp propose qu'on recycle plutôt certains pensionnaires qui pourraient être accouplés à nouveau, qu'on favorise une certaine promiscuité au PPP et qu'on y tolère la copulation de couples qui ne sont pas parfaits selon les normes de *Verlorelei*, mais qui peuvent être fertiles.

Le docteur Farah appuie Noëmie. Il insiste cependant sur un réel besoin d'argent à la clinique gynécologique! Noëmie von Klapp demande qu'on reporte à la fin de la réunion les problèmes d'argent, et qu'on discute des propositions déposées sur la table.

Le *Doktor* Pletschscy s'oppose à toute utilisation «bâtarde» du *Perfekter Paaren Pavillon*. Il faut, d'après lui, que ce bâtiment reste le temple des couples parfaits, le lieu privilégié de ses recherches.

Noëmie von Klapp fait remarquer à l'assemblée que son projet ne coûte rien alors que le plan proposé par l'équipe Farah-Mac Lean-Eigor suppose des frais!

Le *Doktor* Pletschscy quitte l'assemblée pour protester contre ce qu'il appelle une «mercantilisation à outrance». Noëmie von Klapp demande qu'on poursuive les rapports des équipes.

B. Service de livraison: Rose Monet fait lecture d'un document signé par Loes van der Gest, directrice de la Centrale de distribution d'Amsterdam. Le Service d'adoption réitère sa demande: les équipes de deux deviennent une nécessité! Même si le dépôt direct a réglé depuis longtemps les problèmes de désertion que *Verlorelei* avait connus, avant la fondation du centre d'Amsterdam, les conditions de travail de ces jeunes filles restent précaires.

Noëmie von Klapp rappelle à Rose Monet qu'elle n'était pas obligée d'engager d'anciennes prostituées, qu'elle les a sorties de la misère des rues pour leur donner un «avenir».

Rose Monet continue la lecture du document. On y demande aussi, pour les accompagnatrices, en plus de la sécurité qu'assureraient les équipes de deux, la parité de salaire avec le Service des enlèvements.

Discussion :

Vassili Papanikos proteste. Il affirme qu'il faut moins de force et d'habileté pour accompagner un bébé chez des clients qui l'attendent impatiemment que pour enlever des hommes et des femmes, grands et forts, qui ne s'y attendent pas du tout et qui opposent souvent une résistance farouche à leurs ravisseurs. Il ajoute que les «filles» d'Amsterdam devraient se compter chanceuses de voyager aux frais de *Verlorelei*.

Rose Monet fait remarquer à Vassili Papanikos que les agents ravisseurs voyagent aussi.

Noëmie von Klapp rappelle à l'ordre l'assemblée et demande le vote sur la proposition de Rose Monet.

5 pour, 7 contre, 1 abstention. La proposition est rejetée. Le docteur Farah demande qu'on vote aussi la proposition écrite de Lisbeth Eigor.

Noëmie von Klapp fait voter à l'unanimité le rejet de la proposition Farah-Mac Lean-Eigor et l'adoption de sa propre proposition concernant l'utilisation des locaux du PPP.

C. Service des enlèvements : Vassili Papanikos fait lecture du compte rendu des activités de son équipe. Le rendement est ralenti par de nombreuses guerres civiles, entre autres autour du bassin méditerranéen. Ils insistent aussi pour que le Service de détection travaille en dehors des grands centres. Ils demandent qu'on revise les normes de sélection qui, d'après eux, favorisent les citadins.

Boris Lievanov demande la parole. Il tient à préciser que les spécimens africains, sauf une très bonne porteuse d'origine urbaine, venaient tous de régions rurales.

Vassili Papanikos poursuit sa lecture. Les agents ravisseurs ont remarqué une surveillance accrue dans les pays occidentaux, qui constituent plus de 90 pour cent du marché de *Verlorelei*. Pour contrer cette menace, le Service des enlèvements propose qu'on forme une équipe de contre-espionnage chargée de brouiller les pistes des polices secrètes américaine, canadienne ou suédoise, et qu'on envoie maintenant des hommes pour préparer le terrain.

Le docteur Farah demande la parole. Il revient sur son plan qui, d'après lui, serait moins coûteux : la cueillette de sperme se fait facilement. Il faudrait seulement droguer les donneurs avec des sédatifs aphrodisiaques.

Boris Lievanov appuie le docteur Farah. Il affirme que la présence physique des mâles à *Verlorelei* est archaïque et que trop d'enlèvements représentent une menace à la sécurité.

Noëmie von Klapp fait adopter à l'unanimité la proposition de Vassili Papanikos, et ordonne la formation immédiate d'une équipe spéciale chargée de déjouer les ennemis de *Verlorelei*. Les gardes affectés au contrôle des copulations seront maintenant chargés de cette mission.

Le *Doktor* Prazec demande la parole. Il veut défendre les intérêts du *Doktor* Pletschscy. Il rappelle à l'assemblée que les activités encadrées du PPP font partie intégrante du plan Hertzmann, que *Verlorelei* serait impensable sans l'étude constante du comportement des couples parfaits. Le docteur Farah répète que la modernisation de *Verlorelei* qu'il proposait aurait augmenté le chiffre d'affaires, mais qu'il se rallie au plan de Noëmie von Klapp qui lui semble plus efficace dans l'immédiat.

Le *Doktor* Prazec rappelle au docteur Farah que c'est à sa demande qu'il a mis au point un sac réfrigéré spécialement conçu pour le transport de la semence humaine. Noëmie intervient pour qu'on ne perturbe pas l'ordre du jour.

D. Service des ventes: Bo Parsen fait lecture du compte rendu de son équipe. Ils connaissent un succès sans précédent. Grâce à de très bons espions et aux spécialistes des papiers d'identité, ils ont réussi à mettre la main sur des listes considérables de demandeurs et à détourner vers *Verlorelei* les clients des camps d'adoption de l'Asie du Sud-Est et de l'Amérique du Sud. Après quinze ans d'activités en Amérique du Nord, les agents du Service des ventes réussissent encore à briser des records.

Noëmie von Klapp félicite Bo Parsen.

Le docteur Farah demande à Noëmie von Klapp d'étaler au grand jour l'état des finances de *Verlorelei*.

Noëmie von Klapp précise que le compte en Suisse constitue sa fortune personnelle, qu'elle paye bien tous ses employés et qu'elle n'a aucunement l'intention de céder les cordons de la bourse. Elle demande la levée de l'assemblée. Miguel Parranquina l'appuie. La séance est levée.

Étaient présents:

— Noëmie von Klapp, présidente
— Britt Metz-Amschitzell, secrétaire
— Docteur Magdy Farah, gynécologue
— Garde Betty Mac Lean, obstétricienne
— Boris Lievanov, spermologue
— Lisbeth Eigor, jardinière d'enfants
— Miguel Parranquina, garde de sécurité
— *Doktor* Heinz Pletschscy, psycho-généticien
— *Doktor* Joseph Prazec, bio-physicien
— Anton Lühr, responsable du Service de détection

— Rose Monet, responsable du Service de livraison
— Vassili Papanikos, responsable du Service des enlèvements
— Bo Parsen, responsable du Service des ventes

30
ENTORSE AU CATALOGUE
(VERLORELEI, août 1987)

Le vieux Paul en avait plein le dos. Ils en étaient à leur neuvième bébé. Il avait hâte de retourner s'asseoir dans son petit bureau du premier étage, feuilleter le *Stern* qu'on venait de lui rapporter de Lengerich, et dormir d'un œil, en surveillant de l'autre la pouponnière.

Lisbeth Eigor aurait pu continuer longtemps... mais Paul était aussi difficile à tenir que les bébés. Il frétillait d'impatience. À chaque fois c'était la même chose. Il le faisait pour s'en débarrasser. Il aurait préféré ne jamais hériter de cette tâche « humiliante ». Trop vieux pour le sexe, mais pas assez vieux pour aimer les bébés !

— Vous n'êtes plus en âge d'être crédible dans ce psychodrame ! lui avait dit le *Doktor* Pletschscy, quand il avait décidé de le muter au premier étage du bâtiment central. Gardien de sécurité à la pouponnière ! Quand on a été tortionnaire pour Jack Prance et sa divine Wana, quand on a joué un rôle important dans les ébats érotiques de ces champions de l'amour ! Il était bien loin de ces combats ruisselants, et le gigotement incontrôlable des bébés l'agaçait considérablement... Il aurait mille fois mieux aimé s'étendre avec Lisbeth et fourrer son museau dans le terrier bien gardé de cette gitane en puissance. Toutes les Hongroises ont du feu dans le ventre! C'est ce que Paul aurait voulu voir!... Ou bien saisir à pleines mains les gros seins de Britt! Ou les deux en même temps! Et laisser les bébés brailler dans leur couche!

Tant qu'il restait dans son petit bureau vitré, avec ses petits journaux et sa grande imagination, Paul ne détestait pas son nouveau poste, mais quand il voyait Britt arriver avec son trépied, il en voulait à Noëmie von Klapp d'avoir accepté sa mutation, il en voulait surtout à Pletschscy d'avoir voulu rajeunir le tortionnaire pour tenter de sauver son expérience avec Jack et Wana.

Comment le *Doktor* pouvait-il être assez naïf pour croire que le problème de ce couple parfait dont la perfection semblait péricliter résidait nécessairement dans un facteur extérieur: l'âge du garde employé comme tortionnaire dans leur psychodrame sexuel? Il devait être aveuglé par la perfection de son code! Paul savait que les fantasmes de Jack et Wana avaient évolué, qu'ils n'arrivaient plus à s'aimer dans ce cadre rigide, selon ces règles contraignantes auxquelles l'habitude avait enlevé tout le charme, dans ce jeu violent de simulation que Pletschscy appelait son « corpus ».

Le dixième bébé gigotait tellement que Paul perdit patience. Il claqua la porte et laissa Lisbeth s'arranger toute seule avec ses poupons.

Pour détendre l'atmosphère, Britt imita le vieux bougon:

— Des vrais démons! Leur donnez-vous des couleuvres à manger?

Mais Lisbeth ne la trouva pas drôle. Elle essayait sérieusement de contrôler le bébé. Britt reprit son appareil et guetta derrière l'objectif. L'accalmie se faisait encore attendre.

— On voit bien que c'est un garçon! dit finalement Britt, avec un certain dédain, juste au moment où Lisbeth arrivait à l'immobiliser.

Il fallait faire une photo claire. La catalogue était un document extrêmement précieux pour *Verlorelei*. On le promenait dans le monde entier, et les photos que Britt faisait des bébés étaient même les seules images de *Verlorelei* qui étaient vues à l'extérieur. Elle prenait donc son rôle de photographe au sérieux. Elle avait d'ailleurs voulu devenir photographe, à Cologne, avant de rencontrer cette femme formidable qu'elle avait choisi de suivre dans une aventure exceptionnelle. En venant à *Verlorelei*, Britt avait dû dire adieu à son projet de carrière, mais elle se trouvait chanceuse de pouvoir s'adonner une fois par mois à son violon d'Ingres...même si elle ne devait maintenant photographier que des bébés! Le poupon était loin d'être son sujet de prédilection.

Elle aurait préféré des nus féminins, la jeune Brésilienne par exemple! Cette peau cuivrée, ces formes parfaites auraient fait des merveilles sur la pellicule! Les *Perlekinder* étaient bien beaux, mais Britt travaillait avec eux sans conviction profonde.

Seule Lisbeth aimait sincèrement les enfants. Elle les aimait largement, généreusement, compensant pour tous ceux qui faisaient semblant. Ni Paul, ni Britt, ni même Noëmie n'aimaient d'amour ces enfants parfaits. Lisbeth voulait venger cette injustice. Elle régnait donc en mère sur la pouponnière entière. Elle s'était habituée à la souffrance: elle pouvait maintenant les voir partir, après six mois, sans que cela lui arrache le cœur à chaque fois. Elle les cédait même à la vente avec une certaine fierté maintenant. Elle menait avec abnégation et dévouement cette famille roulante fatalement condamnée à la dispersion.

Quand Britt sortit de la pouponnière, Paul semblait dormir sur sa chaise. D'après son sourire béat, il devait rêver au PPP! Elle n'osa pas le réveiller! Il était quatre heures moins le quart! Elle inscrivit quatre heures sept sur la feuille de contrôle, signa et sortit en silence. Elle aurait le temps d'aller fureter du côté des nouvelles venues et voir à son goût la petite Brésilienne, avant de remonter au bureau de Noëmie.

En passant devant le dispensaire, elle aperçut le *Doktor* Pletschscy qui retenait dans un coin le jeune *Doktor* Lievanov. Elle se colla tout de suite contre le mur et le longea pour ne pas être vue.

— Non! Non! Non! disait Pletschscy, elle ne pourra pas continuer ce jeu-là bien longtemps! Il va lui arriver malheur!

Britt sut tout de suite qu'il parlait de l'innovation que Noëmie venait de faire. Il était logique que le *Doktor* Pletschscy la condamne. Les jeunes femmes dont la copulation contrôlée avait été un échec étaient maintenant envoyées quand même au PPP; on y organisait des rencontres avec des garçons libres dans l'espoir d'en récolter des *Perlekinder* de seconde classe.

— C'est absurde! Ce n'est pas logique! répondait le jeune spermologue au *Doktor* Pletschscy.

— Et pourtant... Elle est prête à tout pour mousser la vente et remplir ses coffres!

Britt imagina un instant les orgies que devaient être ces copulations non contrôlées! Elle frissonna d'horreur! En tournant le coin du corridor, elle revit, au fond, le vieux Paul qui voguait dans ses rêves. S'il avait su ce qui se passait au PPP depuis qu'il n'y était plus, le cœur lui aurait peut-être flanché!

— Vieux cochon! murmura-t-elle, en disparaissant. Sa belle Brésilienne lui ferait vite oublier les cochonneries des hommes. Elle comprenait d'ailleurs fort mal comment Noëmie pouvait encourager ces «horreurs» contraires à ses propres désirs sexuels. Qui était la vraie

Noëmie? Celle qui poussait ces jeunes à s'accoupler n'importe comment, ou la petite amoureuse innocente qui s'abandonnait prudemment entre ses bras les soirs où elle avait besoin d'un peu d'affection?

31
LES VIKINGS À LA CAFÉTÉRIA
(LAVAL, octobre 1987)

Julie Plouffe est passée avec son cabaret sans même les regarder. Elle a filé tout droit vers la table des *Vikings*; elle n'avait pas de temps à perdre avec les « tapettes ». Elle avait elle-même raconté à qui voulait l'entendre que Benoît était amoureux de Luc Moreau.

Sylvain lui reprochait cette rancune inutile.

— Cout'donc, Julie, sors-tu avec moi ou avec le fantôme de Benoît Lacasse?

— Comment ça? dit-elle avec une fausse innocence à trancher au couteau.

— Laisse-le donc tranquille! Il t'a rien fait!

— Justement!

Sylvain était son chum officiel et grâce à lui, elle pouvait se tenir avec des hockeyeurs. Il jouait pour l'équipe de l'école, et Julie trouvait ce privilège très rassurant. Benoît était bien beau, mais... une fille se tanne!

— Qu'est-ce qu'il peut bien lui trouver? disait-elle souvent pour inciter Sylvain à lui rapporter le peu qu'il savait des activités de Luc et de Benoît. Mais ce qu'elle voulait savoir lui échappait toujours.

Luc écrivait chaque jour davantage. Les appréhensions de son ami, ses attentes et ses rêves les plus fous d'origine singulière et exotique nourrissaient sa dévorante machine à imaginer.

— Tu es un clown tragique de l'écriture, avait dit madame Lussier devant la classe, le jour où elle avait fait la lecture de son poème *Hélène.*

Benoît savait ce qu'elle voulait dire, mais les autres n'avaient retenu que le mot clown.

Les *Vikings* n'aimaient pas les compositions et les dissertations, encore moins les poèmes ; ils n'aimaient que le hockey. Pour continuer à les fréquenter, au bras de Sylvain, Julie devait aussi se montrer intéressée par le sport, ou se taire et ne jamais intervenir quand ils échangeaient leurs vues sur les stratégies des équipes de la Ligue nationale ou sur les différents joueurs modèles dont ils surveillaient la carrière. Pour eux, le sport, c'était le hockey. Seul Sylvain s'intéressait aux sports de compétition, à l'athlétisme et à la natation. Surtout à la natation.

— Avez-vous lu le journal ?... Johnny Assunçao a été enlevé !

— Le nageur que tu trouves si bon ? demanda candidement Julie.

— Personne ne l'a vu depuis plusieurs jours... La police ne savait pas que c'était un enlèvement. C'est un journaliste qui a suivi les ravisseurs... Il a envoyé son article au journal, mais après, plus rien ! On a aussi perdu la trace du journaliste !

— Tu sais bien que c'est arrangé par ceux qui s'occupent de sa publicité ! Les Jeux du Canada s'en viennent ! Il faut qu'il se fasse désirer... Le public, c'est comme les femmes !

En déclenchant le rire des autres *Vikings,* le grand Serge venait de clouer le bec à Sylvain. Dans leur « chapelle sportive » les préjugés et les conclusions hâtives de Serge avaient l'assentiment silencieux de tous. Mais Sylvain était quand même un fervent admirateur de Johnny Assunçao, même si la natation n'avait rien à voir avec le hockey.

La vigueur et le rayonnement de Johnny avaient attiré l'attention de tous. Depuis quelque temps, on publiait sa photo dans les journaux dès qu'il se manifestait. On parlait de lui, même s'il ne gagnait pas. Dès qu'il participait à une compétition, les journalistes se l'arrachaient. Grâce à son charisme exceptionnel, ce jeune nageur d'origine portugaise s'était gagné le cœur de bien des amateurs de sport qui jusque-là ne s'étaient jamais intéressés à la natation. Sylvain l'avait vu, à la télévision, gagner la médaille d'or du cinq cents mètres papillon. Il en avait gardé la plus vive impression.

Mais les *Vikings* ne regardaient que les pages consacrées au hockey. Farouchement chauvins, ils ne lisaient que les titres et regardaient le tableau des classements. De leur groupe, Sylvain était le seul à partager ce nouvel engouement pour Johnny Assunçao et à montrer de la curiosité pour autre chose que le « sport national ». Julie souhaitait que cette divergence n'aille pas plus loin : ça aurait pu, à la longue, menacer sa position enviable parmi les *Vikings* et venir ébranler sa stabilité péniblement acquise.

Benoît aussi avait admiré Johnny, à l'époque où il sortait avec Julie, mais il n'avait plus de temps à perdre. Non pas qu'il dénigrât la natation, comme le faisaient les *Vikings,* mais parce qu'il avait changé de vie. À l'époque, il suivait un chemin tout tracé d'avance : il rêvait d'une famille aussi forte que semblait l'être celle qu'il croyait la sienne ; il avançait, sans se poser de questions, vers un bonheur conforme aux impératifs de l'hérédité.

Il aurait le temps de faire de la natation, de jouer au hockey, pendant que sa future épouse apprendrait à faire la cuisine. Ses préoccupations avaient complètement changé depuis sa cruelle découverte : trouver sa famille était son seul but. Ni Julie, ni Johnny n'avaient pu retenir son attention. La recherche effrénée de sa propre identité prenait maintenant toute la place.

Seules les inventions verbales de Luc arrivaient à le distraire ; il s'y retouvait, parce qu'il cherchait lui-même à recommencer, à reconstruire le monde à partir de petits riens ; il aurait lui-même à s'adapter à son nouveau nom et à ses vraies origines. La force créatrice de Luc arrivait à lui inspirer l'espoir et le courage dans cette jungle obscure où il s'était engagé. En amitié, on finit toujours par prendre de l'autre ce qu'on lui avait d'abord donné.

À la table des *Vikings,* un rire éclatait à la fin de chaque phrase. Julie s'en donnait à cœur joie en déversant sur ceux qu'elle appelait « Ben et son clown » une avalanche de calomnies truculentes qui excitaient les bas instincts des *Vikings.* Julie se croyait triomphante et Sylvain s'en trouvait grandi aux yeux de Serge et des autres costauds. Il n'osait pas intervenir pour défendre Benoît contre les calomnies de Julie. C'était pour lui moins compromettant de tolérer ses mensonges et de rire avec les autres que de rétablir les faits. Il connaissait la cause commune de Benoît et de sa sœur Léa. Il savait que Luc cherchait à fuir une situation familiale bloquée, mais il ne croyait pas les autres capables de comprendre leur engagement. Il se taisait pour éviter toute confrontation. Il n'était encore qu'un médiocre ailier gauche sur la plus faible ligne offensive de l'équipe ; il avait encore bien des croûtes à manger... mais il rêvait en secret de quitter la glace pour la piscine, et de troquer ses patins contre un maillot bleu et blanc et des lunettes anti-buée. Cependant la natation était un sport de solitaire et Sylvain détestait la solitude. Il restait donc avec les *Vikings* et faisait semblant d'apprécier les attaques intéressées de Julie :

— Il faudrait les prendre sur le fait! disait-elle en espérant qu'un jour quelqu'un la vengerait.

Benoît avait été le meilleur ailier droit de l'histoire des *Vikings,* mais sa nouvelle passion l'avait complètement absorbé; il n'allait plus jouer depuis des semaines et c'est surtout ça que lui reprochaient Serge et ses amis. Les insinuations constantes de Julie assaisonnaient leur ressentiment.

À sa table, Benoît échangeait avec Luc des regards inquiets. Leur silence criait. Léa n'avait rien trouvé. Pas de dossier, pas d'origine, comme si Benoît n'existait pas. Luc avait bien essayé de le convaincre de poursuivre ses recherches, mais ils n'avaient aucun indice valable. C'était décourageant!

Leur amitié, sacrée par le serment d'aller ensemble jusqu'au bout, était tout ce qu'il leur restait... Et sans famille, où pouvaient-ils aller? Se marier, avoir des enfants, travailler pour les faire vivre, c'était un idéal vers lequel ils ne tendaient plus, ni l'un ni l'autre. Luc avait vu s'éloigner ses frères et sœurs, son père était parti et sa mère était une étrangère, exilée dans sa lecture. Benoît, lui, s'était fait jouer un mauvais tour. Il savait qu'Alice et André Lacasse l'avaient aimé pendant quatorze ans et qu'ils l'aimaient sans doute encore, mais il ne comprenait pas pourquoi ils lui avaient joué la comédie et il ne leur pardonnait pas leur silence qu'il qualifiait inconditionnellement de «mensonge». Pour eux, la famille avait été un piège. Ils voulaient la fuir, et fuir en même temps le monde qui s'organise autour d'elle; retrouver, si possible, une vérité: pour Benoît, c'était la connaissance de ses origines, pour Luc, c'était la création d'une nouvelle vie.

Un jour, en passant devant eux, flanquée de ses acolytes, Julie, pleine de jalousie, leur avait dit:

— Nous autres aussi on existe!

— Exister, justement, lui avait répondu Luc, c'est pour ça qu'on est frères Ben et moi!

Luc avait enseigné à Benoît le langage des arbres et des oiseaux. Il l'emmenait à différents postes d'observation : le grand noyer, la grosse roche, les vinaigriers, près du pont, penchés comme des palmiers sur une plage imaginaire, le nid d'une famille de martins-pêcheurs, etc. Son monde secret apaisait partiellement la peine de Benoît. Près de la nature, il était loin de la société... et c'était mieux d'être là que de souffrir à l'école ou chez lui de l'atrophie de son identité.

Ils allaient souvent s'asseoir ensemble au bord de la rivière et laissaient leur imagination suivre le courant. Un jour, Luc avait récité d'un trait le poème qu'il improvisait :

> Combien de rêveurs avant moi
> se sont assis au bord de l'eau
> sur un des gradins de galets
> que la rivière a tracés
> à force de se déverser
> dans un océan sans fond?

— C'est tout? lui avait dit Benoît. T'es en train de perdre ton humour!

— C'est juste une question que je pose. À l'avenir, j'vais écrire le moins possible. Mon humour n'est pas populaire!

Benoît savait que Luc avait été blessé de ne pas remporter le concours de poésie, mais il préféra ne rien répondre. Il choisissait des cailloux.

Luc se tut un instant et regarda l'eau couler. Le ronron de la rivière entraîna tout de suite le moteur de sa «jongleuse automatique». Il réembraya pour ne pas être emporté par le dégoût de ne pas savoir pourquoi et pour qui il aurait écrit... puisque Benoît restait son seul interlocuteur. Il se lança dans une nouvelle théorie :

— Peut-être qu'ils habitent de l'autre côté?

— À Dollard-des-Ormeaux?... C'est pas une île!

— C'est sur l'île de Montréal!

— Voyons donc! dit Benoît. Si j'ai été adopté, mes parents habitent sûrement pas ensemble! Ils sont séparés ou morts!

— On ne sait jamais!

Benoît lançait des roches plates dans l'eau.

— Huit bonds! Essaye de battre ça!

Luc était heureux de constater ce regain de vie, mais il n'était pas de taille dans le lancer du galet. Il préférait continuer à inventer.

— Ta mère était une riche héritière, mais à cause de son standing sa famille de...Baie-d'Urfé l'a forcée à donner son bébé en adoption. Ton père était le jardinier... Non, non, un employé du chemin de fer... À moins que ton père ait été un riche industriel japonais, un associé du père de ta mère qui avait une relation secrète avec elle!

— Arrête donc, Luc! On sait que je viens d'Allemagne! Léa aussi!

— C'est peut-être des inventions pour brouiller les pistes!

Benoît savait qu'il avait très peu de chances de retrouver ses parents. Il faudrait qu'il retourne chez les Lacasse... ou qu'il aille ailleurs. Luc, un peu comme un oiseau dans une boîte, continuait inlassablement à chercher des issues... pour l'esprit.

— Si t'étais Russe, t'aurais des puces! Si t'étais Turc ou Tunisien, tu aimerais l'odeur du cumin!

— Si j'étais Basque? dit Benoît en se laissant prendre à ce jeu rimé.

— T'aurais un casque avec des plumes et du lilas! Si t'étais Peul, t'aurais la gueule de tous les mangeurs de cobras!

— Malheureusement, j'suis rien de tout ça!

L'humour de Luc l'avait au moins distrait pendant quelques instants. Ces moments bénis étaient pourtant de plus en plus rares. L'île où ils étaient dérivait maintenant au gré des flots hurlants de la cafétéria. Deux naufragés sur une table asociale de la polyvalente.

Après avoir fini son morceau de pizza, Luc sortit son crayon, comme avant, et sans briser le silence écrivit d'un trait:

«Ton silence dans ce bourdonnement est plus cruel
que les dards réunis de toutes les abeilles
On dirait que la ruche s'écroule
on dirait que l'essaim devient fou
quand on s'aperçoit tout à coup
qu'il n'y a pas de reine
et que le vide est en chacun de nous.»

Benoît regardait le plafond. Luc releva la tête et vit, dans les amandes arrondies de ce visage d'ailleurs, deux perles qui le firent frémir. Il se sentit pincé jusqu'au fond des entrailles.

32
ALBERT GUÉNETTE :
NOTES POUR MA THÈSE

En constatant l'universalité du mythe du « partenaire parfait », on est tenté de croire qu'il ne s'agit pas d'une création de l'esprit, d'un trait de culture, mais d'une variante psycho-biologique du programme de la nature. La faune nous donne quelques exemples d'accouplements stables et durables. (« deux pigeons s'aimaient d'amour tendre »), mais d'autres espèces, comme les cerfs et les bisons, ont plutôt développé un système « machocentriste » où le plus fort des mâles a le privilège de prendre autant de femelles qu'il veut.

*

Le comportement des spermatozoïdes ressemble à celui de certaines espèces de serpents : des centaines d'individus mâles sont lâchés sur une seule femelle, plus grande qu'eux ; ils l'entourent tous et se bousculent pour la frôler. Un seul réussit à la féconder.

*

D'où les humains ont-ils hérité ce mythe du complément parfait ?

Dans une société où les femmes ont autant de pouvoir que les hommes, l'accouplement est devenu fragile et les unions libres ne sont pas toutes permanentes, mais au fond des cœurs (demeure de l'esprit selon les anciens), dans la mythologie «héritée» de ces individus, le mythe du «partenaire parfait» persiste. Plusieurs amants modernes prétendent ne plus attendre un «prince charmant» ou une épouse éternelle, mais leur éducation, profondément enracinée, continue à miner discrètement ce vide apaisant où se love leur heureuse solitude.

Malgré soi, chacun attend toujours. L'interdit contenu dans les voeux des religieux ne les empêche pas de rêver secrètement à une tendre moitié. Qu'ils le veuillent ou non, leur subconscient l'invente... ou l'évoque. *L'homo onirans* échappe au contrôle des conditionnements culturels. L'universalité de l'autre unique, dans l'amour aussi bien que dans l'organisation de la vie sociale, est-elle vraiment une partie du «conglomérat hérité» (cf. Dodds), ou est-ce un effet de la volonté divine?

*

Le rêve oedipien. Une mauvaise interprétation peut conduire au tragique. Le problème est qu'on ne peut pas vérifier si l'élu(e) de notre cœur est l'unique auquel(le) on est destiné. En plus d'être une mise en garde contre l'inceste, ce mythe est également une réflexion sur l'inéluctable et la nécessaire complémentarité du sentiment d'amour authentique.

*

«Tout porte à croire qu'il existe pour chaque parcelle de l'univers un complément dans lequel ses lacunes deviennent pléthore et qui souffre du manque de ses qualités.» (Mauvaise traduction.) Andrzej Bronskowietscy, *L'Amour et la science,* Cracovie, 1958.

*

Le mythe est le « penser onirique » d'un peuple, tout comme le rêve est le mythe de l'individu. (Cf. Dodds et Jane Harrison.)

« L'anthropologie semblerait montrer qu'il n'y a à peu près aucune chance pour que les conglomérats hérités soient la vérité, ni même pour qu'ils aient quelque rapport avec le bon sens ; et d'autre part, elle semble montrer qu'aucune société ne peut exister sans eux, ni même chercher à les transformer, sans courir un danger social. » (Gilbert Murray, *Greek Studies*, n° 67.)

*

L'effondrement d'une tradition religieuse mène au développement libre d'une politique de puissance (cf. Frazer, *The Belief in Immortality*, tome I, p. 4.) Exemple : le positivisme séculariste Fa Hia, suivi du militarisme impitoyable de l'empire Tsin.

*

Le mariage est un sacrement justement parce qu'il sacralise l'union. Les Pères de l'Église avaient compris que la recherche de l'un, dans la vie même, témoignait de la nature divine de l'esprit.

*

La recherche de l'un est-elle inscrite en nous ? Chaque individu s'en projette-t-il une image incarnée ? Est-il naturel de chercher le partenaire parfait ? Si oui, il faut tout entreprendre pour sauver le mariage. Au-delà de la confusion sociale que provoque l'abandon du mariage, la disparition de ce sacrement est inadmissible pour un chrétien qui veut accorder l'enseignement des Évangiles à la démarche harmonieuse de la nature. Le Christ n'a jamais voulu nous éloigner de la nature, l'Église a inventé un système d'interdits et de bénédictions qui limitait la libre recherche du partenaire parfait.

*

Notre système religieux et social ne tient pas compte du fait qu'on ne tombe pas nécessairement du premier coup sur l'élu(e).

L'Église peut élargir ses vues sur les relations prémaritales, mais il est important qu'elle ne perde pas de vue la véritable importance du mariage : la confirmation que Dieu est à l'œuvre dans la nature humaine. La recherche du partenaire amoureux unique prouve la spécificité du couple.

*

Le choix d'une colombe pour représenter le Saint-Esprit témoigne de cette ressemblance entre les hommes et les oiseaux sur laquelle insiste tant Reyov : « Si nous ne parlions pas, nous volerions toujours, etc. » (*La Fiancée du pâtre*). Le choix d'un(e) partenaire stable les rapproche dans la mesure où l'homme répond à l'appel de l'esprit divin.

Dans la Sainte Trinité, on doit considérer le Fils comme le fruit de la mère humaine et mortelle. Le Saint-Esprit devient alors le signe divin du couple. Père-Fils (mère).

*

Plutôt que de combattre l'idée de plus en plus répandue que certains évangélistes (saint Jean) aient été influencés par Platon, on peut refaire une lecture du *Banquet*. On constate que les fondements mêmes de la pensée chrétienne, ses vues sur l'amour humain, sont éclairés sous un angle tout à fait nouveau, sans qu'elle perde pour autant son prestige et son unicité. L'irréversibilité historique de Jésus n'y gagne rien, mais la philosophie chrétienne peut en tirer beaucoup.

*

EXTASE ET ORGASME

La majorité des humains ne connaissent l'extase qu'au paroxysme de l'union charnelle. Pendant quelques

instants, ils « perdent la carte » et communiquent directement avec le surhumain. On peut avancer ceci : l'échange
électrique qui se produit au moment de l'orgasme entre
les deux lobes cervicaux est une manifestation divine, à
la limite de la nature animale de l'homme.

*

La qualité de l'orgasme varie-t-elle selon la complémentarité du partenaire ? Obtient-on de plus grands orgasmes avec un partenaire idéal pour soi ? Pourquoi la femme
a-t-elle des orgasmes plus longs ? De quoi est-ce le signe ?
(Cf. Dr Elsa Klein.)

*

Faire la preuve scientifique de la nécessité du
mariage à l'aide des études américaines (Donald Preston,
The Perfect Match) sur le *dating*, sans oublier *Le Banquet*.
La punition de Zeus, dans le discours d'Aristophane, ressemble au châtiment d'Adam et Ève. Pour affaiblir les
androgynes insolents, le père des dieux décide de les sec-
tionner chacun en deux, de disperser les moitiés et de
les condamner à errer l'une à la recherche de l'autre.

*

Amour-démon/Amour-dieu, qui n'est ni laid ni beau,
intermédiaire entre les deux contraires. (Cf. Diotime, *Le
Banquet*.)

*

Le Bien-Aimé du *Cantique des cantiques* dit de
l'Amour : « Ses traits sont des traits de feu, une flamme
de Yawhé. » (VIII, 14, 6.)

Fidélité et jalousie : « Ni la nature ni l'espèce ne les
demandent comme nécessaires à leurs buts. » (Julius
Evola, *Métaphysique du sexe.*)

« C'est le sentiment d'une vie supérieure savourée
et reconquise, au moins dans un reflet ou par instants

seulement à travers la femme, en de confus états émotifs, c'est ce sentiment qui se réflète même dans ses
expressions stéréotypées du jargon universel des amants. »
(*Ibid.*, p. 100.)

*

Le rêve révélateur du moi profond peut être aussi
celui de l'autre complémentaire. Est-ce dire que la liberté
de choix est illusoire? Est-ce dire que l'autre adoré(e) est
un avatar, au sens védique du terme, une incarnation nouvelle du Christ universel? En effet, l'amour peut faire
le salut d'un couple. À deux, dans l'union sacralisée, ils
deviennent la chair du Christ. Le corps mystique : transfiguration par la parfaite harmonie des corps et des esprits.

*

« ...faut-il croire que la liberté ne puisse être
conquise que par le détachement de nos liens avec la chair,
avec le monde, et avec notre moi distinct? Ou bien faut-il
plutôt ordonner ces relations au But suprême, qui suscite
en nous la personne? » (Denis de Rougemont, *Le Mythe
de l'amour*.)

*

« Le moi étant toujours construit par agglomération
de parcelles extraites du magma que constitue le non-moi,
il cherche nécessairement à s'organiser autour d'un pôle
qu'on peut appeler paranalogique, et qui ne peut être
qu'un moi (autre) relatif dont la valeur absolue vient de
sa rencontre avec l'autre (moi). » (Lucien Porquet, *Néo-
génésie et Structure*.)

« C'était écrit dans le ciel! » Inclure une critique
de l'astrologie. En termes de rythme cosmique et d'har-
monies possibles entre les cultures aussi bien qu'entre les
individus. (Cf. Le système farfelu de Jean-René Legrand,
son midi de Lhassa et minuit de Chicago. Ça n'est peut-
être pas si fou que ça!) L'amour entre des peuples

complémentaires, les guerres, nationalistes et racistes, les haines séculaires, sont-ils prévisibles par une étude des rythmes et des états vibratoires? On glisserait vite dans la magie : l'est de l'Amérique du Nord (Capricorne) ferait donc, d'après son système, des merveilles avec l'Afrique noire (Balance). Venus de la mer, nous sommes issus de sa zone Verseau. Le Japon, le Brésil et l'Australie seraient aussi des bons partis pour nous. Avec l'Inde, une amitié spirituelle. Avec le monde arabe, une tension : la passion ou l'indifférence! Charmante jonglerie! Ce jeu, ces folies pourraient m'aider à trouver, à prouver la nécessité de la complémentarité.

*

Utiliser scientifiquement le rêve : prince charmant, Dulcinée, Béatrice, etc.

*

AMPHITRYON :

On axe généralement l'interprétation sur le libertinage de Zeus, mais il y a une autre lecture possible du mythe. Si ce dieu prend les traits d'Amphitryon, c'est pour sacraliser le choix d'Alcmène. Le divin s'inscrit dans le couple.

*

PENTE DANGEREUSE :

Le dogme de l'Immaculée-Conception. Le choix de Joseph est-il accessoire?…L'incarnation du Christ sans l'intervention physique de Joseph ne constitue certainement pas une sacralisation du mariage…C'est Dieu lui-même, par l'intermédiaire du Saint-Esprit qui vient « connaître » Marie. Faut-il que l'homme (le mari) devienne oiseau (Saint-Esprit) divinisé dans son union parfaire?

*

L'enfant-dieu participe aussi de la nature ailée du Saint-Esprit.

Les bras d'enfants tendus vers moi
me donnent des ailes, nous allons
ensemble en migration
vers le pays des dieux.
(Reyov, *La Fiancée du pâtre*.)

*

TANTRA :

La transformation ascétique de l'énergie sexuelle, Evola la compare au *mysterium transformationis* de la messe. Il dit que l'attitude de l'Église catholique conduit au refoulement et à la primitivisation du sexe, et non à la sacralisation.

Pour les adeptes du *tantra yoga*, la vie dans le monde est considérée comme œuvre divine.

*

Le génie de l'espèce de Schopenhauer est bien dangereux.

*

« Une image primordiale qu'on porte en soi, dans les couches profondes de son être, se manifeste dans des circonstances déterminées, à la rencontre d'une personne réelle, donnant lieu à une sorte de transe clairvoyante et ivre ; l'image qu'on a en soi est aussi l'éternel féminin perçu objectivement dans l'être aimé, lequel alors subit un processus souvent fulgurant de transsubstantiation et de transfiguration. » (Evola, p. 261.) « (...) » ce moment exceptionnel peut persister pendant une certaine période de tension plus ou moins haute. » (Ibid.)

*

Pouvoir magique. Illustrations alchimiques... « Amour, de deux tu nous a fais un seul, par la vertu supérieure du mariage. » (Cf. Dante, *La Vita Nuova*.)

Derrière l'image d'amants qui se blessent de baisers se cache une profonde vérité : « De cette mort, ils renaîtront à une autre vie. » Le sacrement du mariage doit révéler ce mystère du sacré dans ce qu'hélas on tient pour le plus vil.

Grande difficulté d'aborder ce thème.

*

On pourrait m'objecter qu'en tant que prêtre, je n'ai aucun droit de parler des choses de la chair, que scientifiquement je suis un imposteur, puisque je ne puis être qu'un observateur…indirect. L'érotologie n'est pas une science pratique, au sens où il faut nécessairement avoir goûté le corps de l'autre dans le festin de l'amour pour comprendre la mécanique et la spiritualité de cette cérémonie que constitue l'acte fondamental du mariage.

33
MAGISTER AMORIS
(VERLORELEI, octobre 1987)

Britt avait travaillé plus vite que d'habitude. À quatre heures trente, elle avait déjà fini de taper le procès-verbal de la réunion du 13 et de classer tous les dossiers. Elle avait pris soin de mettre en dessous d'une pile de rapports médicaux la réquisition de Thijs. Pour la première fois, elle était de mèche avec lui, mais elle était tellement ensorcelée par les yeux de la Brésilienne qu'elle ne percevait rien des véritables motifs du jardinier. Il y avait toujours eu entre elle et lui une certaine méfiance, une animosité subtile qui se manifestait par une froideur réciproque. Jusque-là, Britt avait toujours eu tendance à bloquer les demandes de Thijs et à lui mettre les bâtons dans les roues. Cette complicité nouvelle aurait étonné Noëmie, si par malheur elle en avait pris connaissance. Plus souvent qu'autrement Noëmie avait dû intervenir personnellement en faveur de son jardinier.

— Brittchen, n'oublie jamais qu'il peut encore écrire !

Noëmie fermait les yeux sur les « écarts » de Thijs parce qu'il connaissait ses deux secrets. Britt avait beau le bousculer, Noëmie lui rappelait toujours qu'elles avaient tout avantage à le ménager, puisqu'il savait... Il pouvait choisir, pour des travaux de jardinage ou d'autres tâches domestiques, les pensionnaires qu'il voulait. Il avait le privilège de gérer sa propre vie, de manger chez lui... autre chose que l'éternelle soupe aux chous-fleurs de la caféréria. Son petit jardin n'arrivait plus depuis longtemps à nourrir *Verlorelei*, mais il produisait quand même chaque année, en quantités modestes, une variété de légumes. Qu'on s'approvisionne à l'extérieur ne le choquait nullement, ça lui laissait du temps pour cultiver les fleurs... et entreprendre quelques travaux pour lesquels il avait besoin d'aide. Le choix d'un assistant était sa «tâche» préférée. Noëmie lui accordait généralement ceux qu'il voulait. Comme c'était presque toujours des garçons, ça la choquait moins que les extravagances du docteur Farah. De toute façon, elle n'avait pas le choix: c'était un pacte entre eux!

Thijs avait un jour surpris au lit Britt et Noëmie. Son chat s'était aventuré sur la corniche, avait sauté sur le bord de la fenêtre ronde. Thijs était discrètement venu le chercher par l'intérieur, ne se doutant absolument pas qu'il les trouverait couchées, à cinq heures de l'après-midi, en train de faire l'amour. Il ne pouvait pas parler mais il aurait pu l'écrire. Et Noëmie ne voulait pas que ce côté de sa vie privée soit connu des autres. Elle le gâtait un peu pour acheter son silence. Elle lui devait bien ça, d'autant plus que s'il ne pouvait pas parler, c'était encore à cause d'elle. À la fin d'une soirée fatale où elle avait bu assez de bière pour délasser le corset de fer de son personnage, elle avait été imprudemment volubile... Le lendemain, comme elle ne se souvenait plus exactement de ce qu'elle avait pu dire, mais qu'elle était certaine d'avoir parlé d'Inès, elle ne prit aucun risque, elle lui fit couper la langue.

Noëmie n'avait jamais bu. L'exemple du *Doktor* Hertzmann l'avait éloignée à tout jamais de l'alcool et de ses méfaits. Il n'y avait pour elle aucun délice digne de se tuer en dégustation. Le vin rouge avait entraîné le *Doktor* dans une telle déchéance qu'elle avait juré de n'en jamais boire. Mais Thijs avait réussi à la convaincre d'essayer la bière, en alléguant que c'était moins nocif et que c'était même sain d'en boire à l'occasion. Elle en aimait l'odeur; Britt avait pris l'habitude de lui laver la tête avec une mixture de bière et de jaunes d'oeuf. Et Thijs était si charmant! Il avait un tel ascendant sur tous ceux qui s'approchaient de lui! Elle ne put lutter longtemps. Elle céda, pour son plus grand malheur.

Thijs était quand même un allié! Après sa fugue, il était revenu à *Verlorelei* de son plein gré, il avait même converti son amie Loes à la cause des *Perlekinder* pendant sa halte à Amsterdam. Adepte de l'amour et convaincu de la pertinence des recherches d'une lignée de *Doktoren* inspirés, il était déjà dans le secret des dieux et il avait juré, comme tous les autres, de rester là jusqu'à sa mort. Il le fallait, puisqu'il connaissait les coordonnées géographiques de *Verlorelei*.

Mais le secret le plus profond de Noëmie était la mort d'Inès. Peut-être en avait-elle parlé sous l'effet de la bière? Peut-être était-elle même assez saoule pour raconter cette noyade de façon compromettante? Thijs avait peut-être deviné qu'elle avait poussé son amie à l'eau? Elle avait toujours voulu cacher cette histoire. Elle n'en avait jamais parlé depuis son arrivée en Allemagne. Thijs était le seul à la connaître... S'il s'en souvenait... Elle ne pouvait pas courir le moindre risque! Britt elle-même ignorait tout de cette histoire; elle dormait comme une ourse au moment des confidences de Noëmie.

La corneille avait donc sévi, à contrecoeur, et ordonné qu'on prive d'une langue dont il se servait admirablement le jardinier hollandais. Ensuite elle avait dû le protéger pour qu'il ne soit pas tenté de divulguer son deuxième secret: Britt! Elle n'avait plus d'autre issue que de s'en faire un allié... Comme il était encore amer, et même révolté, d'avoir été aussi cruellement mutilé, elle avait dû lui en accorder beaucoup pour s'assurer qu'il ne la trahirait pas. Elle ne voulait surtout pas que Pletschscy, Prazec, Mac Lean ou même Farah sachent que Britt était plus que sa secrétaire. Elle avait donc dû accepter que Thijs règne en empereur sur son petit domaine et qu'il y vive au gré de sa fantaisie.

Britt avait caché la réquisition de Thijs, parce qu'elle ne voulait pas que Noëmie sache qu'il avait demandé qu'on lui envoie Gal, la petite Brésilienne. Il arrivait à Noémie de jeter un coup d'œil sur la paperasse de Britt ; elle aurait pu voir qu'il s'agissait d'une feuille jaune, et comme Thijs réquisitionnait toujours des garçons, il n'utilisait que des feuilles bleues. Elle aurait pu voir aussi le nom de Gal !... Mais Thijs avait écrit à Britt qu'elle pouvait raconter, si jamais Noëmie la questionnait, qu'il désirait prendre des cours de cuisine brésilienne. Noëmie savait qu'il aimait les mets exotiques.

Mais il ne fallait surtout pas que Noëmie découvre le pot aux roses. Elle savait qu'en des circonstances normales Britt aurait tout fait pour éloigner de celui qu'elle appelait « l'obsédé » cette petite déesse qu'avait, comme elle, remarquée Noëmie, mais dont il ne fallait pas qu'elles s'approchent, ni l'une ni l'autre, pour ne pas mettre en péril leur inaltérable fidélité.

— J'ai mal à la tête, dit Britt. J'ai dû trop travailler !

— On ne travaille jamais trop ! C'est parce que tu travailles trop vite ! répondit fermement Noëmie sans quitter sa rêverie.

— Je vais aller me chercher des analgésiques à l'infirmerie... puis j'vais aller m'étendre un peu.

— Veux-tu que je vienne te masser ? dit Noëmie pour montrer un peu de compassion.

— Non, merci! J'ai trop mal!

— Je parie que tu vas en profiter pour t'attarder devant la salle commune des filles! Elles sont en pleine séance de relaxation! répondit-elle sans se rendre compte de l'impact immédiat d'une telle supposition.

— Je l'ai vue ce matin, dit Britt d'un air très dégagé. J'en ai assez!

— Moi, je ne la verrai jamais assez!

Britt sentit qu'elle perdait pied. Elle resserra vite son jeu.

— Tant que tu ne la touches pas, ajouta-t-elle en feignant la jalousie.

— Tu sais bien, Brittchen, que je ne te ferais jamais ça! Je t'aime trop! Tu es ma licorne préférée, mon trésor en sucre d'orge...

— Arrête! Tu vas me donner mal au cœur en plus!

Elle sortit donc en traînant ostensiblement la patte... mais dès qu'elle eut passé le seuil de la porte, elle courut rejoindre Gal dans la petite maison de Thijs.

Noëmie ouvrit son livre noir et nota quelques pensées profondes sur l'importance de la confiance mutuelle dans l'amour. Elle se souvint tout à coup d'un passage très fort là-dessus dans le document Guénette. Elle ouvrit son classeur et en tira un texte aux pages frisées: *De l'éro-tologie* (la traduction allemande était écrite à la main à l'endos de chaque page dactylographiée). «... des partenaires. À la rigueur on pourrait dire et croire que les expériences sexuelles extra-maritales, si elles sont contrôlées et clairement exposées dans le discours mutuel des époux, peuvent cimenter l'union parfaite, plutôt que de contribuer à l'éclatement du couple, comme on aurait tendance à le croire.»

Elle referma le cahier d'un geste sec, outrée d'avoir trouvé là le contraire de ce qu'elle cherchait. Le père

Guénette avait souvent été pour elle une source d'inspiration, mais là il exagérait. Elle le contestait. Il arrivait souvent qu'un fond de corneille argentine remonte à la surface; elle avait le choix entre fondre sur sa proie ou s'envoler... mais qu'elle proie? On ne s'attaque pas à un document scientifique. Ça ne saigne pas assez!

Elle rouvrit le cahier. Après tout, elle y puisait toujours au hasard un mot, une phrase, un paragraphe qui dépassait en clarté les aphorismes délirants du *Doktor* Hertzmann. Le père Guénette lui fournissait souvent plus de chair à se mettre sous le bec:

« ... de la création industrielle. Tout porte à croire que ce lieu existe, inscrit dans le réseau chromosomique et chimiquement identifiable[3] (il y avait une note au bas de la page: 3. Von Klapp, Ludwig; *Blutsverwandtschaft und Geschlechtsineinanderübergehen*, Münster, P.A.V. 1937), et que la complémentarité psychosexuelle des partenaires n'est pas uniformément prévisible et conforme au programme de reproduction de l'espèce, mais qu'elle s'organise autour d'axes variables... »

Elle sourit largement, et poussa le cahier devant elle. Le petit jeu des feintes jalousies et des provocations sournoises entre amantes l'agaçait; elle s'y prêtait avec le peu de patience qu'elle avait, mais elle était sûre de son emprise sur Britt et ne voyait pas l'intérêt d'inventer des histoires inutilement. Elle savait que Britt ne serait jamais assez folle pour concrétiser ses fantasmes. Elles en parlaient, puisqu'il fallait, pour mener scientifiquement leur relation, nourrir l'amour du couple par des désirs centripètes, mais il semblait évident que Britt n'aurait jamais l'audace de tricher.

Elle se leva pour ouvrir la fenêtre. Elle fit basculer le vitrail jusqu'à l'horizontale et regarda dans ce demi-cercle les arbres de l'allée. L'automne avançait à grands pas. Le ciel était d'un bleu presque blessant.

Quand Thijs frappa, Noëmie ne savait pas si elle était restée quinze minutes ou vingt secondes à contempler le ciel. Elle ouvrit. Thijs, encore capable de s'amuser malgré tous ses malheurs, entra vite. Il s'agitait comme un dément. Il pointa la table de Britt, puis esquissa un pas de danse.

Noëmie ne comprenait pas. Il reprit sa danse en y mettant plus de hanche. Elle ne comprenait toujours pas! Il alla donc vers la grande mappemonde, derrière le bureau de Noëmie, et mit le doigt sur le Brésil en indiquant de l'autre main la place de Britt... Puis il colla ensemble ses deux mains.

... Noëmie avait dû comprendre! Thijs ne l'avait pas vue sortir! La sirène d'alarme criait déjà. Elle revint en trombe dans son bureau en criant : « *Wohin? Wohin?* » Thijs se frappait la poitrine avec le bout de l'index pour lui signifier que ça se passait chez lui. Noëmie le fusilla d'un regard plus incisif que le plus pénétrant des rayons laser. Elle ressortit aussi orageusement qu'elle était entrée et cria aux gardes de l'étage : «*Zum Gartenhaüschen! Alle! Schnell!*» Une véritable tornade se levait chaque fois que Noëmie avait le malheur de sonner l'alarme. Elle était la seule à pouvoir le faire; c'était un privilège qu'elle s'était gardé malgré l'apparente démocratisation de *Verlorelei*.

Thijs avait un peu honte de lui. Il n'avait jamais eu à trahir des amants; c'était contre ses principes. En tant que *magister amoris*, (c'est ainsi que le *Doktor* Pletschscy appelait ce jardinier qu'il considérait comme un savant dans les choses de l'amour!) Thijs connaissait bien l'amour. Il avait malheureusement perdu le pouvoir d'en parler. Il méritait bien... Méritait-il une petite vengeance?

Il n'avait jamais compris pourquoi Noëmie avait été aussi cruelle avec lui. Il n'avait rien fait, même rien dit pour lui déplaire. Ils étaient en très bon termes. Pourquoi avait-elle voulu le diminuer ainsi, le mutiler comme un esclave?... Il ne se souvenait absolument pas de l'histoire d'Inès et du récit coupable de Consuelo, incognito, égrené à travers les divagations de Noëmie. Il avait bu beaucoup plus qu'elle ce soir-là, et même s'il portait la bière mieux qu'elle, il avait pu en oublier des bouts! Ce silence aussi sauvagement imposé n'avait été qu'une mesure préventive. Thijs était la victime innocente du sentiment de culpabilité qui rongeait Noëmie depuis son enfance.

Sa vengeance était bien mince à ses yeux, à côté de l'ignoble chirurgie que Noëmie lui avait fait subir! Pendant que tout le monde accourait au jardin, il se rua vers le lieu du rendez-vous. Johnny était déjà là; il attendait Bruno. Thijs savait que le journaliste voulait d'abord récupérer le document Guénette; ils avaient quelques secondes.

Johnny était très nerveux et craignait d'être repéré, mais Thijs savait qu'à cet endroit, en de telles circonstances, ils étaient en toute sécurité. Il se mit à masser doucement les épaules du nagueur pour l'aider à se détendre, mais surtout pour tâter ce temple admirable de peau, d'os et de muscles, dont il ne pouvait se passer, cette image consommable de la divine beauté de l'homme. Bruno ne tarda pas à revenir du bureau de Noëmie... et Thijs les regarda partir en courant dans la forêt de Teutoburg. Il resta quelques minutes à rêver avant de retourner au drame qu'il avait lui-même tramé dans sa maisonnette.

Pendant que Britt et Noëmie s'arrachaient les cheveux devant un attroupement de gardes hébétés, Thijs savourait sa vengeance. Il ne se mêlait plus aux affaires de *Verlorelei* depuis sa glossotomie. Au début, il avait été le boute-en-train du groupe; il mettait de la vie dans ce laboratoire trop empesé. Depuis qu'il avait subi, sans savoir pourquoi, les foudres de Noëmie, il menait seul son petit train, sans ami, mais toujours à l'affût de la beauté de jeunes pensionnaires.

Qu'est-ce qu'elle avait bien pu inventer pour convaincre Pletschscy de faire cette humiliante opération chirurgicale? Thijs revit encore une fois, au cinéma de son imagination, le film qu'il s'était monté pour s'expliquer, au moins caricaturalement, le geste de Noëmie... Il savait que Pletschscy n'aurait jamais fait une telle chose de sa propre initiative. Le *Doktor* était une ombre soumise; il ne faisait rien qui ne lui était d'abord dicté par sa lionne préférée. Ça ne pouvait être qu'elle! Il avait vu ses yeux, d'habitude si vifs, fuir les siens dans les jours qui avaient suivi l'opération... Dans sa tête, il la peignait plus aiguisée, plus carnassière, comme un condor au cœur de silex:

— Il s'est déjà enfui une fois! Je ne veux pas que ça se reproduise!

— Mais c'est quand même grâce à lui que nous avons obtenu notre centre de distribution à Amsterdam... Il nous a aidés à grandir! Il ne trahirait pas!

— Je ne prends pas de risques! Opérez, Pletschscy!

— J'aimerais mieux que vous demandiez au docteur Farah...

— Il n'en n'est pas question! Depuis l'incident avec la petite Japonaise, je ne lui demande plus que le strict minimum, pendant les heures de clinique. Un point c'est tout!

Pletschscy avait donc été obligé d'inventer une histoire de vaccin contre la grippe gabonaise; un fléau supposément introduit à *Verlorelei* par une pensionnaire africaine, et contre lequel il fallait absolument immuniser tout le monde. Il put ainsi piéger Thijs et lui administrer un sédatif puissant à la place de l'injection en question...

Pletschscy avait toujours aimé Thijs. Il ne comprenait pas pourquoi Noëmie tenait tant à prendre avec lui de telles «précautions». Le jardinier n'était pas le seul à connaître le chemin; les camionneurs et les agents-voyageurs savaient tous comment se rendre à *Verlorelei*. Et il avait juré, comme tous les autres, de ne jamais trahir le secret. Pourquoi s'acharnait-elle contre lui?

Il s'apprêtait, contre son gré, à obéir à cette corneille cruelle. Il allait le faire, parce qu'il n'avait pas le choix. Où serait-il allé sans Noëmie? Il en serait probablement encore à ses cours abrutissants à l'Université de Cologne! La reprise de *Verlorelei* lui avait permis de réaliser le rêve de sa vie: avoir sous les yeux une volière humaine dont il pouvait observer les comportements psychosexuels et sur laquelle il pouvait effectuer des expériences... Mais il n'avait jamais eu envie de mutiler les gens! Ce qui l'intéressait avant tout, c'était l'échange psychologique des êtres, pas la dissection des spécimens! Mais il devait s'en tenir à son serment.

Il n'avait que très peu manipulé le bistouri depuis ses années de pratique à Osnabrück. À *Verlorelei*, il était responsable de la clinique des hommes et les interventions chirurgicales y avaient été, jusque-là, extrêmement rares. Le docteur Farah en avait pratiqué beaucoup plus et ses avortements au Liban lui avaient donné beaucoup d'expérience... Mais Pletschscy était le seul qui pouvait accomplir discrètement cette tâche ingrate. Noëmie avait été formelle.

Thijs ne se doutait de rien. En arrivant à l'infirmerie, il avait badiné, comme il avait l'habitude de le faire, en jonglant avec la langue allemande, y injectant ici et là quelques mots de néerlandais ou d'anglais. Il ne cessait de faire des jeux de mots. Il allait d'un calembour à l'autre au gré de sa fantaisie débordante.

Le *Doktor* Pletschscy s'efforçait de sourire, mais il ne pouvait pas s'empêcher de s'accuser intérieurement d'un crime honteux. Cette glossotomie le révoltait; c'était un acte ignoble! Il avait toujours aimé les chansons qu'il entendait monter du jardin... Avant de couper, il tint un instant, entre ses doigts, l'organe charnu et musculeux dont il devait priver ce pauvre patient qui venait de s'endormir. Il se sentait plus près de Thijs qu'il ne l'avait jamais été. S'il s'était opposé à la réintégration de Thijs, s'il l'avait accusé d'avoir saboté en fuyant le projet d'un couple G2I2 résultant de sa copulation contrôlée avec une Espagnole, il lui pardonnait maintenant son étourderie. Le *Doktor* Pletschscy avait mis des mois à l'accepter comme collègue, à ne plus voir en lui l'image d'un échec, le talent gâché d'un candidat en or. L'enlèvement de Thijs remontait à la belle époque. Le *Doktor* avait tendance à croire que les « prises » de Yanantha avaient donné de meilleurs candidats que les pensionnaires prélevés au génétomètre. (S'il avait le malheur d'exprimer cette idée à table, le *Doktor* Prazec enflait tout de suite, empoignait son couteau et menaçait, par tous les saints du ciel tchèque, de lui ouvrir la gorge. Il ne tolérait pas qu'on doute de ses appareils et il s'enflammait dès qu'on mentionnait Yanantha...) Thijs avait été un spécimen exemplaire! Comme, à son retour, on avait déjà renvoyé, droguée, sa partenaire idéale chez elle en Espagne, Thijs n'avait eu aucune difficulté d'obtenir de Noëmie le « poste » de jardinier. Il avait fait preuve de bonne foi en proposant d'enrichir *Verlorelei* d'un service de distribution internationale à Amsterdam. Dans les premiers temps de son second séjour, il s'était montré très zélé. En quelques semaines, il avait redonné vie à un jardin abandonné depuis la guerre.

Ce que Pletschscy ne savait pas, c'était que Thijs avait choisi de vivre comme un moine pour sacraliser, à l'endroit même où il l'avait aimé, le souvenir de Conrad Fisher. Cette langue avait fait les délices d'un autre de ses « talents » perdus! Il en aurait été outré, mais jamais jusqu'à vouloir arracher cet appendice magique!... Il coupa vite pour ne pas faire durer son malaise.

À Pletschscy, Thijs avait pardonné. À Noëmie, il en voulait encore. Il avait profité du prétexte que lui offrait la fuite du journaliste et de son athlète canadien, pour tendre aux amantes secrètes ce piège amoureux. Il imaginait la Brésilienne sur le dos, les jambes en l'air et Britt à genoux... Il en jouissait à distance.

Avec le temps, sans vraiment trahir Conrad, il avait été presque forcé par la nature à regarder autour de lui, à goûter à l'œil la beauté des garçons qui s'entraînaient chaque jour devant chez lui. Au début, il n'arrivait pas à oublier Conrad, il aurait voulu partir pour la Nouvelle-Zélande, essayer de le retrouver, mais... il savait bien qu'à Dunedin, son ami avait une femme et deux enfants qu'il aimait beaucoup et dont il lui avait souvent parlé. Thijs n'aurait jamais osé menacer leur équilibre familial. *Verlorelei* était son seul refuge. Il y jouissait de ses privilèges : après quelques années, il en vint à n'aimer que regarder, voir deux garçons faire l'amour, pour punir la vie, en lui, de ne pas lui avoir laissé celui qu'il aimait ! Son voyeurisme était la soupape de son abstinence consacrée. À de rares occasions, il avait même été jusqu'à faire jouer devant lui une scène érotique où une fille intervenait dans la relation pour finalement écarter un des deux garçons et l'entraîner vers elle. D'une certaine manière, le profond désespoir que lui inspirait cette scène lui procurait une étrange satisfaction, un plaisir indescriptible. De toute façon, Thijs n'aurait pu qu'écrire ou dessiner ses impressions. Le petit massage d'épaules qu'il s'était permis de faire à Johnny Assunçao nourrirait maintenant sa rêverie pendant plusieurs jours. Pendant que tout le monde subirait les foudres punitives de Noëmie, il pourrait calmement rêver.

34
L'ONCLE ALBERT VIENT SOUPER
(LAVAL, octobre 1987)

— Oui! J'ai passé ma vie dans les livres! Et pourtant mon seul voyage m'a entraîné dans une aventure incroyable!

Tout le monde l'écoutait raconter sa vie. Les Desjardins n'avaient pas l'habitude d'entendre autant de mots nouveaux et de réflexions savantes...Bien sûr, Léa les entretenait souvent de ses découvertes, de ses lectures, mais elle se contentait de rapporter des informations; elle n'avait pas la volubilité de cet ancien professeur qui profitait de ce qu'il avait faussé compagnie à ses compères tranquilles d'Outremont dont la mesquinerie et la jactance apathique l'exaspéraient, pour déballer son sac. Il était si heureux de sortir dans sa famille... et de pourvoir parler! Pour la première fois quelqu'un de sa famille s'intéressait à ce qu'il racontait. Dans sa communauté, il devait cacher beaucoup de choses: certains aspects de ses recherches pouvaient choquer. Le jour où il arriverait enfin à publier sa thèse, il devrait affronter les critiques de ses supérieurs. Il le savait. Il était prêt!... Et jusqu'à ce jour fatidique, il s'en tenait à des propos anodins, à de vagues allusions; il ne révélait qu'évasivement et par bribes prudemment choisies le véritable objet de ses études. Son brillant passé de professeur de philosophie lui accordait le privilège de pousser en paix ses recherches sur l'érotologie. À ceux qui lui reprochaient ce sujet peu convenable pour un prêtre de la Compagnie de Jésus, il répondait qu'il fallait prendre le mot *eros* dans son acception la plus noble, qu'il s'agisait du dieu Amour dont les convives du *Banquet* de Platon cherchent à faire le portrait.

Yves fit la moue. Les enfants les yeux ronds. Le père Guénette avait si rarement l'occasion de manger à la même table que des adolescents qu'il s'en faisait une fête!

Ils étaient pourtant tous réunis pour entendre Liza. Mais Liza ne parlait pas, puisqu'elle ne pouvait pas éblouir tout le monde par des révélations fracassantes sur *Verlorelei*, puisqu'elle n'y était allée qu'une fois, le jour où son amie Britt avait persuadé Noëmie von Klapp de l'engager pour livrer Léa. Elle ne savait rien de plus; elle n'avait même pas ouvert l'enveloppe qui contenait les certificats d'adoption...Elle n'avait rien à dire!

Le père Guénette compensait! Il avait enfin l'occasion de laisser sortir tout ce qu'il avait gardé caché; il parlait tellement qu'aucun des convives n'osait l'interrompre.

Il n'en revenait pas! C'était trop fort! Son propre neveu avait adopté un *Perlekind* de *Verlorelei*. Il avait enfin, dans sa propre famille, la réponse à l'une de ses grandes questions: les enfants nés de couples parfaits n'étaient pas gardés à *Verlorelei*; on les distribuait dans des foyers d'adoption... Après dix-huit ans de recherches infructueuses, coup sur coup les indices lui sautaient au visage. D'abord les lettres de Yanantha, et puis l'appel téléphonique de son neveu Yves. Le hasard frappait comme la foudre.

Marie avait accepté de rompre le pacte. Elle avait jadis fait jurer à Liza de ne jamais révéler d'où venait Léa ou qu'elle était la mère de Sylvain, et de ne jamais essayer de les revoir! Elle acceptait, pour Yves, de vivre dans la vérité, de dire aux enfants, dès leur jeune âge, qu'ils étaient adoptés, mais elle refusait de partager le rôle de mère avec une autre femme. Elle était d'accord avec la maternité de Liza, pourvu qu'on ne la voie pas! Mais comme l'oncle Albert avait insisté pour qu'elle soit présente à ce souper, Yves l'avait invitée, malgré les réticences de Marie. Elle aurait peut-être pu fournir des détails précieux sur l'emplacement de *Verlorelei*. Toutes les sources d'informations devaient être délicatement consultées; on ne savait pas si Bruno Breton allait pouvoir suivre les ravisseurs de Johnny Assunçao jusqu'à *Verlorelei*!

Hélas! Liza n'en savait pas plus que les autres! Elle répétait que Britt l'avait accompagnée de Cologne à cette espèce de villa retirée dans la forêt... Elle se souvenait vaguement de l'endroit: quelque part autour de Münster! Elle n'en savait pas plus! Elle avait voulu devenir mère d'un enfant parfait, mais le *Doktor* allemand n'avait pas voulu d'elle! Pour la consoler, Britt avait convaincu Noëmie de lui confier la livraison d'un des premiers *Perlekinder*. La « papesse » avait accepté sans se douter qu'en accomplissant cette mission de second ordre, Liza allait se venger des « prétentions scientifiques » de cette bande d'exaltés!

Sylvain était fasciné par la concordance des dates. L'oncle de son père et sa mère, la vraie, auraient pu se rencontrer en Allemagne, à la fin des années soixante, et pourtant ils se voyaient pour la première fois à Laval en 1987.

Marie, qui supportait mal la présence de Liza, s'efforçait de n'en rien laisser paraître pour faire plaisir à son mari et à ses enfants. Surtout à Sylvain qui savait bien qu'elle était sa mère, mais n'osait pas lui sauter au cou! Ce qui n'aidait pas Liza, c'est que Marie était horrifiée par la commercialisation qu'elle faisait du phénomène des mères porteuses.

Malheureusement pour Marie, Léa semblait s'intéresser autant au mouvement qu'avait fondé Liza qu'aux savantes digressions du père Guénette. Après la naissance de Sylvain, Liza avait décidé de faire la promotion de son métier, aussi particulier fût-il! et d'en organiser le fonctionnement. Elle avait ouvert à Montréal un centre d'accueil pour les mères porteuses. Elle se dépensait corps et âme pour faire accepter ces femmes qui avaient souvent tendance à se culpabiliser parce qu'elles louaient leur corps.

Au fond de son cœur, Marie aurait appuyé le CAMP dans ses démarches, mais elle ne pouvait pas rencontrer Liza sans frissonner. Ses tenues extravagantes, ses couleurs crues, ses maquillages théâtraux et ses architectures capillaires, tout la révulsait... Elle se demandait même comment Liza pouvait être prise au sérieuse par les journalistes et les autorités civiles qu'elle côtoyait.

Sylvain n'avait jamais eu la chance de souper avec ses deux mères. Il savourait silencieusement son privilège et laissait le jésuite loquace à la curiosité vorace de son père et de sa sœur qui, bien qu'elle se retrouvât dans la fougue organisatrice de Liza, ne perdait rien des propos vibrants de son grand-oncle.

— Est-ce que tous les parents sont Allemands là-bas? lui demanda-t-elle pendant que Liza faisait une pause.

— Non, Léa, répondit le père Guénette, les parents viennent des quatre coins du monde! Ils sont accouplés selon des formules génétiques précises... à la suite de calculs très complexes!

— Y a pas de calculs trop compliqués pour Léa! dit Marie.

Albert Guénette venait de piquer au vif la curiosité scientifique de Léa. Elle voulait tout savoir! Le père

Guénette lui-même ne savait que ce que Noëmie von Klapp avait bien voulu lui dire à Cologne, dix-huit ans auparavant, et ce que Yanantha lui avait écrit. Il lui manquait encore bien des chaînons! Sa spécialité était l'étude des «affinités», la reproduction restait pour lui pleine de mystère... et il n'osait pas leur parler du plan de Yanantha. Les mercenaires que l'aveugle voulait faire lâcher sur *Verlorelei* n'auraient sûrement pas la présence d'esprit de sauver les dossiers et les autres documents précieux qui s'y trouvaient.

— Ah! je ne sais pas, disait prudemment Guénette, s'ils gardent dans leurs dossiers les noms et les lieux d'origine des spécimens... des parents... C'est le sang qui les intéresse!

— Moi, mon oncle, dit Yves, je suis prêt à partir s'il le faut! N'importe quoi pour trouver les parents de Léa!

— Merci, mon papa chéri! dit Léa.

Marie eut un frisson. Yves ne pouvait pas résister à la tentation d'être un héros pour sa fille... et pour les jeunes du RESP. Cette quête de leurs origines lui tenait à cœur. Il était prêt à partir lui aussi, comme Bruno Breton l'avait fait, pour aller chercher dans les dossiers de Noëmie von Klapp l'identité de sa fille, de Benoît Lacasse, de Pablo Johnson, et de tous ceux qui voudraient d'un héros de quarante-deux ans!

— Elles sentent drôle, vos cigarettes! dit Sylvain.

— Il faut dire «mon père»! reprit Marie.

— Appelle-moi donc Albert, mon Sylvain!... Oui, ajouta-t-il d'un ton plaintif, j'ai la manie de fumer des cigarettes au menthol. J'ai essayé plusieurs fois d'arrêter, mais j'en suis incapable!... J'espère que vous ne fumez pas, vous autres, les jeunes!

Sylvain rougit. Il fut sauvé par la voix de Marie:

— Pour dessert, j'ai de la tarte aux pommes avec de la crème glacée!

— Quelle sorte? dit Sylvain.

Malgré la conscience troublante qu'il avait de pouvoir gâcher ce souper en quelques mots, et malgré ses efforts pour oublier le plan de Yanantha, le père Guénette était ravi de l'atmosphère qui régnait dans cette maison. Il se souvenait d'Yves comme d'un piètre philosophe, mais il était heureux de constater que sous sa carapace de quart-arrière, il avait un cœur d'or. Et malgré tous les préjugés qui persistaient encore à l'époque où lui et Marie avaient adopté Léa, malgré la honte qu'aurait pu provoquer l'entreprise audacieuse de Liza dans leur famille respective, Yves avait choisi de vivre ouvertement, et cette franchise méritait l'admiration et le respect... Marie aussi s'était très bien tirée d'affaire: malgré ses humeurs évasives et sa tendance à s'isoler dans une rêverie personnelle, et même si elle n'avait aucun lien de sang avec ses enfants, elle jouait à merveille son rôle de mère. Elle avait réussi à s'adapter à cette famille ouverte, sans s'opposer à la polygamie passagère de son mari.

Sylvain aussi était fier de ses parents. Il avait entendu Benoît Lacasse raconter les querelles de ses parents adoptifs et il se félicitait d'être si bien tombé, d'avoir la chance de vivre dans un climat serein, en pleine connaissance de sa situation. Vivre dans le mensonge, traîner un secret, comme le faisaient les Lacasse, devait être la pire torture qu'un jeune pût connaître. Sylvain plaignait Benoît; il était victime d'un fantôme, invisible et pourtant bien présent.

Mais Benoît allait peut-être bientôt sortir de cette brume épuisante et découvrir, grâce aux efforts combinés de l'oncle Albert et du RESP, ses véritables origines... Ne pas connaître son identité minait le Beau Ben et l'immobilisait cruellement. Il avait abandonné le hockey et toutes les activités parascolaires où il avait toujours été aussi brillant qu'en classe.

— Quand je vais dire ça au Beau Ben, il va danser de joie!

— Je te défends bien de lui en parler, dit Léa. C'est une information qui ne doit pas sortir du RESP!

— Le RESP? demanda Guénette, intrigué par le sérieux et l'autorité de Léa.

— C'est une association, dit Yves. Ils se sont rassemblés, les Enfants Sans Parents, pour unir leurs efforts dans une recherche commune.

— Magnifique! dit Guénette, bien qu'épouvanté de savoir qu'autant d'enthousiasme était vain. Il camouflait son malaise en renvoyant la balle dans le camp des enfants. La compagnie des adolescents le stimulait beaucoup. Après les avoir questionnés longuement sur les activités du RESP, sur leurs goûts et leurs intérêts, il encouragea Léa à continuer dans la voie qu'elle s'était tracée, à devenir une grande spécialiste de la génétique. Il prit soin de ne pas faire de parallèles entre l'esprit scientifique de l'aînée et l'intérêt de Sylvain pour le sport. Il trouvait bien normal qu'un garçon de quinze ans se passionne pour le hockey. Après tout, son père, à son âge, avait fait la même chose: il s'était donné corps et âme au football et avait négligé de cultiver son esprit. Mais malgré tout, il avait bien tourné; il faisait un très bon père de famille.

Avant de se retirer pour aller finir un devoir, Léa avait fait promettre à Sylvain de ne rien dire à Benoît avant elle. En tant que présidente du RESP, elle avait le privilège de lui apprendre elle-même la bonne nouvelle. Sylvain ne pouvait que lui faire le message: elle retrouverait les autres membres du RESP à quatre heures, après l'école.

— On n'a pas de cours demain après-midi, dit Sylvain. C'est l'examen de composition… On peut finir plus tôt… surtout le Beau Ben!

— Il m'attendra!

Elle monta l'escalier d'un pas digne et décidé.

— Elle est charmante, dit Guénette.

— Sylvain, dit Marie, fais donc comme elle!

— Tous mes devoirs sont faits, moi! J'veux rien manquer!

— Merci, merci, dit Guénette en riant, c'est trop d'honneur... mais de toute façon, il va falloir que je pense à y aller bientôt! C'est loin, Outremont!

Comme il s'allumait une autre menthol, Sylvain en profita pour disparaître. Mais il embrassa d'abord longuement sa vraie mère, comme pour s'en imprégner, puis plus parcimonieusement Marie, dont il ne pensait pas toujours à ménager l'hyperémotivité. Elle avait toujours vécu un pied dans le rêve et l'autre dans la réalité, le gauche. Comme Yves était un hyperactif plutôt réaliste, ils formaient un couple de parents idéal. Liza n'aurait jamais voulu briser cette union. De son côté Marie avait accepté la bigamie temporaire de son mari: ses amours avec Liza avaient duré quelques mois pendant lesquels il avait couché avec elle une fois par semaine. Marie l'avait appris, de la bouche même d'Yves, mais elle avait choisi de fermer les yeux. À l'époque Léa était encore un bébé et Marie était tellement captivée par les soins qu'elle lui prodiguait qu'elle n'avait pas le temps de souffrir des absences de son mari. Après la naissance de Sylvain, la relation entre Yves et Liza s'était lentement étiolée.

Liza n'aurait jamais pu élever Sylvain; elle n'avait pas la bosse de l'éducation. Elle le savait. Marie aussi le savait; c'est ce qui la rassurait. Quand elle s'était engagée, Liza avait porté Léa comme l'aurait fait une porteuse de baptême, comme celle qui aurait attrapé, quelques mois plus tôt, le bouquet de la mariée sur le perron de l'église. Elle avait pourtant été prise au jeu. Elle avait rêvé d'être bientôt mère à son tour... et ça n'avait pas tardé. Grâce à l'initiative d'Yves, elle avait vécu sa maternité en toute sécurité... mais juste le temps qu'il fallait ! Quand elle avait remis Sylvain à Marie, tel que convenu, elle s'était sentie libérée d'un fardeau qu'elle n'était pas prête à porter mais qui lui avait quand même beaucoup manqué par la suite.

L'harmonie qui régnait à cette table étonnait Guénette et le « questionnait » en même temps. Cette famille éclatée évoluait quand même dans un cadre conventionnel. Yves et Marie auraient pu être un couple parfait, mais ils n'étaient pas les parents de leurs *Perlekinder*. La reproduction proprement dite n'avait pas été la principale réalisation de ces amants... Se pouvait-il que Liza ait aussi été une partenaire parfaite pour Yves ? Guénette était perplexe !... Les enfants étaient charmants tous les deux ! Le fait que l'amour ne dure pas est-il la preuve de sa relativité ?

— Ça n'est pas parce qu'on doit se reproduire qu'on s'unit en couple, dit-il, c'est parce qu'on s'unit en couple qu'on se reproduit !

Les yeux de Liza s'arrondirent. Elle n'était pas certaine d'avoir compris.

— Autrement dit, reprit-il, le sexe n'est pas seulement l'outil que l'espèce utilise pour se reproduire, il est aussi le meilleur moyen que possède l'homme pour transcender sa condition humaine — qui dit humain dit exilé ! — et pour trouver l'Un. Quand on fait vraiment l'amour, avec la bonne personne, on ne le fait pas seulement horizontalement, mais aussi verticalement !

— Là je vous suis ! dit Liza, certaine cette fois d'avoir compris ce que voulait expliquer le père Guénette.

Il frémissait dès qu'il pensait à son texte ! Il avait confiance en Bruno Breton... et en dernier recours, il y avait toujours les projets extravagants de Yanantha ! Il ne pouvait plus reculer ! Les dossiers que voulaient récupérer Yves et Léa seraient probablement détruits si Bruno Breton ne revenait pas au plus vite avec cette thèse! Même s'il craignait les réactions de ses supérieurs, il allait oser la publier. Le fait d'être prêtre ne devait pas l'empêcher d'écrire ce qu'il pensait... mais ne devait-il pas aussi avoir l'honnêteté, même s'il fallait jouer le rôle ingrat d'éteignoir, d'informer ces pauvres enfants, de faire comprendre à son neveu qu'il n'aurait pas à jouer les héros?... Pour ne pas faire face à cette question, il revenait à la philosophie:

— La conception chrétienne de l'amour est une «déformation» — et je pèse mes mots! — de l'érotologie platonicienne!

Yves bâilla, simplement, sans vouloir faire de commentaires. Il pensait aux enfants, au hasard incroyable d'avoir été en contact avec *Verlorelei*, par des voies diverses; il rêvait à son voyage héroïque et ne cherchait pas à comprendre ce que disait son oncle. Il respectait à distance ses hautes pensées philosophiques.

— Il ne faut pas que je manque le dernier train, dit Liza en se levant. Elle portait un *jumpsuit* jaune et des souliers violets.

— Mais voyons donc, dit Guénette, je vous raccompagne!

Il salua Yves et Marie en leur promettant de les tenir au courant des moindres développements de l'affaire et de communiquer avec eux dès qu'il aurait des nouvelles de Bruno Breton.

En route, dans la Renault rouge de Guénette, Liza essaya de le sensibiliser à la cause des mères porteuses. La présence d'un aumônier prestigieux aurait pu rehausser la crédibilité du CAMP.

— Malheureusement, dit Guénette, je risque déjà de sérieuses représailles. Dès que j'aurai mis la main sur mon texte, je le publierai... et mes supérieurs vont réagir. Assez mal, je le crains! Je connais leurs limites intellectuelles, et je pense que je les ai outrepassées... Je voudrais bien vous aider, mais si je m'engageais avec des mères porteuses, j'irais trop loin... Je suis très ouvert, mais je reste jésuite! Ma croyance profonde et mon dévouement à la mission de Jésus-Christ ne m'empêchent aucunement de voir qu'historiquement le christianisme a déformé en l'institutionnalisant ce qu'il a emprunté aux platoniciens...

Liza était perdue de nouveau. Tous ces mots qu'elle ne connaissait pas! Toutes ces idées qu'elle n'avait jamais eues!... Par ailleurs elle était certaine que le père Guénette était exactement le genre d'orateur qui aurait pu défendre habilement la cause du CAMP. Les femmes réunies autour de Liza avaient besoin d'un porte-parole à la langue déliée, quelqu'un qui pourrait exposer brillamment la «philosophie» du CAMP. Et Liza se disait qu'un prêtre leur donnerait une parfaite crédibilité.

— Si vous le faites pour les enfants, dit-elle, vous pourriez bien le faire pour les mères porteuses!

Guénette était bien embêté. Il ne pouvait pas refuser catégoriquement. Comme il trouvait compliqués les échanges entre les gens! Il s'ennuyait de ses livres! Liza aurait pu l'accuser d'aider les enfant à retrouver leurs origines uniquement parce qu'il voulait récupérer son texte! Il se sentait égoïste... Et Liza ne savait rien du plan de Yanantha; elle ne pouvait pas savoir que l'aide du père Guénette aux enfants était illusoire!... D'autre part, il ne pouvait pas s'aventurer aussi librement dans une zone où l'Église n'avait pas encore d'opinion. C'était tenter le diable! Sa thèse allait déjà être un assez gros morceau à faire avaler! Les autorités religieuses allaient sûrement le crucifier à cause de ses prises de position sur le «couple parfait» possible en dehors du mariage!

— Ils n'ont pas encore compris que certains mariages sont des échecs, parce qu'au départ ils sont des erreurs !... On ne devrait marier que des vrais couples !

Liza regardait le ruban lumineux des voitures sur l'autoroute ; elles semblaient toutes monter vers l'oratoire Saint-Joseph. Elle était vexée d'essuyer un refus, mais elle respectait les motifs du père Guénette. Elle trouvait étrange et « signifiant » de se retrouver dans l'auto d'un prêtre ! Elle aurait pu se confesser d'avoir un jour volé *Verlorelei* en gardant le dernier versement des Desjardins lors de la livraison de Léa. Mais à quoi bon ! C'était déjà si loin ! Et le père Guénette avait d'autres soucis !

— Promettez-moi que vous allez réfléchir à ma proposition, dit-elle. C'est d'un homme comme vous qu'on a besoin au CAMP !

— Écoutez, Liza, je ne crois vraiment pas que je sois l'homme qu'il vous faut ! J'arriverais comme un chien dans un jeu de quilles ! Et je suis trop vieux !... J'ai fait des recherches sur la mécanique psychosexuelle des rencontres, je ne suis pas habilité à parler de « reproduction », encore moins de votre location utérine !

— C'est toujours mieux que d'enlever des parents pour fabriquer des bébés ! dit vivement Liza.

— Noëmie von Klapp enlève des parents idéaux pour faire des bébés parfaits ! reprit Guénette étonné de s'entendre défendre la cause de *Verlorelei*.

— Parfaits, parfaits, enchaîna Liza, il faudrait me le prouver ! *Godverdamme* ! En quoi Léa est-elle plus parfaite que mon Sylvain ?

Le père Guénette ne répondit rien. Il feignait de se concentrer sur sa conduite, d'indiquer par une extrême attention à la route la concentration que lui demandait maintenant la conduite nocturne... Au fond, il était soulagé de savoir Bruno sur les traces des ravisseurs et de ne pas devoir accepter l'offre de Liza en échange des informations qu'elle aurait pu fournir.

— Où est-ce que je peux vous déposer?

— À la station Crémazie, dit-elle, ça serait parfait!

Avant de sortir, elle lui remit une carte sur laquelle étaient écrits son nom et son numéro de téléphone. Guénette la regarda entrer dans la station de métro : son *jumpsuit* jaune accentuait le tangage provocant de sa démarche.

Il fit demi-tour et revint vers le boulevard de l'Acadie. En remontant vers Outremont, il passa en revue toutes les nouvelles informations qui venaient de s'ajouter aux bribes qu'il avait déjà. La puissance du hasard ne l'avait jamais autant fasciné : son propre neveu avait adopté un *Perlekind*, l'enfant de parents qu'on avait probablement poussés l'un vers l'autre à l'aide de son traité sur l'érotologie, à la musique des pensées contenues dans son texte. Ses recherches philosophiques avaient contribué, d'une certaine manière, à la conception de Léa... Le monde était-il si petit? Se pouvait-il qu'il n'y ait pas de hasard?

35
LA CORNEILLE VACILLE
(VERLORELEI, novembre 1987)

Il restait à piéger Miguel Parranquina. Tant qu'on n'était pas assuré de son entière collaboration, le plan devait rester secret. Jack faisait les cent pas devant la maisonnette du jardinier. Il attendait fébrilement le retour de Thijs; il était le seul à connaître le projet de soulèvement; il était le seul qui aurait pu parler. Thijs avait brûlé la lettre après lui en avoir fait prendre connaissance. S'il eut fallu que Miguel rejette la proposition et reste, malgré tout, fidèle à Noëmie, Thijs aurait pu y perdre les mains. Comme elles étaient le seul moyen de communication qu'il lui restait, il préférait ne pas courir de risques et détruire d'avance toute preuve matérielle de leur complot.

Quoi qu'il advienne, Jack était prêt à mener jusqu'au bout cette entreprise audacieuse. Thijs lui avait donné exactement ce qu'il fallait: le pouvoir de se prendre en main, de se créer un avenir sur place, à *Verlorelei*, dans le calme et la liberté. Il suffisait d'y penser, et de le vouloir. Jack était décidé! Et Thijs ne pouvait pas reculer! Son premier coup lui avait donné le goût de frapper... L'occasion était parfaite: Noëmie lui était reconnaissante de lui avoir permis de prendre sur le fait sa Britt avec la Brésilienne, et pendant qu'il jouissait de ses faveurs, il voulait achever sa vengeance. Son premier coup avait porté, mais il le jugeait maintenant insuffisant.

Il avait le nez fin. Depuis sa glossotomie, Thijs lisait mieux que jamais dans les yeux, dans les pensées, derrière les gestes des gens, comme si le fait d'être privé de sa langue avait relativisé pour lui l'usage de cet organe. De toute façon, dans ses rapports avec les pensionnaires de *Verlorelei*, la parole n'aurait pas suffi à régler ses problèmes de communication : la plupart ne parlaient pas l'allemand ; seuls quelques-uns parlaient l'anglais. Thijs avait remarqué que Jack ne semblait plus aussi heureux qu'il l'avait été pendant toutes ces années passées au PPP. Il en avait assez !... Malgré les efforts de Jack pour camoufler son ressentiment, Thijs le sentait. Rien ne lui échappait.

Il avait donc entrepris d'écrire une lettre, en anglais, pour convaincre Jack de s'associer avec lui et de fomenter la révolte des pensionnaires. Il savait qu'il suffirait de séquestrer Noëmie, de haranguer ensuite les gardes, en passant par Miguel Parranquina, pour renverser le pouvoir despotique de la corneille. Il se rendit au PPP avec sa lettre et son râteau. En ramassant lentement les feuilles mortes, il attendit de voir Jack seul pour la lui remettre. Jack pouvait être abordé sans problème ; il jouissait d'une liberté de mouvement exceptionnelle à *Verlorelei*. Comblé par l'amour de sa belle Wana, il filait depuis presque dix ans ce qui semblait être le parfait bonheur. En plus de fournir une importante production de *Perlekinder*, Jack était devenu le professeur de karaté des gardes ; on le respectait déjà comme un chef.

Thijs avait visé le cœur. Si Noëmie était renversée, Jack pourrait enfin mettre les gardes à la porte et faire l'amour dans l'intimité. Wana pourrait aussi garder ses bébés !

Et les agents? Thijs lui écrivit qu'on pourrait continuer les opérations commerciales, pour rentabiliser la commune de *Verlorelei*, mais qu'on permettrait aux mères qui le désireraient de garder un ou deux enfants... Il faudrait éventuellement construire de nouveaux bâtiments!

Thijs avait touché la corde sensible de Jack. Il tenait maintenant dans sa main le plus vieux couple de *Verlorelei*, les doyens du *Perfekter Paaren Pavillon*. Il n'avait pas eu à faire de dessin, sa lettre avait réussi à les enflammer.

En quelques jours le plan pour la déposition de Noëmie était prêt. Jack se chargeait de soulever subtilement les gardes, et dès que Miguel serait sensibilisé, il assignerait à chacun une tâche différente, pour s'assurer du succès de l'opération... En attendant, même s'il avait commencé à consolider ses appuis parmi les gardes, il ne pouvait rien dire tant que leur chef officiel n'était pas dans le coup. Et Miguel admirait Noëmie sans réserve; il était prêt à la défendre jusqu'au bout. Il lui semblait qu'elle insufflait dans son corps de fer une force et une fierté toutes particulières. Elle l'appelait «*mi brazo de hierro*» et il se rengorgeait chaque fois qu'il avait l'occasion de se mettre en valeur. Il n'attendait jamais les commentaires! Il ne les supportait pas. Il était dur, sec et tranchant, mais ce paon glacial avait aussi, à ses heures, le cœur chaud... Thijs lisait dans les cœurs, comme jadis Yanantha dans les auras. Comme il voyait surtout ce qu'on voulait cacher, comme une couleuvre lubrique il savait se glisser en silence aux bons endroits pour ne rien manquer des spectacles de l'amour... Il savait donc que Miguel se déguisait en médecin pour accompagner, la nuit, Betty Mac Lean au PPP! Il pourrait le trahir par écrit! Miguel perdrait la face devant Noëmie qui était encore assez naïve pour le croire chaste. Habituée très jeune à l'abstinence sexuelle du *Doktor* Hertzmann, elle ne s'étonnait pas qu'un homme veuille se « consacrer » à une cause jusqu'à y sacrifier sa vie sexuelle. Comme elle ne pratiquait elle-même qu'une sexualité très douce, elle s'imaginait que Miguel pouvait se satisfaire tout seul, discrètement, sans jamais devoir causer de remue-ménage à *Verlorelei*.

Une fois de plus elle était dupe. Thijs allait profiter de cette apparente transparence de Miguel, autant que de sa relation secrète avec Betty Mac Lean. Après lui avoir exposé son plan, par l'intermédiaire de Jack, Thijs lui proposerait de garder son poste après le soulèvement. Il pourrait bien être *Sicherheitsober* dans ce village démocratique que Thijs rêvait de fonder à *Verlorelei*.

Jack trépignait. Chaque seconde était un supplice. Il était prêt à passer aux actes. Tous les aspects stimulants de la lettre de Thijs l'avaient remonté comme la minuterie d'une bombe. Prêt à sauter ! Dès que Thijs reviendrait avec le « oui » de Miguel, ils pourraient agir. Jack avait longuement discuté avec Miguel, mais avant de prendre une décision, le chef des gardes avait voulu rencontrer Thijs, l'initiateur du projet. Avant de s'embarquer, il voulait s'assurer des intentions du jardinier ; il voulait lui poser une série de questions auxquelles Thijs n'aurait à répondre que par un signe : « oui » ou « non » … L'habile muet en profiterait pour faire savoir à Miguel qu'il connaissait sa relation avec l'infirmière écossaise ; il pourrait même faire pression, si Miguel résistait encore. De toute façon, on ne tuerait pas Noëmie ! Et personne ne lui enlèverait sa Betty ! Elle le suivrait probablement dans la rébellion. On enfermerait temporairement Noëmie et Britt… On immobiliserait les trois *Doktoren* résidents. On libérerait les pensionnaires. Ceux qui voudraient rentrer dans leur pays seraient libres de le faire ; on leur fournirait même l'argent du voyage. Mais ceux qui voudraient rester seraient les bienvenus. On leur organiserait une petite vie communautaire qui n'aurait rien à envier aux sociétés extérieures. On vivrait de la vente d'une partie des enfants: le réseau des vendeurs était déjà sur pied! On couperait! Nécessairement, puisqu'on mettrait un terme à la pratique des enlèvements, il faudrait dorénavant que les pensionnaires soient tous des volontaires. On pourrait d'abord offrir aux surnuméraires des services de détection et des enlèvements de s'établir à *Verlorelei*.

— Mais l'idéal des *Perlekinder*?... Sans le système de Pletschscy, on va perdre de la clientèle!

Thijs haussa les épaules et fit signe à Jack de continuer sa lecture. Un peu plus loin, la lettre contenait des suggestions sur l'avenir du réseau commercial de *Verlorelei*. Ils allaient évidemment perdre une partie des clients, mais il fallait bien faire quelques sacrifices. Et puis ceux des pensionnaires qui décideraient de rester continueraient probablement à produire des *Perlekinder* pour qu'une partie de cette progéniture puisse faire vivre la communauté... On pourrait aussi recycler les agents détecteurs et les envoyer proposer aux spécimens choisis par le génétomètre la vie communautaire de *Verlorelei*.

La lettre de Thijs était un feu d'artifice. Dans un anglais télégraphique, il sautait d'un rêve à l'autre avec l'habileté d'un singe savant. Jack y avait puisé la force d'agir avec détermination; il y avait aussi attrapé la folie qui le poussait à rester là, au froid, en sautillant d'impatience jusqu'à ce que Thijs revienne avec la réponse de Miguel.

Quand Jack avait appris que Thijs avait joué un rôle important dans l'évasion d'un journaliste canadien venu à la rescousse de Johnny Assunçao et que le jeune nageur avait été repris, il s'en était réjoui. Ce jeune athlète pouvait être utile. Jack pourrait le prendre à ses côtés... à moins que Thijs veuille le garder pour lui?

Depuis sa tentative de fuite avec Bruno Breton, Johnny faisait l'objet d'une surveillance plus sévère. Il était confiné aux appartements des hommes, privé de sport et de toute activité collective. Grâce à Betty Mac Lean, qui traduisait en anglais les questions et en allemand les réponses, Noëmie l'avait longuement interrogé, mais elle n'était pas arrivée à lui faire cracher le nom de son complice. Johnny prétendait ne rien savoir ni rien connaître du texte qu'on avait retrouvé dans son sac à dos. Noëmie avait beau l'accuser d'être de mèche avec le père Guénette... ou Yanantha, il faisait les yeux ronds et répétait qu'il n'avait jamais entendu ces noms et qu'il n'aurait jamais pu lire ce texte, pas plus en français qu'en allemand. Betty Mac Lean insista pour que Noëmie ne le torture pas : il était évident que Johny Assunçao avait été entraîné à son insu dans une affaire très grave qui dépassait la petite histoire de son enlèvement et de sa fuite... Mais il ne fallait pas courir de risques ! Un pensionnaire qui avait fait une tentative d'évasion risquait de récidiver. Noëmie avait pressé le *Doktor* Pletschscy d'accoupler Johnny au plus vite. Si la copulation contrôlée fonctionnait, la formation d'un couple parfait pourrait peut-être lui changer les idées et lui faire passer le désir de fuir. En attendant, il était prisonnier dans une chambre du deuxième étage.

Britt aussi était prisonnière dans sa chambre. Elle n'avait pas cessé de pleurer depuis la scène atroce où la furie de Noëmie avait dépassé en violence et en horreur tout ce qu'elle avait subi auparavant, tout ce qu'elle avait souffert à cause de la jalousie de sa partenaire.

Elle pleurait de honte. Elle n'osait pas sortir, affronter Noëmie... Elle pleurait de rage aussi. Elle voulait se venger, crever les yeux de Thijs l'espiègle, qui l'avait si bassement trahie, qui l'avait prise dans un filet tissé sans mots. Elle dont l'esprit avait toujours eu l'agilité d'une truite ! L'appât charnel dont avait si bien su se servir celui pour qui l'amour n'avait plus de secrets, l'appel orchestré par Thijs l'avait aveuglée. Elle avait été bernée comme la plus naïve des carpes dans une baignoire.

Elle devait être doublement punie. D'abord parce qu'elle avait enfreint le règlement qui interdisait au personnel d'avoir des relations sexuelles avec les pensionnaires, et surtout parce qu'elle avait révélé au grand jour son homosexualité : les gardes l'avaient vue étendue sur le corps de bronze de Gal. Les doutes qu'avaient encore les autres sur la nature de sa relation avec Noëmie allaient définitivement se dissiper pour laisser cette vérité troublante éclater au grand jour. Noëmie avait toujours craint une telle exposition de son intimité. Elle croyait qu'une telle révélation risquait, en plus de ternir son image, d'affaiblir son autorité absolue. Mais Pletschscy, Mac Lean et Farah savaient très bien ce qui se passait dans les appartements de Noëmie ; ils n'en avaient cependant jamais eu de preuve aussi flagrante.

Tout était donc en place pour le grand changement. Jack s'impatientait. Les secondes étaient des heures... Il aperçut enfin Thijs. Son visage était illuminé par un sourire victorieux. Miguel avait dû céder ! Jack soupira... et il vit, le temps d'un éclair, le visage transfiguré de Wana que la liberté rendrait glorieuse.

36
LES GROS PIEDS DE L'AVEUGLE
(MONTRÉAL, octobre 1987)

Neuss, le 7 octobre 1987

Mon cher Albert,

Encore moi! Je t'ai écrit l'an passé pour te demander de m'assister, mais en y réfléchissant par la suite, je trouve que je n'ai pas assez insisté... et j'ai déjà de nouvelles informations à te communiquer.

Tu as peut-être trouvé brusque ma façon de reprendre contact avec toi, mais que veux-tu? Quand c'est le temps d'agir, il ne faut pas se perdre en péroraisons.

Je ne sais pas si tu as pu retracer ce Joao Assunçao, mais il y des développements imprévus à l'affaire. Notre action aura beaucoup plus d'ampleur que je ne l'avais d'abord cru. Il n'y a pas de hasard. Même si nous ne nous sommes pas vus depuis vingt-deux ans, nous restons liés. Nous avons été en contact avec elle. Nous savons ce qu'elle a fait. Nous ne pouvons pas l'oublier; nous ne le pourrons jamais... Malgré toi, Albert, Noëmie von Klapp a changé ta vie. Bien sûr, j'ai été plus longuement exposé à ses «rayons néfastes» que toi, mais nous devons réagir ensemble pour donner plus de force à notre coup.

La cruauté de cette ogresse dépasse l'imagination. Si tu savais jusqu'à quel point j'ai souffert. Jusqu'à quel point je souffre de ne plus voir. Ç'a été le plus dur coup de ma vie. Grâce au ciel, Renate est venue soulager mes souffrances. C'est une fille formidable. Je suis sûr que tu l'aimerais beaucoup... pas trop! À ce que je sache, tu es encore jésuite!... Ah! c'était la belle époque à Heidelberg! Tu as été beaucoup plus sage que moi!

C'était bien beau de vouloir former des couples parfaits... parfaits pour la reproduction! C'était déjà une déviation de cette vérité que tu connais si bien!... Mais l'appât du gain a complètement défiguré la philosophie de *Verlorelei*. Tes cours auront été utiles au début, mais plus les semaines passaient, plus Noëmie concentrait ses énergies sur la production proprement dite. La vente des *Perlekinder* l'intéressait beaucoup plus que la réalisation des *Perfekte Paaren*. Elle m'a évincé parce que l'invention de Prazec, ce jouet dont j'ai maintenant un exemplaire, lui permettait de mettre en même temps sur la route autant d'agents détecteurs qu'elle le voulait. À mon époque, j'étais le seul. J'ai travaillé avec Vassili Papanikos. Je participais même aux enlèvements. Au début notre territoire se limitait à l'Europe. Depuis ils sont partout, même chez vous au Kanada.

Je traversais un tunnel. Aujourd'hui, je suis entouré de disciples à qui j'enseigne la philosophie orientale. Je reçois aussi pour vivre des clients qui viennent me consulter sur leur avenir... J'ai ramassé assez d'argent pour me venger! Pour nous venger! Je sais que tu vas penser que je trahis ma philosophie, mais je ne peux plus rester là sans réagir. C'est un service que nous allons rendre à l'humanité!

N'oublie pas qu'elle a ton texte sur l'érotologie. Elle s'en est servie à tort et à travers. Elle compensé son absence de véritable système philosophique par une muraille de miettes: des bribes de ton livre, des propos flous de son maître, le *Doktor* Hertzmann, quelques citations de Nietzsche, un fatras décousu qui laisse voir sa « petitesse ».

J'ai fait un rêve étrange : je te voyais braver un tigre. Tu essayais de le calmer, en allemand, pour reprendre ton cahier qu'il tenait dans sa gueule. Noëmie est arrivée. Elle a dit quelque chose en espagnol. Le tigre s'est couché. Elle a pris le cahier et te l'as montré, pour que tu constates que ce n'était pas ton ouvrage sur l'érotologie, mais son cahier de poèmes... Je me suis souvenu du titre inscrit sur la couverture : *Consuelo Corneja Cordobesa.*

J'irai chercher ton texte, si tu promets de m'aider à détruire *Verlorelei*. Samedi prochain, je pars en expédition avec Renate. Nous avons fait fonctionner le génétomètre à vide et nous avons découvert qu'il indiquait le nord-est, quelle que soit la direction vers laquelle on le pointe. Renate notera tous les repères... On trouvera bien. Je te promets ton texte. De ton côté, il faudrait que tu contactes un certain général Gallaway en Floride. Ce serait trop long de te raconter comment j'ai pris connaissance de son « service », disons simplement que c'est par une de mes clientes... Ce sera plus facile pour toi de Montréal. Moi, je suis plutôt limité dans mes mouvements. Malgré les bons soins de Renate, je souffre beaucoup de ma cécité... Je t'envoie de l'argent pour payer ton voyage. Il faut avertir ce Gallaway. Dis-lui que Noëmie est dangereuse, que *Verlorelei* est un repère de communistes. Il loue ses services militaires. Il pourra nous fournir des mercenaires pour le coup. Je le paierai.

Ici, en Allemagne, j'ai essayé d'alerter les autorités, mais les Allemands ne veulent pas bouger, ni la police, ni les ministres. Personne ne veut se mouiller !

Encore une fois des Américains vont sauver l'Europe. C'est la seule solution ! En attendant, Noëmie continue à déchirer des familles, à briser des cœurs à travers le monde. Bien sûr, elle fait des heureux en vendant ses *Perlekinder*, mais à quoi bon si elle fait autant, sinon plus, de malheureux par ses enlèvements et ses pratiques barbares.

Je compte sur toi, Albert. Envoie-moi des soldats qui n'ont pas les menottes aux poings et je t'envoie ta thèse. C'est un échange équitable, non?

Ton ami,

Yanantha

P.S. : J'ai dicté cette lettre à Renate. Elle est au courant de tout. Elle est pour moi l'ange du réconfort, une grande consolation.

*

Il y avait cinq cents dollars en argent américain dans l'enveloppe. Le père Guénette était à la fois ravi de reprendre contact, même indirectement, avec *Verlorelei* et terrassé par le contenu de la lettre. La passion vengeresse de Yanantha lui faisait peur. Il ne pouvait pas s'empêcher (déformation professionnelle!) de faire un rapprochement entre Oedipe et Yanantha: les yeux crevés, sa disciple qui lui sert de bâton, comme Antigone... Il l'imaginait tâtonnant, cherchant partout à travers l'Allemagne le repère des fabricants d'enfants parfaits.

Yanantha avait tué son père : il trahissait, en effet, sa force magique et sa philosophie. Ses dons lui venaient d'une grande ouverture, d'une disponibilité exceptionnelle, mais en tramant sa propre vengeance, sans laisser la nature opérer, il n'appliquait plus sa philosophie de non-agir. Il joignait le clan de Noëmie von Klapp; elle forçait la nature en provoquant la floraison de ses *Perlekinder* et en faisant de par le monde sa fatale cueillette.

Le sphinx était ce silence de plomb qui entourait *Verlorelei*. Yanantha l'avait vaincu, grâce à ses dons, mais il avait en même temps assuré sa perte… L'épervière lui avait crevé les yeux! Guénette eut un frisson d'horreur!

En plus, en mettant ses dons au service de Noëmie pour détecter par l'auramancie les spécimens génétiques dont elle avait besoin pour alimenter sa machine, il épousait sa mère…

Guénette alluma une cigarette. Pendant qu'il inhalait la fumée mentholée, il frotta, avec un brin de culpabilité, les côtés jaunis de l'index et du majeur de sa main droite. Il se souvenait des longs monologues de Yanantha sur la symbolique des doigts dans l'iconographie universelle : Çiva, qui balaye du revers de la main toute chose grande ou petite, comme le temps, intransigeant ; le pouce et l'index joints de Bouddha, l'ego dompté, les autres doigts recevant des forces extérieures ; la bénédiction de Jésus qui affirme au contraire la puissance de l'ego transcendant en relevant l'index et le majeur et en repliant l'annulaire et le petit doigt, les réceptifs.

Ces souvenirs des propos de Yanantha se mêlaient aux impressions récentes que sa lettre avait produites sur Guénette.

Il était perplexe. Il ne savait pas s'il devait lever le majeur en direction de Yanantha ou joindre les mains, se les frotter même, et obéir au plan militaire. De toute façon, il ne se sentait pas la force de partir. Il devait attendre le retour de Bruno Breton. D'ici là, il aurait le temps de peser le pour et le contre d'une telle entreprise et il pourrait prendre une décision.

37
LE CALEPIN VERT

Le 8 octobre, 17 h 55, HL, Mirabel

Les ravisseurs : le plus grand, un mètre quatre-vingts, à peu près soixante-huit kilos, teint pâle, pommettes saillantes, les yeux et les cheveux noirs. Le plus petit, grassouillet, plutôt blond, les joues rouges, le teint du parfait mangeur de saucisses.

Johnny se déplace librement. Pas de menottes. Il est peut-être drogué... À quoi ?

Dans l'avion, 18 h 48, heure de Montréal

Johnny ne mange pas. D'habitude il dévore. Je l'ai vu à la cafétéria du centre sportif avaler quatre hamburgers. Il venait de nager le papillon pendant une heure, des cruches pleines d'eau attachées aux chevilles.

Le 9 octobre, 7 h 20, HL, Schiphol

Ils sont très discrets. Le petit sourit à tout le monde. Ils ne m'ont pas remarqué. Ils font semblant d'admirer les aquarelles exposées dans la galerie-promenade. Ils attendent visiblement quelqu'un. Le petit gros ne tient pas en place. Il court à tout moment vers la rampe et lance des regards rapides sur la foule assemblée en bas. Johnny ne regarde pas les tableaux; il ne regarde pas dehors, il ne regarde nulle part. Il n'est pas agité. On dirait qu'il ne pense même pas à s'enfuir.

Environ 8 h 00, HL

Me voilà dans un camion de fruits et de légumes. Une femme les a rejoints à l'aéroport et les a conduits vers ce camion. La femme : cheveux jaunâtres en chignon serré, pantalon gris et manteau noir, visage triste. Elle a remis les clés au petit et elle est disparue à nouveau dans la foule.

La porte arrière du camion n'était pas barrée. Johnny est assis en avant avec eux. J'attends qu'on arrête pour écrire à mon aise.

On est arrêté. Je suis caché; je peux écrire. Je pense qu'ils mangent. L'un des deux rit souvent. C'est toujours le même. L'autre parle avec une voix grave. J'en entends d'ici les vibrations à travers la paroi du camion. Je ne peux pas dire encore quelle langue ils parlent. Johnny, lui, ne dit toujours rien. Je ne peux pas voir s'il mange cette fois-ci… Mange-t-il? S'ils viennent chercher des fruits ou des légumes, j'aurai juste le temps de rabattre la toile sur ma tête. J'ai vidé une poche de patates en les lâchant une à une, très discrètement, pour ne pas éveiller l'attention des passagers d'autres véhicules. Quelqu'un aurait pu voir tomber une patate et décider généreusement de doubler le camion pour avertir le conducteur et ses compères qu'ils perdaient leur chargement… Une à une, comme le petit Poucet, en route vers l'Allemagne. En entrouvrant la porte pour lâcher mes patates, j'ai pu voir les panneaux et lire, à l'envers, notre itinéraire. J'attendais qu'on s'éloigne des villes pour me délester des pommes de terre, et je lisais le nom des villes qu'on quittait: Amersfoort, Barneveld, Kootwijk, Apeldoorn, Deventer… J'ai bien fait d'étudier un peu la carte de la Hollande avant de partir ; elle était reproduite sur un feuillet publicitaire que j'ai ramassé à l'aéroport... Nous repartons. Je vais me camoufler du mieux que je peux dans ma poche de patates et attendre.

Quelque part entre Münster et Osnabrück, environ 13 h 00, heure d'Amsterdam

C'est sans doute la même heure ici. On a roulé pendant quatre heures au moins. Quand le camion s'est arrêté, en sortant d'Hengelo, j'ai cru qu'on était déjà à la frontière. Leurs portes se sont ouvertes, puis la mienne, celle de la boîte du camion. Ils sont montés et ont déplacé des caisses... de tomates ou d'oranges. J'en ai entendu rouler par terre. Johnny était là aussi. La voix grave est celle du plus grand ; elle venait de plus haut. Il parlait à Johnny, dans un anglais abominablement défiguré, mais doucement, presque tendrement. Je savais qu'il parlait à Johnny parce que j'entendais trois corps dans l'espace sonore. Il y a eu un peu de bousculade... non, plutôt un « bardassement » quelconque. Puis encore des caisses. La porte s'est refermée. La noirceur est revenue ; le camion est reparti. À cause des bruits du camion, je n'entendais pas, mais je sentais la présence de quelqu'un dans la boîte avec moi. Ça ne pouvait être que Johnny. J'ai tenté ma chance. Je me suis sorti la tête de la poche de patates et je lui ai parlé... Il ne m'a pas répondu. J'étais inquiet. Je ne pouvais pas sortir de ma cachette. J'étais maintenant certain qu'on approchait des frontières. Ils avaient dû cacher Johnny. J'ai essayé encore de lui parler... puis j'ai cru l'entendre marmonner quelque chose... puis plus rien. À la frontière, les douaniers ont jeté un coup d'œil sur le chargement de fruits et légumes ; ils ne nous ont pas vus.

Après, je ne tenais plus en place. Les bruits d'une ville m'ont fait sortir à nouveau de la poche. Je suis allé voir où nous étions. Nous sortions de Rheine. Je me suis glissé entre les caisses et j'ai trouvé Johnny enfoui dans une montagne de choux; je lui ai dégagé la tête, il regardait dans le vide. Je lui parlais et il ne réagissait pas... Il a dû être hypnotisé.

Après une bonne demi-heure sur des chemins de terre, le camion s'est arrêté. Ils sont venus chercher Johnny. J'étais caché. J'ai attendu un peu. Comme je n'entendais rien, j'ai pris le risque de sortir à nouveau de la poche... et du camion. La voie était libre. Le camion était stationné près d'un gros bâtiment carré. Il n'y avait personne en vue. Je suis entré par la première porte que j'ai vue. J'ai descendu quelques marches qui me donnaient accès à un demi-sous-sol. Je me suis retrouvé dans un petit couloir menant à de grandes cuisines. Personne n'y travaillait, mais ça sentait la soupe aux choux. Ça devait être l'heure de la sieste. À ma droite, une lourde boîte m'a donné accès à un immense garde-manger. Encore des légumes! Je me suis caché ici en me faisant à mon tour un petit trou dans une montagne de choux-fleurs. J'écris, mais je me tiens prêt à m'enfoncer dans les choux-fleurs dès que la porte s'ouvrira... Je les ai entendus reprendre leurs activités depuis quelques minutes.

Il fait froid. Je ne sais pas combien de temps je pourrai tenir ici. Il y a trois petites fenêtres, très haut dans le mur, les deux qui donnent sur le côté du bâtiment sont bouchées par des arbustes, celle qui donne sur ce que j'ai vu en entrant ici, probablement l'arrière, ne m'a permis de voir que des arbres. Derrière le stationnement, une allée s'enfonce dans la forêt. Même en montant sur une caisse d'oranges, je n'ai rien pu voir de plus. Ça ne m'aide pas beaucoup pour l'identification du terrain.

*

Une femme est venue. Elle a déposé un gros baril qui semblait très lourd. Je n'ai pas pu m'empêcher, après sa sortie, de quitter mes choux-fleurs et d'aller voir ce que c'était: de la salade de pommes de terre en quantité industrielle... La femme, vêtue de blanc, coiffée d'un serre-tête, marchait lourdement. Sur le devant de sa coiffe, un signe rouge, des lettres... stylisées. Je n'ai pas pu bien voir à travers les choux-fleurs. Je pense que ça finit par un V... Elle était grande, avec d'assez larges épaules. Je sens la soupe chaude (c'est le cas de le dire!), je m'en retourne à mes choux-fleurs.

*

La femme est revenue porter un deuxième baril. Les lettre sont FKV. Un gros homme chauve l'accompagnait. Elle choisissait des légumes et en chargeait les bras de son acolyte. Quand ils sont venus vers les choux-fleurs, j'ai cru mourir de peur. Ils n'en ont finalement pris que quatre et sont ressortis.

Par la petite fenêtre qui donne sur l'arrière, j'ai vu des camions et des voitures venir et repartir. J'ai vu aussi une troupe de coureurs passer, quatre fois, mais comme la fenêtre est à la hauteur du sol, je n'ai pu voir que des pieds et des mollets. Je n'ai rien remarqué de particulier, sauf peut-être qu'un homme criait: *eins, zwo, eins, zwo*!

À présent tout est calme. Je vais maintenant m'aventurer hors de mon garde-manger. Advienne que pourra!

Le 10 octobre, 2 h 14, HL, Verlorelei

J'ai bu un bon café. Mon hôte s'appelle Thijs. Il est muet et m'a écrit son nom sur un bout de papier. Il a écrit aussi « *Verlorelei* » en me montrant le bâtiment principal. Ça fait du bien d'être ici, chez lui; je gelais littéralement dans mon garde-manger. Thijs habite une petite maison séparée, une espèce de petite chaumière comme on en voit dans des illustrations de contes de fées. D'après ce que j'ai cru comprendre, il est le jardinier de *Verlorelei*.

Voici ce qui s'est passé: avant de sortir, vers 22 heures 30, j'ai jeté un coup d'œil dans les cuisines. Personne ne surveillait une marmite qui mijotait doucement.

Personne non plus dans la grande cafétéria située juste en face du garde-manger. Je ne l'avais pas vue en entrant, parce que la porte qui donne sur le corridor était fermée. Je l'ai vue à travers l'ouverture du comptoir où les cuisiniers doivent servir leur clientèle (?)... Les fenêtres au fond de la cafétéria m'ont semblé donner sur un terrain ouvert, une espèce de parc.

Quand je suis sorti, revenu à l'endroit d'où je m'étais introduit dans ce bâtiment, j'ai d'abord longé le mur ; je suis passé devant ma petite fenêtre. Une tour circulaire brise l'angle du coin. J'ai revu les fenêtres de la cuisine qui donneraient, si elles n'étaient pas givrées, sur cette petite maison, très simple, au fond d'un potager. J'ai d'abord trouvé absurde que les cuisiniers ne puissent pas voir le jardin, mais maintenant que je suis ici, chez Thijs, j'apprécie les fenêtres givrées et les rideaux de fer déroulés devant les fenêtres du deuxième étage.

Je me suis aventuré jusqu'à la tour du prochain coin. Je croyais n'être vu de personne, mais Thijs avait suivi chacun de mes mouvements. Il s'est approché de moi sans que je m'en rende compte, il m'a sauté dessus et m'a brusquement collé contre le mur. Il m'a tenu comme ça, immobilisé, pendant qu'il guettait fébrilement les tours. Un projecteur s'est allumé et a balayé de son rayon le jardin ; j'ai pu voir la maison de Thijs un instant : les murs blanchis sont soutenus par des poutres brunes. Quand l'œil de la tour s'est éteint, Thijs a lâché prise ; il n'a gardé que ma main dans la sienne. Nous avons couru. En quelques bonds nous étions chez lui.

Maintenant il dort. Je pourrais fuir.

Le 11 octobre, 8 h 03

Thijs ne me livre pas. Tant mieux. J'ignore pourquoi. Il semble me comprendre très bien quand je parle français. Comme il se montrait intéressé, je lui ai raconté comment j'ai été entraîné dans cette histoire, comment j'ai suivi les ravisseurs de Johnny. Il a souri et m'a fait un clin d'œil très engageant. Je n'ai pas osé lui dire que mon intérêt pour Johnny n'était que professionnel.

Une troupe de jeunes gens, filles et garçons, vient de passer en courant. Il semble qu'ici le sport soit à l'honneur. Il faut que je m'organise pour visiter l'intérieur de *Verlorelei*. Pour l'instant, Thijs refuse de me laisser sortir de chez lui.

20 h 30

Thijs m'a rapporté des pâtes et des légumes. J'avais faim... Quand je regarde par la fenêtre, je me cache toujours derrière le rideau. Je sais maintenant qu'il y a des sentinelles postées jour et nuit dans chacune des quatre tours.

Partout autour, c'est la forêt. Les camionnettes et les voitures vont et viennent en contournant toujours la partie est du bâtiment pour s'arrêter derrière les cuisines. Tout cela me semble réglé comme les aiguilles d'une montre. Ce sont toujours les mêmes véhicules. J'ai l'impression qu'ils font la navette. Font-ils autant d'enlèvements? Passent-ils toujours par Amsterdam? Toute la journée, je me suis posé ces questions. Il me reste bien des mystères à percer.

Thijs m'a fait quelques dessins qui m'ont permis de comprendre qu'il est Hollandais, que la patronne, Noëmie von Klapp, lui avait fait couper la langue pour ne pas qu'il parle. Il ajoute toujours quelques mots à ses dessins, ça leur donne l'aspect de bandes dessinées. Ça frise même la pornographie. J'en déduis qu'il se passe ici des choses... sexuelles! Il croit que j'ai suivi Johnny par amour. Il m'a raconté en dessins sa passion illicite pour un certain Conrad, qui devait être marathonien. Il m'a fait un dessin très explicite et a écrit au-dessus: Johnny = Conrad et Thijs = ... J'ai dû écrire mon nom dans l'espace laissé libre. J'ai beau me défendre, il ne veut rien entendre.

Le 12 octobre, 2 h 00

Thijs a cédé. Il a enfin accepté de me prêter une de ses salopettes de jardinier et un de ses chapeaux pour que je puisse sortir à peu près incognito. Il m'a aussi remis le fusil avec lequel je l'ai vu, la nuit, chasser une marmotte ou un lièvre qui venait grignoter ses plants. Les sentinelles doivent être habituées à le voir rôder la nuit autour de sa petite maison. Je sors.

3 h 10

Pour cette première visite, je m'en suis tenu au jardin. En me faufilant d'un buisson à l'autre, j'ai pu deviner dans la noirceur les contours de *Verlorelei*. En avant, au-dessus d'un grand portique à colonnes, un vitrail circulaire donne au bâtiment l'allure d'un temple ou d'une synagogue. Le vitrail: un carré inscrit dans un cercle; dans le carré, deux masses s'interpénètrent. Celle de gauche est bleue, celle de droite jaune. Ça ressemble au signe du Tao. Une ligne rouge rejoint une ligne blanche; elles séparent le jaune du bleu. Au milieu, un point noir opaque.

Un buisson de houx m'a sauvé. J'ai juste eu le temps de m'y enfouir quand j'ai vu sortir en courant de la forêt une grande femme échevelée en uniforme d'infirmière. Un homme courait derrière elle. Au moment où il l'a rejointe, elle s'est mise à rire très fort, ce qui a eu pour résultat d'attirer l'attention des gardes postés dans les tours. Ils ont braqué leurs projecteurs sur ce couple en blanc. L'homme (était-ce un médecin?) leur a fait, le plus calmement du monde, un signe de la main qui signifiait: tout va bien! Et il a ajouté d'une voix qui voulait porter très loin et avec un gros accent espagnol: *« Mac Lean ist von dem PPP immer so begeistert! »* Je ne sais pas ce qu'il a voulu dire. Les projecteurs les ont suivis jusqu'à ce qu'ils entrent par la porte arrière, celle qui est juste au-dessus de la porte du demi-sous-sol par laquelle je suis entré avant-hier.

Une fois les projecteurs éteints, je suis allé rôder près de cette porte. J'ai cru entendre un bébé pleurer. Quand j'ai demandé à Thijs s'il y avait aussi des bébés ici, il a refusé de me répondre et est allé se coucher.

Il faut que je trouve un moyen d'entrer. Où peut-elle bien garder ces documents?

Le 13 octobre, 10 h 00

Ce matin Thijs est sorti. En revenant, il était très souriant. Il a changé les draps de son lit. Il a mis des glaïeuls dans la chambre, un foulard de soie sur l'abat-jour pour tamiser l'éclairage, un tube de lubrifiant sur la table de nuit, une bouteille de vin et deux verres sur la commode. Je lui ai demandé s'il attendait quelqu'un. Il m'a fait signe que oui, mais quand j'ai voulu sortir et me cacher dans les buissons pour ne pas gêner son intimité, il a refusé de me laisser partir.

C'était pour moi. J'ai eu l'air d'un idiot. Thijs avait préparé le lit pour Johnny et moi! Ça n'a évidemment pas fonctionné! Johnny a été très surpris de me voir. Il me connaissait de vue. Il m'a demandé où nous étions et ce que je faisais là. Je lui ai expliqué du mieux que j'ai pu. Il veut s'enfuir. Je lui ai demandé d'être patient. Les gardes sont venus le chercher en lui disant qu'il devait travailler au jardin avec Thijs. Nous n'avons rien fait, Johnny et moi, parce que j'ai refusé. C'était peut-être une erreur! Thijs comptait sur ce petit spectacle érotique.

Le 14 octobre, 9 h 30

Au déjeuner, ce matin, j'ai compris que Thijs cesserait de m'aider s'il était vraiment convaincu qu'il n'y a pas d'amour entre Johnny et moi. Il est sans doute persuadé que j'ai refusé de coucher avec Johnny par timidité... J'aurais peut-être avantage à lui laisser croire ce qu'il veut bien croire. Chacun son obsession!

Notre déjeuner a été interrompu par une visite imprévue. J'ai dû me cacher dans la petite salle de bains. C'était Britt. Elle s'en allait au PPP et demandait à Thijs de lui couper quelques glaïeuls. D'après le dessin que Thijs m'a fait de Britt, j'ai compris qu'elle devait être l'amie intime de Noëmie von Klapp. Il a souri largement en prenant mes mains dans les siennes. Je sens qu'il prépare quelque chose. Si seulement il pouvait parler !

Il a préparé le lit, comme hier. Quand on a frappé à la porte, j'ai voulu me cacher, mais il m'a fait signe que ce n'était pas nécessaire. Le garde n'avait accompagné Johnny que jusqu'à la porte du jardin.

J'ai fait semblant de faire l'amour à Johnny Assunçao sous l'œil langoureux de Thijs. Johnny n'avait pas plus envie de moi que moi de lui, mais il savait mieux que moi comment faire semblant. Thijs voulait voir du sperme, il en a vu. Qu'est-ce qu'il ne faut pas faire ?... Avant qu'il ne retourne avec les autres pensionnaires, Thijs lui a écrit de se tenir prêt à fuir demain vers cinq heures, quand il entendrait l'alarme.

Thijs était très satisfait de sa petite séance de voyeurisme. Il a sorti d'un tiroir un uniforme de garde qu'il m'a remis en me faisant signe que c'était pour moi. Il a ensuite dessiné un plan de *Verlorelei* ; derrière le vitrail, il a écrit : Noëmie. Je lui ai demandé où pouvaient être les documents précieux de *Verlorelei*. Il a souligné le mot Noëmie. Puis il a tracé les flèches vers l'ouest. Il a ensuite mis une petite boussole dans la poche de l'uniforme qu'il venait de me donner.

Le 15 octobre, 16 h 30

Je suis prêt. J'attends le signal de Thijs. Ce matin, il m'a fait une pantomine très précise pour m'expliquer ce qui allait se passer. Il s'est vite rendu compte que Britt avait l'œil sur une petite Brésilienne récemment arrivée à *Verlorelei*. Il a organisé un rendez-vous secret chez lui.

Pendant que je serai caché dans les buissons, Britt et la Brésilienne viendront chez lui et lui, il ira en aviser Noëmie. Cela devrait déclencher l'alarme pendant laquelle je devrai fuir vers l'ouest. Johnny devrait me rejoindre. Je serre mon calepin pour être prêt à bouger vite.

Le 16 octobre, 8 h 17, Lengerich

J'ai marché pendant cinq heures dans la forêt. J'ai dû attendre sur la place que les premiers commerçants ouvrent leur boutique pour acheter un petit pain et une tasse de café. J'ai réussi à les semer, mais Johnny a été repris. Je suis épuisé.

Tout a fonctionné comme Thijs l'avait prévu. La Brésilienne est arrivée, puis Britt. J'étais déjà caché. Après une vingtaine de minutes, Thijs est allé voir Noëmie. J'ai entendu l'alarme, puis j'ai vu les gardes, avec Noëmie, se précipiter vers la petite maison du jardinier. J'en ai profité pour courir vers le bâtiment tout à coup déserté. Je suis monté au deuxième. Dans le bureau de Noëmie, j'ai vu un classeur. Je me suis jeté dessus, mais avant d'essayer d'ouvrir, par pure intuition, j'ai jeté un coup d'oeil sur le titre de l'ouvrage qui était ouvert sur sa table : *De l'Érotologie!* Quelle chance! J'ai pris aussi un livre noir qui était à côté… Puis je suis sorti. J'ai couru vers l'ouest. Johnny était au rendez-vous. Je ne sais pas ce que Thijs a fait, mais tout le monde semblait captivé par ce qui se passait chez lui. Malheureusement quelques gardes nous ont vus et nous ont poursuivis. Johnny a insisté pour porter mon sac à dos. Il courait moins vite que moi. Il a été repris, avec la thèse et le livre noir de Noëmie von Klapp.

Je pars pour Amsterdam. Je prendrai le premier avion.

38
UN TRAIN QUI NE S'ARRÊTE PLUS
(LAVAL, novembre 1987)

— Qu'est-ce que tu veux qu'un jésuite connaisse à l'adoption?

Léa avait cru bon informer Benoît des derniers développements de l'affaire. Son père avait invité un de ses oncles, prêtre et professeur d'université, à venir entendre « leur » histoire. Il acceptait de les aider. Mais Benoît voyait mal ce qu'il pouvait faire. Il n'y avait pas de dossiers à leurs noms au Centre des services sociaux. Comment ce professeur pourrait-il les arracher à l'anonymat cruel auquel ils étaient condamnés?

Benoît ne croyait plus en rien. La famille, l'école, la société, la civilisation, le monde, tout y passait. C'était du pareil au même. Julie Plouffe était une intrigante agaçante, et méchante comme tous les autres... le grand Serge et ses *Vikings*. Luc était le seul à comprendre son vide.

— Quand je marche dans le bois, disait Luc, je trouve la nature tellement belle et tellement forte que j'ai comme envie de mourir pour me perdre en elle.

Benoît le regarda sans répondre, sans rien dire. Il ouvrit la porte de la gare.

— J'ai mal ici, reprit Luc en se mettant la main sur le plexus solaire. C'est comme si des voix m'appelaient là-dedans!

— Dans quoi?

— Dans le bois... ou dans le vide en moi, conclut Luc en se levant.

Il sortit de sa poche une bombonne de peinture.

Benoît, lui, regardait par terre. Il avait toujours été si vif et si fort partout, l'enfant parfait du voisinage; il était devenu cette loque, une épave ballottée par les flots indifférents de la vie. Sans port d'attache, sans berceau, sans but. Toute son énergie était maintenant consumée par l'intérieur, par ce mal atroce de n'être rien... de n'être nulle part dans la suite des hommes.

— Qu'est-ce que tu fais?

En levant la tête, il vit Luc écrire en rouge sur le mur de la gare : *Adieu! farceurs!*... Benoît comprit qu'ils ne pouvaient plus attendre.

— Demain! dit-il doucement, avec juste assez de voix pour que son ami l'entende.

Pour ce pacte, ils avaient dû négocier de longues heures. Benoît n'en pouvait plus, et Luc avait juré d'être avec lui partout. Il avait opposé quelques résistances à l'ultime désir de Benoît, mais il avait cédé. Il avait accepté. Son message, sur le mur, luisait maintenant de tous ses feux. Mais comme si ces deux mots avaient pleuré, des coulées de peinture rouge, aux endroits où le mouvement de la bombe s'était arrêté, déformaient légèrement l'écriture de Luc... Ils ne pouvaient plus reculer.

— ...ta mère? dit Benoît.

— Elle en prend le matin!... Elle s'en passera demain soir!

Benoît ne laissait pas de trace, ni écrite ni autre. Il avait été l'adorable petit chouchou de tout le monde. Il n'avait jamais manqué de rien, même pas d'affection, mais depuis quelques années le fleuve d'amour qu'il recevait à la maison s'était divisé en deux rivières, en deux ruisseaux, les sources s'étaient séparées: le conflit entre ses parents s'était envenimé. Leur amour était mort, mais ils continuaient à le jouer. Ils agitaient son fantôme pour justifier la présence de Benoît. Lui qui avait été la source de tous les bonheurs, il était devenu le bouclier, l'arme et la pomme de discorde entre eux.

La vérité leur sautait au visage, mais ils refusaient de l'admettre. Ils continuaient à faire semblant d'être des parents amoureux... mais Benoît ne leur parlait plus. Il ne leur avait même pas révélé qu'il connaissait leur secret... à son sujet. Rien. Il les méprisait.

— Ils t'ont quand même aimé! dit Luc.

— Ils attendent juste que je parte de la maison pour se séparer!

— Si t'étais pas là, ça ferait longtemps que ça serait fait!

— Justement!

À quoi servait d'être parfait au milieu du désert, dans un vide historique absolu? À quoi servait d'être un poète amusant dans un monde où l'esprit n'appartient qu'aux plus sérieux penseurs? À quoi sert d'être jeune quand rien ne brille à l'horizon, quand il n'y a pas d'avenir?

39
LA PLUS COURTE ESCALE
(MONTRÉAL, octobre 1987)

Bruno aurait voulu que l'avion se pose à Bali ou à Sidney, mais pas à Mirabel. Il était honteux de revenir les mains vides : il ne ramenait ni Johnny, ni la thèse du père Guénette. Il avait joué de malchance dans la forêt de Teutoburg.

Albert Guénette aurait préféré voir arriver Bruno sa thèse sous le bras ! Malheureusement, le document précieux lui avait échappé au dernier moment.

— Voulez-vous dire que Noëmie von Klapp sait qu'on a voulu lui reprendre ma thèse ?

Les circonstances avaient voulu que Johnny porte le sac à dos au moment où les gardes l'avaient rattrapé.

— J'avais aussi un gros livre noir que j'ai pris sur la table de travail de Noëmie von Klapp !

Guénette était songeur. Sa thèse était pour lui plus importante que tous les livres noirs du monde.

— Il va falloir retourner !

— Retourner? dit Bruno sans cacher sa surprise.

— Non, pas vous, Bruno, vous irez en Floride!

— En Floride? Mais je ne veux pas prendre de vacances!... J'ai des articles à écrire, ma carrière m'attend!

— Vous écrirez vos articles au retour!... Vous serez bien payé: Yanantha me fournit des fonds... mais vous ne serez pas en vacances! Loin de là! Votre mission se poursuit. Nous n'avons pas le choix! Il faut sévir!... Sans brûler la place! ajouta-t-il en s'allumant une cigarette. Bruno détestait toujours autant l'odeur du menthol; son séjour en Allemagne n'avait pas changé ça!

Guénette était lui-même très réticent à donner suite au projet de Yanantha, mais en acceptant l'argent, il s'était engagé activement dans la lutte contre *Verlorelei*. Puisqu'aucune autorité officielle n'avait le pouvoir d'intervenir, il fallait bien que des citoyens s'en mêlent! Yanantha avait alerté la police et les parlementaires allemands, mais après s'être renvoyé la balle un bout de temps, ils avaient fini par abandonner ce dossier sur une tablette... comme tant d'autres.

Qui donc aurait pu intervenir? Il fallait être fou ou dangereusement passionné pour s'attaquer sans preuves à Noëmie von Klapp. Mais Yanantha avait réussi, en quelques lettres, à convaincre Albert Guénette qu'il avait des preuves suffisantes. Même aveugle, Yanantha voyait clair. Son but était de se venger de Noëmie et de détruire *Verlorelei*. Il était prêt à faire appel à une armée privée pour accomplir son coup.

— Des mercenaires? dit Bruno. Mais où Yanantha prend-il tant d'argent?

— Il n'en a pas autant que vous le pensez! Il m'en a envoyé pour payer le voyage en Floride, pas plus!... Quand je lui ai dit que j'avais un homme sur l'affaire, il a été très encouragé!

Bruno, étonné d'entendre le père Guénette parler comme un mafioso, n'appréciait pas du tout être ramené au rang d'«homme». Après tout il avait risqué sa vie! Et c'était autant pour suivre son instinct de journaliste que pour aller récupérer un texte peut-être farci d'élucubrations. Il n'osait pas le rappeler à cet associé sur qui d'autres associés avaient un ascendant plus fort. Même à distance, Yanantha était très fort. Guénette avait résisté longtemps, mais un jour il avait dû céder.

— Aujourd'hui Yanantha ferait tout pour anéantir celle qu'il a tant vantée jadis! Je savais depuis longtemps qu'il serait d'une manière ou d'une autre envoûté par cette femme!... C'est lui qui paie votre voyage! Vous allez voir un certain Gallaway, une espèce de fou militariste, installé sur la côte ouest de la Floride. Yanantha connaît ce prétendu général; il entraîne des mercenaires dans un camp qu'il a fondé à Chickendown. Il faut le convaincre d'attaquer *Verlorelei*, de l'envahir plutôt, puisque ma thèse y est restée! D'après Yanantha, pour le convaincre de mener une campagne contre *Verlorelei*, il suffit de lui dire que Noëmie von Klapp y entraîne des néo-nazis, qu'elle complote d'attaquer les bases américaines en Allemagne, qu'elle accuse l'armée américaine de manger dans la main du Congrès juif international... Cet homme vit dans ses rêves et sa mythomanie le poussera, si vous faites bien votre travail, à s'infiltrer en Allemagne pour attaquer *Verlorelei*. Insistez auprès de lui pour qu'il ne brûle rien! Je veux mon texte!

— Je l'ai tenu dans ma main votre texte, dit Bruno, et c'est là que j'aurais dû le garder, mais Johnny avait insisté pour porter le sac à dos pendant que nous courions!

— Elle va croire que le jeune Assunçao est de mèche avec nous!

Il l'était maintenant. Bruno remit son calepin vert au père Guénette en soulignant qu'il y avait tout mis et qu'il y trouverait sans doute des choses qu'il n'attendait pas.

— Je prendrai connaissance de vos notes plus tard, pour l'instant il faut faire vite. Il faut que vous partiez! Chickendown est près d'Inglis, à une heure de Gainesville. Il paraît que vous trouverez sans difficulté le camp militaire. Si vous ne pouvez pas parler au général Gallaway en personne, vous pouvez vous adresser à son bras droit, monsieur Lacroix. C'est un Français!... Ça serait peut-être préférable pour vous! C'est toujours plus facile de faire bouillir quelqu'un dans sa langue maternelle!... Je me fie à votre vive imagination. Inventez n'importe quoi, pourvu qu'ils se décident à intervenir! Je sais que c'est absurde d'attaquer des gens qui font l'amour, mais...

— Ils font aussi des enlèvements!

— C'est vrai! En plus de faire le commerce illégal des bébés!

— Quoi? dit Bruno tout ébahi. Ils vendent des bébés?

— Oui! C'est ce que j'ai découvert pendant que vous étiez parti!

Bruno n'en revenait pas. Il aurait voulu prendre le temps de mettre un peu d'ordre dans ses idées, mais le père Guénette ne lui laissait pas une minute pour réfléchir... Il fallait vite intervenir! Pas tellement pour assouvir la soif de vengeance de Yanantha, mais pour agir avant que Noëmie ne décide de répliquer. Elle pouvait décider de brûler le manuscrit unique ou envoyer des agents régler son compte à l'auteur. Puisqu'il avait su trouver *Verlorelei*, il devait être réduit au silence, comme l'avait été Yanantha d'une certaine manière. Albert Guénette n'avait jamais pensé, en écrivant *De l'Érotologie* à Heidelberg, que son petit traité sur l'amour lui aurait causé tant de problèmes. Il en attendait d'autres: les foudres de ses supérieurs devant l'audace de son sujet. Il ne pouvait plus reculer.

Ce n'était donc plus seulement une question de morale; il fallait avant tout se défendre. Bruno devait vendre aux Américains l'idée d'attaquer sans brûler. C'était indispensable! Il partit donc pour la Floride.

Il avait heureusement préparé un court texte pour son journal. Il demanda donc au père Guénette la permission d'alerter l'opinion publique.

— C'est dangereux!

— Je ne mentionnerai ni Gallaway, ni Yanantha, ni vous... J'ai aussi promis à Johnny de ne pas parler de son petit ami dans le journal!

Guénette ne sembla même pas surpris d'apprendre que Johnny Assunçao avait un petit ami. Il s'assit à sa table, alluma une cigarette et dit à Bruno:

— Puisqu'il le faut! Mais faites tout cela le plus vite possible!

Bruno commençait à se demander pourquoi il était irrésistiblement porté à obéir à ce vieux jésuite à qui il ne devait rien. Pourquoi, un jour, avait-il espionné Johnny Assunçao jusque dans les douches dans l'espoir de lui parler? Il s'était embarqué, ce jour-là, dans une aventure plus rocambolesque que toutes celles qu'il avait imaginées dans son adolescence.

Avant de partir, il aurait voulu retrouver Pierre Dion, l'ami de Johnny, mais il ne savait que son nom et il lui aurait fallu des heures pour le retracer au téléphone. La seule manière aurait été d'appeler l'un après l'autre tous les Pierre Dion ou P. Dion du bottin. Il remit donc cette tâche à son retour et partit pour Jacksonville en se demandant ce qu'il pourrait bien raconter à Gallaway... Comment pourrait-il passer la frontière allemande avec ses hommes et ses armes? D'où Yanantha connaissait-il Gallaway? Les questions fusaient de partout et s'entrechoquaient dans sa tête. C'était devenu un gros contrat pour un journaliste sportif habitué à sa petite chronique sur la vie des vedettes.

Le scoop sur Johnny Assunçao valait le déplacement, mais les ramifications de cette affaire l'entraînaient dans une aventure qui n'avait plus vraiment de rapports avec le sport... Il fallait sauver Johnny! Et Thijs!

Inventer n'importe quoi! C'était facile à dire, il fallait avant tout éviter le sang, convaincre Gallaway d'épargner les pensionnaires et de ne capturer que Noëmie von Klapp et ses savants associés. Il fallait aussi trouver un moyen rapide d'avertir Thijs qu'il y aurait une attaque douce, pour qu'il ait le temps de s'éloigner.

Une attaque était inhumaine! Il fallait seulement punir les fautifs de *Verlorelei* par où ils avaient péché: les enlever! Un par un... Non! Seulement Noëmie! Son enlèvement suffirait à entraîner la chute de *Verlorelei*, comme celui d'une reine-abeille provoque la disparition de l'essaim... Combien de temps Gallaway mettrait-il à préparer son équipée? Au pire, il serait prêt! Ces militaires de vocation qui se créent des armées sont souvent plus dangereux que ceux des armées nationales!

Dans l'avion, à Dorval, avant de décoller, il eut l'intuition étrange que ce deuxième voyage était absurde et qu'il n'en tirerait rien. Comment pourrait-il convaincre un général américain d'attaquer, même doucement, un manoir perdu dans la forêt allemande? Il avait beau être un militaire maniaque et mythomane, il avait encore une tête sur les épaules! C'est Yanantha qui semblait avoir perdu la raison: attaquer, détruire! Il avait même entraîné, à distance, le père Guénette dans le tourbillon de sa démence!

Les doutes le harcelèrent pendant les trois heures du vol... Il fallait qu'il invente de meilleurs motifs pour enflammer la furie de Gallaway. Si Noëmie était communiste... Une communiste cachée à *Verlorelei* pour monter, comme lui, une armée rouge parallèle en Allemagne? Si Noëmie recrutait, comme lui, des mercenaires, pour les louer, comme lui, à des intérêts politiques? Le pendant

féminin d'extrême gauche du général Gallaway! Bruno
tenait là un bon filon! Ce n'était pas la version proposée
par le père Guénette, mais ça valait mieux que l'attaque
qu'attendait Yanantha! Elle était impossible, géographi-
quement impossible! Il y avait là des bébés, des femmes,
Thijs et Johnny! Et c'est surtout à titre de sauveur héroïque du champion nageur que le journaliste Bruno gagnerait une réputation enviée.

Après tout, le père Guénette avait dit: « Inventez! »
et Bruno était le seul à connaître le chemin. Il savait à
peu près où était *Verlorelei*: un peu au nord du 52ᵉ parallèle et un peu à l'est du 8ᵉ méridien. Bruno était devenu
malgré lui le pivot de l'afffaire, le chaînon indispensable
de cette machine complexe faite de la vengeance de
Yanantha, de l'angoisse créatrice du père Guénette et de
sa propre ferveur journalistique. Le délire paranoïaque
de Gallaway avait-il sa place dans cette machine?...
L'avion descendit. Une brume épaisse couvrait Jacksonville.

40
LA VIE EST UN PET
(LAVAL, novembre 1987)

Son dernier poème était un acrostiche. Il l'avait écrit dans la classe avant d'aller rejoindre Benoît.

> Laisse-moi te dire
> Avant de mourir ce qu'est la vie :
> Vieille bottine !
> Ignoble ruine !
> Ennui total !
> En vain j'ai cherché un
> Sens à ce voyage où
> Tout s'est enfui, sauf un
> Unique ami qui n'a
> Ni parents ni pays !
> Petite histoire absurde !
> Existence où rien n'est sûr ! De
> Très peu d'intérêt !

Son professeur l'avait trouvé sur le bureau de Luc, environ quinze minutes après qu'il eut demandé la permission d'aller aux toilettes. Il tardait à revenir. Elle connaissait la passion de Luc pour les compositions et elle s'inquiétait de le voir perdre du temps pendant que les autres s'affairaient docilement. Même les *Vikings* semblaient mettre du cœur à l'ouvrage. Ils essayaient laborieusement d'inventer un monde. C'était le sujet de la composition: «Décrivez le monde idéal de l'avenir!»

Luc était-il en train de se prendre au sérieux? Le français était sa matière la plus forte, mais il ne fallait pas qu'il exagère. Madame Lussier savait qu'il voulait devenir écrivain.

— Ce n'est pas en restant des heures aux toilettes qu'il y parviendra! pensa-t-elle, puis elle se souvint du poème de Rimbaud: «...il était entêté/À se refermer dans la fraîcheur des latrines:/il pensait là, tranquille et livrant ses narines» et elle eut honte. Luc ne revenait toujours pas. Tout à coup, elle fut saisie d'une intuition morbide. Elle relut le poème de Luc: «Avant de mourir!» Elle eut peur. Les deux inséparables étaient absents, le même jour en même temps. Benoît Lacasse s'était déclaré malade à midi! C'était pourtant frappant, Benoît n'était jamais malade, il n'attrapait même pas les grippes qui dépeuplaient l'école au mois de mars. Il était pourtant si pâle, ce midi-là, que madame Lussier lui avait dit d'aller à l'infirmerie!

Elle se leva. Elle ne pouvait pas quitter sa classe. Elle ouvrit la porte et guetta le passage d'un autre professeur...ou du concierge, à la rigueur quelqu'un qui puisse la remplacer, le temps d'aller rapporter à la directrice cette double absence inusitée.

Personne ne passait. Madame Lussier s'énervait. Elle retourna à son bureau et sortit du troisième tiroir un autre poème de Luc Moreau qu'elle avait gardé là depuis quelques semaines. Elle le relut en scrutant chaque vers à la recherche d'indices:

Hélène

> Quand la vie la déprime
> Hélène enfle, on dirait
> Qu'elle se nourrit de crimes,
> De la guerre qui l'effraie
> Et des atrocités de l'actualité.
> Elle commence à croquer des biscuits
> Quand le monde chancèle,
> Et bientôt, dès que tombent les bombes,
> Elle passe aux gâteaux.
> Hélène engraisse, c'est normal!
> Plus ça va mal, plus elle avale
> Tout c'qui lui tombe sous la main.
> Elle a consulté le médecin,
> Mais il n'a rien trouvé de mieux
> Que de la renvoyer chez eux.
> Moins de télé, moins de journaux,
> C'est le régime qu'il lui faut.
> Car tant que les guerres sévissent
> On ne fait rien pour qu'elle maigrisse!»

C'était un texte absurde mais bourré de finesse. Elle le trouvait très beau et très drôle. Elle avait encouragé Luc à présenter ses poèmes au concours. Elle l'avait cru capable de gagner le premier prix. Son humour croustillant chatouillait sa curiosité intellectuelle et elle pensait qu'il allait en faire autant pour les juges du CPJL. Malheureusement, les juges avaient pris une tout autre direction: ils avaient donné le prix à un poème de Marie-Josée Longcourt intitulé *Une larme*. La lettre que Luc avait reçue, par l'intermédiaire de l'école, lui expliquait brièvement que son poème avait été remarqué, mais que l'humour n'était jamais poétique. Luc en avait été très choqué, mais plutôt que de s'avouer vaincu ou de se révolter, il avait simplement dit:

— Bien sûr que l'humour n'est pas éthique! S'il l'était, il serait lu mou, sans air!

275

Il était le seul à se comprendre. Madame Lussier n'avait rien saisi de cette remarque, mais elle savait que sous son masque de jongleur verbal, il cachait une grande déception. Écrire était sa seule voie de sortie, inventer des rapports entre les choses, créer des contacts pour échapper à la stérilité du monde.

Benoît était le seul à avoir lu tout ce que Luc avait écrit et il n'était pas un juge idéal en matière de poésie. Au début, il ne comprenait rien des jeux, des jongleries et des inventions, mais Luc lui avait appris à lire entre les lignes, à les apprécier. Luc aimait découper les mots, les reconstruire à sa façon. Il recherchait les assonances et les allitérations. Madame Lussier le trouvait très avancé pour son âge, au moins sur ce plan-là. Il ne semblait pas trop pressé de commencer à courir les filles! Son visage blême et sa longue silhouette d'échalote lui donnaient l'air supris des adolescents qui ont grandi trop vite.

Madame Lussier ne savait rien du RESP, encore moins du RESPECT. Elle aurait apprécié ce grain de sel de Luc Moreau : Léa Desjardins voulait appeler Rassemblement des Enfants Sans Parents le mouvement qu'elle avait fondé avec Benoît et Pablo Johnson, un autre enfant adoptif ; mais Luc, qui voulait se tailler une place dans le mouvement, lui avait suggéré de s'associer aux Enfants Cruellement Traités et qu'ensemble ils forment un seul grand mouvement qui se serait appelé le RESPECT. Mais Léa ne voulait pas en entendre parler ; Luc connaissait ses parents et n'avait pas sa place parmi ceux qui devaient chercher les leurs!

— On ne change pas de mandat pour un jeu de mot! avait dit Léa le plus sérieusement du monde.

Elle menait fermement les réunions, selon le code, au plus grand étonnement de Pablo et de Benoît, qui n'en voyaient pas l'utilité. Léa, pour eux, continuait à jouer à la mère. Une mère avec une poigne de fer. Au début, ils ne s'étaient pas rendu compte du sérieux de son engagement; après qu'elle eut entrepris des démarches auprès du CSS et du ministère de la Santé, ils durent se rallier au RESP avec beaucoup plus de ferveur. Benoît ne vivait plus que pour retrouver ses vrais parents; il se soumettait donc docilement aux exigences de Léa, à la procédure sévère de ces assemblées, parce qu'il voyait bien qu'il n'avait pas d'autres moyens de découvrir la vérité.

Jusqu'à présent leurs efforts n'avaient rien donné, sauf pour Pablo qui avait été adopté par l'intermédiaire du CSS. Mademoiselle Juneau attendait une lettre du ministère qui devait l'autoriser à ouvrir le dossier du jeune Péruvien. Pour Léa et Benoît : rien. Il n'y avait même pas de dossier à leur nom dans les fichiers du CSS. Ils devaient forcer d'autres portes, essayer d'explorer d'autres avenues.

Dans la recherche de nouveaux alliés, Léa pouvait au moins compter sur l'appui de son père. Les parents de Benoît n'étaient même pas au courant de l'existence du RESP et de ses visées. Il ne leur avait rien dit. Alice et André Lacasse continuaient à se croire heureux, malgré les conflits persistants dont s'alimentait leur vie de couple. Ils avaient remarqué un changement d'attitude chez Benoît, mais ils avaient mis sur le compte de la crise d'adolescence le silence emmuré de leur fils. Ils jouaient encore les «parents» sans se rendre compte que Benoît connaissait maintenant la vérité. Il les avait déjà quittés, en esprit, et il croyait ne jamais pouvoir leur pardonner de lui avoir ainsi menti en pleine face.

Luc était devenu la seule famille de Benoît. Il n'était pas mieux aimé chez lui. Il avait peut-être commencé à écrire avec l'espoir secret de pouvoir un jour communiquer avec sa mère enfermée dans une tour de romans d'amour. Pour l'instant, Benoît était son seul lecteur et son seul interlocuteur. Chaque ligne échappée, chaque mot lu en dehors du cadre sacré de leur amitié devenait une fuite, un signal capable de trahir le secret de sa relation fraternelle avec Benoît.

Madame Lussier se leva comme une flèche. Le concierge passait dans le corridor.

— Allez dire à la directrice qu'il faut absolument que je lui parle! Le plus vite possible!

— Oui, madame!

Le concierge continua son chemin sans presser le pas, comme il était venu. Madame Lussier retourna s'asseoir à son bureau et, en se mordillant les cuticules, elle relut l'un après l'autre les deux poèmes de Luc.

41
DANS LE BLANC DES YEUX MORTS
(VERLORELEI, novembre 1987)

Renate obéissait sans poser de questions. Comment aurait-elle pu imaginer que ce texte dont il lui avait tant parlé et qui semblait si précieux, ne soit pas conservé dans une reliure solide?

En voyant le livre noir sur la table de Noëmie von Klapp, elle n'hésita pas une seconde. Il fallait faire vite! Elle ne prit même pas le temps de vérifier le titre. Elle s'empara de ce livre noir et sortit en courant pour aller rejoindre son maître.

Pendant qu'elle s'était introduite dans le bâtiment principal de *Verlorelei*, Yanantha était resté à la lisière de la forêt. En poussant des cris de hyène à l'agonie, il avait attiré l'attention des gardes...Revenait-il, comme Thijs, se faire une nouvelle vie à *Verlorelei*? Non. Il refusait de remettre les pieds sur le territoire maudit. Il restait là parmi les arbres et insistait pour qu'on aille chercher Noëmie von Klapp...et le *Doktor* Prazec; il avait quelque chose d'extrêmement précieux à leur remettre.

Amusés par ses verres fumés et son accoutrement coloré, les gardes ne prirent pas tout de suite ses désirs pour des ordres. Il se remit à gueuler de plus belle pour leur signifier le sérieux de sa démarche.

L'apparition de ce revenant vociférant avait créé un tel émoi que Renate avait pu, en suivant à la lettre les indications de Yanantha, se faufiler sans encombre jusqu'au bureau de Noëmie. Tous les gardes affectés à la surveillance du bâtiment central avaient accompagné Noëmie, flanquée de Pletschscy et Prazec, jusqu'à l'orée du bois, dès que la nouvelle du retour de Yanantha, se propageant comme une étincelle dans une botte de foin, était parvenue à leurs oreilles. Seuls les gardes du troisième étage restèrent à leur poste. Et comme l'arrivée de Yanantha et de sa pupille avait coïncidé avec l'heure de la sieste, aucun des pensionnaires n'avait assisté à cette rencontre inusitée.

Miguel manquait aussi à l'appel, mais dans l'énervement provoqué par ce remue-ménage, Noëmie ne se rendit même pas compte de son absence.

Yanantha souriait. Il était fier de montrer à Noëmie que même si ses yeux physiques étaient maintenant cachés derrière des verres fumés et ne pouvaient plus rien voir des couleurs du monde, il était encore capable de « voir » assez clair pour retrouver à travers la forêt de Teutoburg le chemin de *Verlorelei*. Il fourra sa main dans la poche intérieure de son veston *blackwatch*, et remit solennellement le génétomètre au *Doktor* Prazec.

Noëmie fulminait. Même si elle ne se sentait aucunement coupable d'avoir mutilé et chassé cet ancien collaborateur, elle rougit...de rage.

— Tu n'aurais jamais dû revenir, Yanantha !...Tu ne repartiras pas d'ici vivant !

Au moment où elle allait ordonner aux gardes de s'emparer de lui, Miguel, Jack et Thijs apparurent à la tour sud-ouest. Miguel ordonna aux gardes de saisir Noëmie, de la conduire, avec les deux *doktoren*, dans son bureau, et de les surveiller très attentivement jusqu'à ce qu'on décide démocratiquement de leur sort.

À son grand étonnement, Noëmie constata que tous les gardes ignoraient ses ordres pour obéir à Miguel. Elle eut beau s'opposer à cette «bouffonnerie», c'était peine perdue.

Aussitôt que les gardes lui prirent les bras, la corneille se mit à se débattre, à croasser, à gigoter comme une anguille prise au filet.

— *Hijo de colebre!* criait-elle à Miguel, pendant qu'on la forçait à rentrer.

Sans avoir été remarquée, Renate revint avec ce livre qu'elle croyait être celui du père Guénette. Ils repartirent vers Neuss où Yanantha, quand Renate lui en ferait la lecture, aurait la surprise d'entendre les notes de Noëmie von Klapp et la description des délires du *Doktor* Hertzmann, à la place du texte qu'il avait promis de récupérer pour «acheter» la collaboration du jésuite canadien. Son plan d'attaque serait contrarié par cette erreur, mais pour l'instant il n'en savait rien et s'en allait dans la forêt, appuyé sur sa pupille, très satisfait du résultat de sa visite.

42
DEMI-TOUR
(CHICKENDOWN, octobre 1987)

Bruno avait trouvé les mots magiques. Il avait préparé son petit discours : il raconterait à Gallaway que *Verlorelei* était un centre militaire comme le sien, armé jusqu'aux dents, et que Noëmie von Klapp se préparait à chasser d'Allemagne les soldats américains qui y étaient postés, pour favoriser une invasion soviétique. Le général y verrait une excellente occasion d'intervenir et de sauver les militaires américains, les représentants de l'armée officielle de son pays. Le Pentagone, qui considérait ce « faux » général comme un usurpateur, voulait sa peau. Après une si belle expédition, Gallaway triompherait. Les chefs militaires américains seraient forcés de réviser leur jugement sur la valeur de Chickendown et ne verraient dorénavant plus d'empêchements à protéger le camp de mercenaires de Gallaway.

La grouillante végétation du nord de la Floride défilait des deux côtés de sa voiture louée, mais Bruno ne la regardait pas ; le bouillonnement de sa propre imagination ne lui accordait par une seconde de répit. Il se sentait prêt à jouer le jeu, à mettre en œuvre des talents qu'il n'avait pas souvent l'occasion d'exploiter. Il s'agissait d'une machination psychologique de haute voltige. Il se sentait capable de relever le défi : il avait bien couché avec Johnny Assunçao, par devoir, parce que sa mission l'exigeait. Il était prêt à tous les sacrifices ; il récolterait plus tard.

À Chickendown, il fut reçu par une grande blonde sensuelle en uniforme. Elle n'avait rien de militaire ; elle semblait sortie tout droit d'une série télévisée. Elle devait être secrétaire...ou réceptionniste !

— Le général Gallaway n'est pas là ! Il mène actuellement un expédition en Asie !

— Et monsieur Lacroix ?

— Ils sont tous partis là-bas ! C'est une grosse affaire ! Il ne reste ici que quelques employés de soutien ! Ils devraient être de retour dans trois jours.

Bruno ne pouvait pas se retenir. Il osa demander ce qu'ils étaient allés faire en Asie.

— S'attaquer à la base ! dit-elle avec la voix neutre d'un répondeur téléphonique. Contrecarrer l'invasion communiste à la source !...Et pour vous, monsieur, qu'est-ce que je peux faire ?

Au fond Bruno était content de l'absence du général. Il avait voulu accomplir sa mission, mais les circonstances en avaient modifié l'orientation. Il décida de rentrer à Montréal par le prochain avion. Son plan personnel était beaucoup plus réaliste que les élucubrations vengeresses de Yanantha...Après tout, enlever Noëmie n'était pas si téméraire. Il savait où était *Verlorelei* ; il savait même où se trouvait son bureau. Il trouverait bien quelque façon subtile de distraire les gardes.

— J'avais une affaire importante à proposer au général Gallaway, répondit-il, je reviendrai !

Avant de quitter le terrain du camp, Bruno regarda longuement la baie de Waccasassa. Comme un banc de sardines endormies, d'innombrables nimbo-stratus couvraient le ciel. Le Mexique était là-bas, de l'autre côté. Il aurait bien aimé poursuivre son voyage et prendre des vacances au paradis, s'étendre sur le sable, au soleil, et n'attendre rien...mais il ne pouvait interrompre sa course !

Sans savoir pourquoi, Bruno était persuadé qu'il n'aurait jamais obtenu l'appui de Gallaway pour organiser l'enlèvement de Noëmie von Klapp. Le général aurait préféré le plan de Yanantha. Mais une attaque était-elle nécessaire ? Était-elle même souhaitable ?...Il y avait trop de risques. L'enlèvement de Noëmie serait décidément plus efficace. D'autant plus qu'il pourrait l'organiser sans y mêler l'armée.

43
LA MÈCHE ÉTAIT MOUILLÉE
(VERLORELEI, novembre 1987)

Les flammes léchaient déjà le plafond quand l'alarme fut donnée. Le garde en devoir s'était endormi. Les premiers crépitements du bûcher de Pletschscy étaient devenus, dans son rêve, les tambours lointains d'une parade en marche vers la grotte préhistorique où il inventait le feu... La fumée, son odeur envoûtante et terrifiante, le réveillèrent à temps.

On accourut de partout. Des chaudières et des boyaux. On y mit toute l'eau qu'on put tirer de *Verlorelei*. Le vieux transformateur de la chute tint encore le coup... et on en vint à bout!

Dans son bureau avec ses anciens acolytes, Noëmie, qui sentait la tourmente envahir la maison, ardait de son propre feu, furieuse et frustrée de ne plus avoir la maîtrise des opérations. Prazec et Farah jouaient aux échecs sur le bureau de Britt. Ils n'osaient pas parler: Farah, depuis l'incident de l'infirmerie des femmes, fondait littéralement devant Noëmie, et Prazec ne parlait jamais. Britt se tenait loin. Depuis l'affaire de la Brésilienne, elles étaient à couteaux tirés.

Miguel et Jack avaient accepté que Pletschscy retourne à sa chambre, à condition qu'à sa porte un garde soit posté en permanence. Avaient-ils eu pitié de son grand âge? Ou avaient-ils simplement cru ses déclarations?... Qui trompait-il? Noëmie ou la collectivité libre de *Verlorelei*?

De connivence avec Noëmie et les autres séques-trés, le doyen des *Doktoren* avait joué sa conversion, ostentatoirement, en offrant «publiquement» ses servi-ces aux «nouveaux maîtres» de *Verlorelei*. Devant Jack, Miguel, Noëmie, Britt, Prazec et Farah, il avait renié l'autorité de Noëmie von Klapp. Elle écumait de rage.

Il s'en était donné à cœur joie. Il avait carte blan-che. C'était le plan: faire croire aux «nouveaux maîtres» qui les gardaient prisonniers dans cette pièce, que Pletschscy trahissait Noëmie... pour qu'il soit libéré, qu'il puisse secrètement sortir les documents de ce bureau avant que les mutins ne mettent la main dessus. On sen-tait qu'avant longtemps ils seraient tentés de poursuivre les expériences de laboratoire et qu'ils voudraient consulter ces écrits précieux sans lesquel ils ne pourraient s'orienter dans la pratique des accouplements contrôlés et dans la fabrication des *Perlekinder*.

Mais Pletschscy le faisait pour lui. Il s'était retenu si longtemps! Cette sortie le soulageait. Il était survolté. Jeu nerveux! Il avait l'air assez outré pour qu'on le croie sincère.

— Usurpatrice! Traîtresse!

Et Noëmie lui répondait sèchement:

— Tu peux bien parler! (Elle ne l'avait jamais tutoyé.) Ne me force pas à rappeler aux autres tes pro-pres trahisons!

— Corneille cruelle!

Noëmie croyait qu'il avait accepté de jouer ce rôle dangereux pour la sécurité de ses papiers, mais Pletschscy le faisait surtout pour avoir l'occasion de l'engueuler, de lui exprimer violemment son désaccord, d'insister une dernière fois sur la primauté du couple, sur la sélection plus que sur la reproduction. Autrefois, il s'était souvent opposé à son ami Hertzmann au sujet du sens de leur travail. Ils n'avaient jamais été d'accord quand il s'agissait de déterminer le véritable objectif de leur pratique. Pour lui, la rencontre et la fusion des amants scientifiquement assignés l'un à l'autre avait toujours eu plus d'importance que la fabrication des bébés... Il avait toujours su que tôt ou tard la primauté du produit inciterait à la mercantilisation et il s'y était toujours opposé. Or il avait enfin la chance de s'opposer plus qu'en pensée à la grande maîtresse d'œuvre de cette commercialisation, à l'héritière du *Doktor* Hertzmann, à sa « fille dans la science » dont il avait toujours secrètement constesté l'autorité. Il avait même, une fois, osé l'appeler « l'usurpatrice » devant Prazec... Il avait regretté cette parole... au point d'imaginer mille scénarios de délation dans lesquels Prazec le trahissait et de s'empêcher ainsi de dormir pendant plusieurs nuits... mais Prazec, fidèle à son personnage, n'avait évidemment rien dit!

Ses griefs, si longtemps contenus, avaient tressé dans sa pensée des guirlandes d'insultes, et la gerbe d'invectives qu'il adressait à « l'usurpatrice » avait été grassement nourrie par ses rêveries. La petite colombe sud-américaine qu'il avait accueillie avec joie dans son bureau de Cologne était devenue cette corneille tyrannique.

Il leurrait à la fois les « nouveaux maîtres » et Noëmie. Et la ruse avait porté fruit. Jack et Miguel avaient cédé. Jack n'avait pas pu voir s'agiter ainsi le vieux Pletschscy sans craindre qu'il leur claque entre les mains. Avaient-ils eu pitié de lui?

Le *Doktor* Pletschscy riait, presque, dans sa barbe, puisque sa décision était déjà prise : il travaillerait seul !

Entre les pas de leurs pions, les sauts de leurs cavaliers et les courses diagonales de leurs fous, Prazec, obsédé par l'humiliation que Yanantha lui avait fait subir en venant, en personne, lui remettre son génétomètre, marmonnait tout seul ; et Farah gueulait contre Betty Mac Lean. Pourquoi les mutins l'avaient-ils épargnée ? Pourquoi n'était-elle pas séquestrée avec eux ?

Noëmie avait perdu son livre noir. C'était de l'huile sur le feu ! Il ne lui restait que quelques notes éparses du *Doktor* Hertzmann et la thèse d'Albert Guénette. Mais Britt, autant pour se racheter que pour la calmer, vint à son secours : elle avoua qu'elle avait recopié dans son journal personnel certains extraits du livre noir, certaines pensées de Noëmie qu'elle voulait garder près d'elle.

Noëmie hésitait. Elle ne savait pas si elle devait la foudroyer, l'indiscrète, ou lui sauter au cou pour la remercier d'avoir sauvé une partie au moins de ce que contenait ce livre.

Britt acceptait que ce journal fasse partie des documents emportés par Pletschscy. C'était plus prudent, pour protéger le secret de la méthode et pour soustraire toute trace du passé glorieux de *Verlorelei* à l'avidité des « nouveaux maîtres », pour brouiller leurs pistes.

Dans sa chambre, l'émissaire avait rassemblé tous les documents, les dossiers des *Perlekinder*, ses notes personnelles, les notes du *Doktor* Hertzmann, le texte d'Albert Guénette et le journal de Britt. Puis entouré de tous ces précieux papiers, il y mit le feu.

Les boyaux furent déroulés rapidement. Les gardes, bien entraînés, obéissaient aux ordres de Jack. Wana se chargeait d'alerter les femmes.

Miguel était absent. Son lieutenant, qui l'avait cherché partout dans la cohue, vint en courant vers Jack et lui dit, d'une voix paniquée, pantelant :

— Miguel a disparu !

— C'est à son tour d'aimer ! répondit calmement Jack Prance.

Comme des rois jumeaux, ils se partageaient tous deux la tête de *Verlorelei*.

Ils réussirent à maîtriser les flammes avant qu'elles n'aient dévoré toute la pièce. Deux des murs étaient troués. Le corps de Pletschscy, complètement calciné, crochi comme une allumette consumée jusqu'au bout, gisait là... Les papiers, envolés en fumée !

44
LE BON BATEAU
(RAYONG, septembre 1981)

Tout seul contre le dragon vert, le serpent à dents et les monstres sanguinaires de la nuit, Yon avait osé affronter l'armée grouillante des animaux menaçants de la forêt pour marcher jusqu'à Rayong. Il aurait pu prendre la barque de Phong, mais il n'aurait voulu pour rien au monde en priver les autres enfants de Tian Zi. Il avait donc décidé de prendre son courage à deux mains et de longer, par la forêt, la rivière tortueuse qui le conduirait jusqu'à la ville.

Il n'en pouvait plus. Il ne voulait plus rester prisonnier au camp, surtout depuis qu'il avait vu l'hélicoptère ! Il n'était pas malade et se sentait capable de gagner de l'argent : il avait connu la fuite et les camps de réfugiés du Danrek ; ses parents, se croyant perdus, l'avaient vendu contre quelques baths. Il savait que son avenir, quel qu'il soit, lui coûterait de l'argent, et ce n'était pas en restant à Tian Zi avec les enfants qu'il pourrait en gagner.

Il était seul au monde. En arrivant à Rayong, il suivit d'instinct les petites rues étroites. Ses pas délicats faisaient quand même fuir des rats ; les chats ne suffisaient pas à la tâche ! Yon allait prudemment d'une rue à l'autre quand tout à coup il fut frappé en plein visage par un mur d'immensité, un vide aspirant, dans la noirceur, qui dépassait en horreur tous les montres qu'il avait imaginés. Il se sentit attiré par cette chose et descendit vers le port. C'était là ! Il entendait clapoter les vagues contre le flanc des bateaux amarrés. La lumière d'une maison du port les éclairait d'une lueur évasive. La lune était couchée depuis longtemps, mais quelques adultes étaient debout, dans cette maison éclairée d'où sortait aussi de la musique. Yon s'aventura sur le quai. Il était épuisé. Il vit des caisses entassées là, prêtes à partir. Il se glissa entre les caisses et se fit une petite place, à l'abri, bien caché, pour s'étendre et dormir.

À peine une heure plus tard, des bruits de pas sur le quai le réveillèrent. Une troupe de voyageurs embarquait à quelques mètres de sa cachette. Ils semblaient tous prendre beaucoup de précautions pour ne pas faire de bruit. Comme s'ils se cachaient, eux aussi, pour partir. Yon rampa jusqu'au bord des caisses : ces gens n'étaient pas les couche-tard du café, ils étaient tous emmaillotés et chargeaient, sur la pointe des pieds, le bateau où ils s'entassèrent ensuite en silence. Tout à coup Yon reconnut ses parents, là devant lui. Ils étaient penchés sur leurs ballots et ne pouvaient pas voir ses yeux comme deux charbons ardents écarquillés dans la noirceur.

Yon aurait voulu crier, mais l'habitude de la peur lui clouait le bec. Il ne savait pas s'il devait leur sauter au cou ou rester caché. Où allaient-ils ? Depuis quand avaient-ils quitté le camp de réfugiés ?… Un homme chuchotait presque violemment des ordres à tous les autres. Figé sur place, pétrifié, Yon attendait. Oserait-il se mêler aux passagers ? C'était trop risqué ! Il remarqua qu'il n'y avait pas d'enfants parmi eux ! Il serait tout de suite repéré. Serait-il accepté parmi cet équipage ?…

Avant qu'il puisse se décider le bateau avait déjà largué les amarres. Ses parents s'éloignaient à nouveau de lui. Il se mit à pleurer et se rendormit en sanglotant.

Avait-il rêvé? Les avait-il vraiment vus? Les reverrait-il jamais?

Le bruit des moteurs, peut-être une heure plus tard, le réveilla encore. Les premiers bateaux quittaient le quai. Les premières lueurs de l'aube scintillaient au-dessus de la ville. Il osa se montrer le bout du nez. Comme il n'y avait personne dans le voisinage immédiat, il marcha vers le bout du quai.

Un pêcheur s'apprêtait à partir. Il fut très surpris de voir ce petit bonhomme, si tôt le matin. Avant même qu'il puisse lui demander ce qu'il voulait, Yon avait déjà parlé:

— Le premier bateau qui part?

— Il est parti!

— Je sais, dit Yon, mais pour où?

L'enfant avait un accent de l'est. Il n'était pas Thaï. Le vieux voulut en entendre davantage pour savoir d'où était l'enfant:

— C'est toujours celui de Pnabadhi. Il part vers quatre heures et demie!... Et il va à Bangkok!... Pourquoi veux-tu savoir ça?

— Pour savoir, répondit Yon en lorgnant les galettes de riz que le pêcheur était en train de déballer.

— Tiens, je t'en donne une!

Yon dévora en vitesse ce petit déjeuner dont il n'avait même pas rêvé. Il ne s'interrompit qu'une fois pour demander au pêcheur où il allait.

— À Bangkok, moi aussi! Il faut que j'aille acheter un nouveau gréement... Et toi, petit, qu'est-ce que tu fais ici? Où sont tes parents?

— Ils sont à Bangkok, répondit Yon, et j'aimerais bien pouvoir les rejoindre là-bas.

Ils étaient déjà loin quand le soleil apparut au-dessus des toits de la ville. Le pêcheur était assez futé pour deviner que les parents de Yon n'étaient pas à Bangkok, mais charmé par ce qu'il croyait être l'innocence de l'enfant, il jouait la candeur et feignait de le croire.

Quatre hélicoptères-chasseurs passèrent au-dessus d'eux en direction de la côte, un peu au nord de Rayong. Yon se jeta dans le fond du bateau. Comme ils étaient déjà au large, ils ne les entendirent par tirer. Mais après un moment une explosion, sourde et profondément troublante, leur fit dresser les cheveux sur la tête. Puis Yon se mit à trembler de tous ses membres. Même s'il n'avait pas vu l'attaque, il pouvait très bien imaginer ce qui se passait. Il avait vécu assez d'escarmouches au cours de sa fuite à travers le Cambodge pour se représenter l'horreur d'une descente d'hélicoptères sur un camp de réfugiés. Même sur un camp d'enfants! Il se figura, l'espace d'un éclair, les enfants courant dans toutes les directions, Phong affolée, et la petite Channeary en train de s'étouffer sur place à force de crier.

Il s'était sauvé à temps, mais son cœur était encore à Tian Zi; il l'avait senti se déchirer au moment de l'explosion... Il n'avait pas encore l'âge de douter. Il était certain qu'un missile avait provoqué cette explosion et que Tian Zi était complètement détruit.

Après quelques minutes, les hélicoptères revinrent en sens inverse et disparurent très lentement vers l'ouest. Quelques secondes après leur passage, on n'entendait déjà plus que la pétarade poussive du petit moteur affrontant tout seul le grand monstre du golfe de Siam.

Le vieux pêcheur aurait bien voulu le consoler, mais il ne connaissait rien de l'histoire mouvementée de Yon. Les circonstances de leur rencontre avaient été tellement exceptionnelles, à l'aube, sur le quai, parmi les marchandises. Il avait même oublié de lui demander son nom.

De toute façon, le petit ne voulait pas parler. Il répétait en pleurant qu'il voulait retrouver ses parents à Bangkok. Son accent, ni laotien, ni vietnamien, intriguait le pêcheur; il n'avait pas rencontré souvent de ces nouveaux voyageurs qui descendaient maintenant par centaines des hauts plateaux du Danrek. Il en avait vu, mais il ne leur avait jamais parlé... Le petit devait être Cambodgien! Qu'importe! Les enfants n'ont pas de race... ou ne devraient pas en avoir, et leurs larmes sont toujours bouleversantes. Yon était seul, à six ans.

La gorge serrée, le vieux se mit à chanter. Le bruit du moteur l'enterrait, mais pour ne pas pleurer lui-même, il entonnait à pleins poumons une chanson thaï.

Ils croisèrent un bateau chargé d'autant de gens que l'était celui que Yon avait vu partir en pleine nuit. Il se redressa et fixa longuement l'embarcation. Puis il se mit à crier en faisant de grands gestes d'appel. Le pêcheur comprit que les parents de Yon avaient dû s'embarquer sur l'un de ces bateaux de réfugiés... Ils étaient trop loin pour qu'il puisse les rejoindre avec son rafiot. Il ne pouvait rien pour Yon. Même en forçant son moteur, il ne les rattraperait jamais. Il se sentit terrassé d'impuissance. Les parents, pour sauver leur enfant d'un périple infernal vers une destination plus qu'incertaine, avaient dû décider de l'abandonner sur le quai.

Le pêcheur était pauvre et vieux. Il ne pouvait pas grand-chose pour ce malheureux petit dieu abandonné. Yon irait sans doute rejoindre les milliers d'enfants dans les rues de Bangkok. Au mieux, il serait exploité par un employeur illégal, enchaîné à une machine à coudre ou lâché parmi les prostitués prépubères de la grande ville.

45
PIERRE EMBARQUE
(MONTRÉAL, octobre 1987)

Pourquoi fallait-il qu'en ouvrant le journal il tombe sur une photo de Johnny? Il était tard. Pierre était saoul... En rentrant se coucher, il achetait toujours la première édition du journal qu'un camelot matinal lui offrait à la fenêtre du taxi, au coin du boulevard De Lorimier. Il n'arrivait pas à lire; tout était embrouillé. Il dut attendre d'être rendu à la maison. Après s'être aspergé la figure d'eau froide, il parvint à lire l'article de Bruno Breton. Le cœur lui battait très fort. Il n'avait pas revu Johnny depuis sa dernière visite au Pylône. Pas de téléphones, pas de lettres, rien. Il n'y avait pas de réponse chez lui depuis dix jours... Pourquoi fallait-il que le journal lui donne cette gifle? Un journaliste en savait plus que lui! Plus la photo de Johnny paraissait dans les journaux, moins on le verrait au Pylône! Pierre le savait. Il lut l'article avec une étonnante attention, comme si son ivresse était tout à coup suspendue.

«*Assunçao séquestré*»

La disparition du favori des piscines canadiennes a causé un vif émoi dans le milieu de la natation. Elle s'ajoutait à une série de disparitions-mystères dans le monde du sport international. Qu'on se souvienne de Prance, Fisher, Bellavista, etc.

Un concours de circonstances a voulu que mon travail de reporter m'entraîne sur la piste des ravisseurs de Johnny Assunçao. Il a été enlevé, le 8 octobre dernier, à la piscine où il venait de s'entraîner. J'ai poussé le zèle jusqu'à le suivre en enfer.

Un observateur qui tient à rester anonyme a pu me renseigner sur les motifs des ravisseurs. Je me suis retrouvé en pleine science-fiction. J'avais d'abord cru à un enlèvement sportif : l'équipe américaine aurait pu avoir l'audace de contourner illégalement un obstacle insurmontable autrement. Johnny était assuré de l'or à Edmonton. Mais il a bien fallu que je me rende à l'évidence : Johnny Assunçao n'a pas été enlevé pour des raisons sportives, mais pour des raisons « génétiques ».

Au nord-ouest de la République fédérale d'Allemagne, un laboratoire, secret jusqu'à ce jour, accueille des jeunes de tous les pays et les accouple de manière à produire des bébés plus forts et plus beaux, dont la supériorité est de ne pas avoir de race. Ils sont conçus selon un plan scientifique éprouvé, une méthode qui mélange d'une façon presque magique les beautés et les forces spécifiques des différentes races. La présence dans le sang de ces « amants » choisis d'un système d'antigènes érythrocytaires, appelé le système von Klapp, identifié en 1943 par le docteur Hertzmann, permet aux gènes les plus stables de se cimenter et de forger une cuirasse immunitaire extrêmement fiable.

Je tiens ces détails de mon informateur qui connaît personnellement les scientifiques responsables de ce projet. Pendant mon séjour là-bas, je n'ai malheureusement rien vu de ces pratiques d'accouplement. Le laboratoire est mené comme une prison; des gardes surveillent les allées et venues de tous les pensionnaires. J'ai dû me cacher dans un garde-manger.

Pendant qu'ils engraissaient et entraînaient Johnny pour sa VG (ce sont les initiales allemandes pour «copulation contrôlée»), je prenais contact avec le jardinier de l'endroit, M. Liefdekerl. Il m'a aidé à retrouver Johnny. Nous nous sommes enfuis dans la soirée du 15 octobre. Malheureusement, Johnny a été repris par les gardes.

Il est de notre devoir d'alerter nos élus, qu'ils mettent un terme à cette exploitation éhontée du potentiel génétique de certains athlètes. Le coureur néo-zélandais Conrad Fisher, remarqué aux jeux de Munich avait été enlevé, lui aussi, et séquestré là-bas pendant quelques mois. La fédération d'athlétisme de son pays avait cru à l'époque qu'il s'était caché pour mieux se préparer, pour se concentrer avant le début de l'entraînement, mais il était prisonnier à *Verlorelei*. L'échec de sa copulation contrôlée lui a permis de regagner la Nouvelle-Zélande. Les responsables du laboratoire prennent soin de brouiller les pistes et d'endormir tous ceux qui vont et viennent à *Verlorelei*.

Johnny Assunçao a été drogué et conduit dans un camion de fruits et légumes. J'ai pu lui parler plusieurs fois. Il m'assurait qu'il n'était pas maltraité. Mais maintenant sa tentative de fuite va sûrement lui attirer des représailles. Il faut intervenir.

Que font nos ministres? Il faut sauver Johnny Assunçao. Il est notre meilleur espoir olympique pour le deux cents mètres papillon. Cet hôpital inusité opère dans le secret. Ses médecins veulent cacher au monde leurs pratiques illégales. Que font-ils des enfants qui naissent de ces unions forcées? Il faut faire la lumière sur *Verlorelei* et sauver Johnny Assunçao!

Pierre referma le journal. Il avait mal au cœur. Savoir Johnny utilisé de la sorte le révoltait. Cette histoire de copulation contrôlée lui faisait mal... Il se coucha, mais ça tournait si fort dans sa tête qu'il dut se relever. Il errait dans son appartement sant but... Quelle histoire!

Soir après soir Pierre sortait. Il était devenu un pilier du Pylône. Il saluait même le barman, un signe de familiarité peu commun dans ce monde plastifié de mannequins de porcelaine. Certains clients du Pylône se voyaient depuis des années, d'un bar à l'autre, au fil des migrations, sans jamais s'être salués! À cause de la musique, il était impensable d'entreprendre une conversation; on ne crie pas dans les oreilles d'un étranger! Sourire? On n'y pense pas! Ils auraient pu hocher la tête... mais quel effort! D'autant plus que ça décoiffe!

Cet endroit aiguisait le cynisme de Pierre. Par ailleurs il pouvait y pleurer sans que personne s'en rende compte.

— C'est encore la place la plus sûre, disait-il à Johnny pour le convaincre de l'accompagner; on ne peut jamais vraiment reconnaître les gens là-dedans!

Pierre s'engouffrait dans cette foule nocturne et se saoulait chaque soir depuis la disparition de Johnny. Il s'était torturé à chercher dans son comportement les causes de sa disparition; il venait d'apprendre par le journal qu'il n'y était pour rien! Johnny était prisonnier en Allemagne, pendant qu'il s'appliquait à se défoncer. Seul Johnny aurait pu le sauver de ce tourbillon morbide. Pierre se souvenait amèrement d'une phrase assonancée qu'il avait faite à l'intention de Johnny, pour lui apprendre un peu plus de français tout en faisant la somme de leurs difficultés: «Je t'entraîne à une vie de nuit qui nuit à ton entraînement.»

Pour Johnny, Pierre aurait pu abandonner le Pylône; il était prêt à bien des sacrifices pour garder son beau nageur. Mais Johnny aussi aimait sortir... et danser. Sa situation ne lui permettait cependant pas de le faire. Avant qu'il ne devienne une vedette, avant que les journaux ne se mettent à publier sa photo, il pouvait sortir librement, mais à partir du moment où les gens pouvaient le reconnaître, il n'était plus question pour lui d'être vu dans un endroit où il n'y avait que des garçons. Surtout au Pylône où la majorité des garçons avaient une préciosité que n'aurait pas prisée la fédération de natation dont Johnny était le poulain le plus prometteur.

La tête lui tournait toujours. Il reprit le journal pour s'assurer qu'il avait bien lu:... «copulation contrôlée». Tout à coup, comme frappé par un éclair, il se souvint de la camionnette verte et de la plaque au Z initial qu'il avait complètement oubliées. Il aurait dû alerter la police dès ce soir-là... Mais comment savoir si l'on délire ou si l'on voit la vérité? La bière et l'amour font souvent un drôle de mélange, on sombre dans une certaine paranoïa!

Pierre se sentait à la fois coupable de ne pas avoir obéi à son instinct, et jaloux de ne pas avoir été à la place de Bruno Breton au moment de l'enlèvement. Il aurait bien aimé voyager avec Johnny, même dans un camion de fruits et légumes... Il était prêt à ne plus boire, à déserter le Pylône, à dormir la nuit, si c'était la seule manière de vivre en harmonie avec Johnny!... Si seulement il avait pu s'endormir!

Il fallait le sauver! Mais comment? Pierre était un étranger. La famille du nageur ne le connaissait même pas! Personne n'était au courant de leur relation; il était l'ami secret de Johnny... Fallait-il qu'il vive maintenant avec ce fardeau qui l'immobilisait? Rien de plus lourd que l'invisible habit d'un fantôme… Il allait enfin s'endormir quand le téléphone sonna. Qui pouvait bien l'appeler un dimanche matin à huit heures?

— Allo!

— Pierre Dion?

— Oui!

— Bruno Breton, journaliste sportif. Excusez-moi de ne pas vous avoir appelé plus tôt… J'ai pour vous un message de Johnny Assunçao… Il m'a chargé de vous dire qu'il allait bien et qu'il pensait à vous!

— Oui, je viens de lire votre article! répondit Pierre avec une voix de zombi. Je vous remercie… Est-ce qu'il n'y a pas quelque chose qu'on peut faire pour le ramener à Montréal?

— Peut-être, dit Bruno. Mais il faut d'abord que je voie quelqu'un. Rencontrez-moi à la brochetterie au coin de Parc et Saint-Joseph à sept heures ce soir!

Avant que Pierre puisse lui demander plus de détails sur la situation de Johnny, Bruno avait déjà raccroché. Il était deux heures de l'après-midi en Allemagne quand il arriva enfin à s'endormir.

46
ELLE ÉCRIVAIT POUR SE CACHER
(NEUSS, novembre 1987)

Yanantha était en bien mauvaise posture pour obtenir l'entière collaboration du père Guénette. Sans la thèse du jésuite, il aurait plus de mal à l'inciter à faire des démarches aux États-Unis. Il fallait maintenant croire aux miracles, et croire surtout à l'irrisistible attrait du projet... ou alors croire à la crédulité de ce vieux sceptique. L'entreprise punitive de Yanantha, l'opération-matraque, avec l'appui potentiel des hommes de Gallaway, n'aurait sûrement pas sur lui la même emprise que sur le voyant, aveuglé littéralement par une passion dévorante, la vengeance.

Renate n'avait ramené que ce livre noir, des pages pleines de bribes inachevées, pleines d'un texte inégal et tentaculaire.

— Ça n'a ni queue ni tête, dit Yanantha, et ça sent partout la confession manquée... Elle ne dit pas ce qu'elle veut dire!

Le délire du *Doktor* Hertzmann n'avait pas plus d'intérêt, pour lui, que les réflexions de Noëmie von Klapp, ces pâles copies des pensées profondes d'Albert Guénette.

— Lis-m'en une autre, pour rire!

Renate reprit le livre et l'ouvrit au hasard.

> *Le 26 août 1964. Le Doktor m'a parlé toute la journée d'un certain Heinz. Il ne m'en avait jamais parlé avant. À mesure qu'il buvait, les références à ce Heinz se sont multipliées! «Laisse faire les ulcères de Herr Bumm et les rhumatismes de Frau Ding! Ils vont se débrouiller sans toi!... Heinz! Heinz! Reviens!...» Il l'a appelé longtemps. Il allait à la fenêtre et criait vers la fôret: «Heinz! Reviens!» Puis il se raidit: «Heinz, tu oublies que c'est moi qui ai réussi à isoler les antigènes dont le Doktor Ludwig avait eu l'intuition!» Il s'est levé. Il ne pouvait pas rester debout. Il s'est écroulé à nouveau dans son fauteuil... Je ne sais pas s'il dort maintenant... Il est immobile.*

— Pauvre Pletschscy! Pauvre Hertzmann! Deux victimes de la science!... Continue, mon ange, continue! C'est très intéressant!

> *— ...Il s'est réveillé en sursaut. Il a encore crié: «Heinz!» une dizaine de fois: ... «Heinz, tu vas me le payer! Si je ne retrouve pas les enfants, je te tue, Heinz! Je te tue!»*

L'écriture, ici, était particulièrement chancelante. Renate éprouvait certaines difficultés à lire; elle déchiffrait lentement le texte.

> *— Aucun respect pour les œuvres d'art! Où sont mes enfants? Mes perles! Il me faut mes perles!... Heinz! Non! Pas Mohnweg! Pas lui!... Il va me les détruire! Pourquoi? Pourquoi?... On aurait pu trouver un moyen de les sauver... On aurait pu les cacher! Heinz! Pas Mohnweg, par pitié!... Personne ne connaissait notre Verlorelei! On aurait pu vivre là aussi!... L'argent! L'argent! Ce n'est pas*

la fin de la guerre qui m'a chassé d'Allemagne, c'est le besoin d'argent!... Et leurs idioties!... Pourquoi fallait-il que je sois officier dans une armée de fous?

Renate s'arrêta, fascinée par la cohérence du délire de Hertzmann autant que par le style du compte rendu de Noëmie, mais pincée au vif par ce qu'elle apprenait.

Yanantha souriait largement. Il n'avait pas l'air trop déçu d'avoir hérité des notes de Noëmie von Klapp... même si ce n'était pas tout à fait ce qu'il attendait de leur visite à *Verlorelei*. Il revoyait en pensée les louvoiements du *Doktor* Pletschscy. Il imaginait très bien qu'il ait abandonné les premiers *Perlekinder*... lui aussi cachait quelque chose!

— Mais l'histoire de Mohnweg est absurde! Le pauvre général a dû fuir comme les autres... ou se tuer! Je ne sais pas! Je n'ai jamais cherché à connaître l'histoire de l'Allemagne. J'y vis, c'est tout!... Et c'est encore à cause de cette vipère!... Lis-moi quelque chose au début!

Renate ouvrit le livre à la première page:

La théorie chromosomique de l'hérédité s'est taillée une place de choix dans le monde de la génétique moléculaire contemporaine. On sait qu'on peut intervenir dans les génomes et que des modifications ponctuelles, généralement opérées pour corriger des défauts, sont possibles, mais l'application d'un principe de sélection, basé sur l'identification d'un système particulier d'antigènes érythrocytaires, le système du Doktor Ludwig von Klapp, a bouleversé toutes nos habitudes scientifiques.

— Quel jargon, dit Yanantha en secouant la tête.

Renate fit la moue. L'écriture était incertaine, mais les phrases étaient complètes. Il y avait moins de fautes qu'à la fin. Les premières pensées, en très bon allemand, avaient dû être dictées par le *Doktor* Hertzmann... Une sorte de testament scientifique... mais à mesure que les pages passaient, les fautes revenaient, les hispanismes et les phrases brisées se multipliaient... Avec le temps, elle avait pris la liberté d'écrire sans prendre la dictée du *Doktor* délirant. À mesure qu'il s'éloignait de sa raison, elle avait décrit sa chute et son chant du cygne.

— Les pensées du début sont moins drôles! dit timidement Renate en refermant le livre.

— Non! dit Yanantha en enlevant ses sandales, ne le ferme pas. Lis-moi encore un passage du journal.

— *Le 27 août 1964, reprit-elle en soupirant, il entend, ce soir, des soldats qui marchent dans la forêt. Il me demande si je les entends?... « Ils s'en viennent! Il y a un traître à Verlorelei! Un des cobayes? Heinz? Non! Non! Non! etc. S'il avait eu à me trahir, il l'aurait fait depuis longtemps... L'Italien?... L'Indochinoise?... Heinz, écoute-moi! Toute la génétique est une immense entreprise de traduction! Il faut partir du fait qu'un génotype en révèle un autre, un autre, un autre... comme un miroir... Les entends-tu, Solveigh?»*

Il me prend pour cette Solveigh. Il m'a flatté les cheveux en disant: «Ne pleure pas, Solveigh, il y en aura bien d'autres! Ton Wolf va repartir sur la mer! Tu es bien mieux avec nous qu'avec ce vaurien! Tu es une brave fille, Solveigh! Reste avec nous!»... Il m'avait déjà parlé de cette Solveigh. Elle était Norvégienne. Elle avait dû quitter son amant, un marin, pour ne pas trahir le secret de Verlorelei... Il voulait savoir à tout prix où elle travaillait. Il l'avait poussée à choisir: lui, sa guerre et sa bière, ou sa clinique-fantôme avec des docteurs malades dont elle ne devait jamais parler... Ce sont les paroles du Doktor.

— Elle prend des libertés! commenta Yanantha. C'est délicieux!

— *... En me consolant... en consolant Solveigh, il s'est assoupi. Aujourd'hui, je ne sais pas pourquoi, il a commencé à déraisonner dès son troisième verre...*

Renate en avait assez. Elle ne voulait plus lire, mais Yanantha en voulait davantage. Comme elle était ses yeux, elle fit tourner les pages et reprit:

... Le 4 octobre 1964. Aujourd'hui, dès son premier verre, le Doktor s'est mis à me parler de sa mère... Elle jouait du Brahms pour les endormir, lui et sa sœur Ute... Son père était toujours parti en forêt... ou chez des patients. Il était médecin de campagne à Burgsteinfurt...

— C'est ennuyant quand elle ne traduit plus les élucubrations de l'ivrogne... Va plus loin! Au hasard!... Au milieu d'une page!

Renate haussa les épaules et poursuivit:

— *Il se cache... il est certain qu'ils viennent le chercher... J'ai beau lui demander qui ils sont, il ne m'entend plus...*

— Pauvre sotte, dit Yanantha.

— C'est le *delirium tremens*, dit Renate.

Et elle lut encore ceci:

— *... «Pas moi! Pas moi! Allez chercher von Hohenstemm! Laissez-moi tranquille! Non! Non! Non! Je n'ai rien contre les Juifs!... Pas moi! Je n'ai tué personne!... Je ne dirai rien! Heinz, pas un mot sur la séquence mu-sigma! C'est le secret... Occupe-toi plutôt des enfants!... Vite!*

— Assez! dit enfin Yanantha. Pauvre vieux! Il avait vraiment perdu les pédales! ... Lis-moi la dernière page écrite!

— C'est aux trois quarts du livre:

> *L'amour le plus pur se crée dans la distance, mais plus l'objet de notre désir est près de nous, plus il faut créer cette distance, par toutes sortes d'inventions mentales... Le doute est une extraordinaire souffrance! Mais cette souffrance stimule la pensée! On aime mieux quand on peut oublier le passé pour se consacrer au présent et à l'avenir. Tout événement marquant de notre enfance pourrait trahir la pureté de nos élans! Cela est vrai pour l'âme aussi: plus les amants viennent de loin, l'un de l'autre, et plus le fruit de leur rencontre est près de la perle.*

Yanantha éclata de rire! Il n'ajouta rien quand il entendit claquer le livre que Renate venait de refermer définitvement. Cette petite soirée littéraire avait distrait Yanantha, mais n'avait nullement calmé sa rage vengeresse. Il espérait encore pouvoir enrôler le père Guénette et les mercenaires américains de Gallaway dans sa «guerre sainte» contre la corneille... Il tenait ce qu'elle avait de plus précieux, mais ce n'était pas assez! Il voulait sa peau! Il voulait voir (!) la destruction de *Verlorelei*... Il ne serait pas tranquille tant qu'on n'aurait pas rendu à la forêt de Teutoburg cet antre vampirique où, pour mettre des enfants au monde et pour se remplir les poches, cette ogresse tyrannisait tout le monde, allait jusqu'à crever les yeux de son voyant... et allait peut-être encore plus loin.

Il avait au moins ri en entendant les pensées insipides de Noëmie.

— Elle était meilleure philosophe quand elle copiait ce que Hertzmann lui dictait!

Cette lecture l'avait distrait et ennuyé. Renate avait peut-être ramené de *Verlorelei* un moyen inespéré de guérir les insomnies de Yanantha. Son calme d'antan avait cédé la place à un tourbillon de feu qui rejaillissait sans cesse du fond de son cœur. La sagesse qu'il tirait de la voyance et de l'auramancie avait depuis longtemps quitté son esprit. L'obsession de la vengeance avait rendu fou ce pauvre Yanantha. Aux deux extrémités de ce tissu de bribes éparses du livre noir, il y avait deux fous; entre eux, deux filles... la vengeance et le vin.

Au loin le Rhin brillait comme un serpent d'argent. Le lendemain serait dimanche, et Yanantha n'irait pas au bois. Le piaillement des familles en promenade l'empêcherait de se concentrer sur son projet!

47
UNE SOURCE EMPOISONNÉE
AU MILIEU DU DÉSERT
(EUREKA, janvier 1981)

Les colonnes naturelles du Bryce Canyon lui rappelaient les toits travaillés des temples khmers. Il fallait venir si loin pour retrouver ces formes familières. Le même rouge ocreux... en mille fois plus fort, en mille fois plus grand. Mais cet admirable travail d'érosion l'accablait aussi : Xiang Men était un marin. Il se retrouvait en autobus au fond d'un canyon que la mer, en laissant dans la pierre de si belles traces de son passage, avait peu à peu quitté. Il roulait au fond d'un océan passé, dans ce désert dont la beauté arrivait à peine à le soulager, même momentanément.

Il rentrait à Bangkok avec une réponse qui paralyserait définitivement les activités de Tian Zi. Les enfants qui avaient eu la « chance » d'accompagner Sun Ji à Bangkok seraient condamnés à travailler pour lui. Les autres... le temps déciderait de leur sort. Le temps qui sculptait des rochers pouvait bien façonner, à l'autre bout du monde, un petit avenir pour quelques pauvres enfants séparés de leurs parents et restés invendus, perdus, comme lui, parmi ces pierres d'or éblouissantes.

Il n'avait rien vu de ces merveilleux paysages à l'aller. Il avait quitté Los Angeles à la fin de l'après-midi. La dernière chose qu'il avait remarquée, avant d'entrer dans la nuit de l'Utah, était l'éblouissant carrousel des lumières de Las Vegas. Cette grouillante fourmilière de foire permanente l'avait presque effrayé ; des milliers de voitures y tournaient en rond, mais comme l'autobus ne s'était pas laissé prendre à ce remous, il était arrivé à Eureka en pleine nuit.

Il avait marché du terminus d'autobus à l'UBF. À cette heure-là, personne ne l'avait remarqué ! Il avait pris à Los Angeles toutes les informations nécessaires pour trouver son chemin. De rue déserte en rue déserte, il se rendit jusqu'aux limites de la ville. Un peu de rose encore timide commençait à poindre à l'horizon quand il arriva devant un édifice moderne d'une taille imposante, à l'adresse qu'il avait notée !

Parmi la pile de comptes et de circulaires qui encombrait chaque jour la boîte postale des Presscott, Xiang Men avait enfin découvert un indice intéressant : une enveloppe qui provenait du *Utah Baby Factory*. À force de patience, sa cueillette avait enfin porté fruit ! Ses recherches à Los Angeles lui avaient permis de compléter ce dossier ; il savait où aller, mais il ignorait tout des activités de l'UBF.

Il avait voulu arriver de bonne heure pour inspecter l'endroit et préparer sa visite avant que la journée commence. Un gardien de sécurité somnolait dans l'entrée principale. Xiang Men fit le tour du bâtiment. Ses pas de souris déplaçaient à peine les brindilles d'une pelouse grasse qui avait l'air d'être artificiellement posée là, comme par enchantement, pour lui permettre d'observer d'abord silencieusement les lieux.

Malheureusement, il n'y avait pas d'autres entrées ! À l'arrière, il n'y avait qu'une grande porte coulissante en métal. Les fenêtres, très rares, étaient toutes très hautes... Il fallait entrer tout de suite! C'était sa seule chance! Déjouer l'attention du gardien pendant qu'il n'y avait personne d'autre autour.

Xiang Men traînait toujours au fond de sa poche un bout de *pnambhô*, une espèce de corde fabriquée avec trois sortes d'herbes séchées, qui avait la propriété d'endormir lorsqu'on la brûlait. Il tenait cette petite merveille d'un sorcier cambodgien qu'il avait rencontré dans les montagnes du Danrek.

La fenêtre du poste de garde était entrouverte. Il avait allumé son bout de *pnambhô* et s'était approché discrètement de la fenêtre; il l'avait glissé le long du mur, de manière à ce que la fumée pénètre dans la pièce. Puis il s'était caché de l'autre côté de la porte d'entrée et s'était mis à miauler très fort pour que le gardien puisse l'entendre. Il avait pris soin de ramasser quelques cailloux parmi ceux qui servaient à garnir la base des arbustes plantés le long de l'allée.

Le gardien était enfin venu voir quel pouvait bien être ce chat perdu... Il ne voyait rien! La souris ne miaulait plus! Xiang Men avait alors lancé un caillou dans un arbuste... un peu plus loin. Le gardien avait mordu: il s'était éloigné de la porte pour s'avancer vers le chat, dans l'allée. Juste assez loin pour que Xiang Men réussisse à se faufiler à l'intérieur. Caché derrière une colonne, il avait attendu que le gardien se lasse d'appeler le chat-fantôme et revienne s'asseoir à sa table. En quelques minutes le *pnambhô* fit son effet... le gardien ronflait.

Xiang Men avait pris les clefs et s'était aventuré dans le *Utah Baby Factory*. Il était cinq heures. Il avait encore le temps d'explorer.

...Et il avait trouvé, au deuxième étage, au bout d'un sombre corridor, la cause des malheurs de Sun Ji. Dans une salle très faiblement éclairée, une bonne centaine de petits compartiments, commes des fours ou des boîtes, étaient alignés et empilés les uns sur les autres. Chacun était identifié : un numéro formé d'une lettre et de deux chiffres sur une plaque rectangulaire. Il avait ouvert une de ces boîtes et avait vu un contenant ovale relié au mur du fond par deux petits tubes. Il avait refermé la boîte, puis en avait ouvert une autre, et une autre... Tous ces œufs, plus gros que que ceux d'une autruche, étaient identiques. Il avait alors compris qu'il était devant des utérus artificiels, que cette *factory* mettait au monde des enfants dont la gestation tout entière était faite en laboratoire... La science américaine en était rendue là !... Il n'y avait plus rien à voir ! Il avait quitté le UBF avant même que le garde ne se réveille.

Il était fier d'avoir accompli sa mission, mais il craignait la réaction de Sun Ji. Jusqu'à ce qu'il soit distrait par le canyon, ses pensées s'étaient bousculées fébrilement sans qu'il puisse arrêter un seul instant le moulin à paroles. Il avait été bombardé de tous côtés par des questions et des réponses qui semblaient sans lien les unes avec les autres.

La grandeur de cette merveille naturelle lui rappelait qu'au fond il n'était en effet qu'une petite souris dans l'immensité du monde, une petite maille impuissante dans le grand tricot de l'histoire. Ces pierres rongées en avaient vu bien d'autres... mais des bébés entièrement fabriqués de main d'homme ? Jamais encore ! Se pouvait-il qu'en plus d'isoler l'ovaire et de le féconder *in vitro*, on puisse aussi créer artificiellement des conditions favorables à l'évolution du fœtus en dehors du ventre maternel ?

Comment Sun Ji allait-il prendre la nouvelle ? Si le UBF pouvait maintenant approvisionner sur place le marché américain, il était inutile d'essayer de rétablir le statu quo. Il n'y avait plus d'espoir d'une sérieuse entreprise de Tian Zi. Les affaires de Sun Ji seraient désormais restreintes au commerce des vêtements fabriqués par les enfants rescapés. Et lui ? Lui, le malheureux porteur de

cette nouvelle dévastatrice, qu'est-ce qu'il deviendrait?...
Il ne pourrait abandonner les enfants restés avec Phong
au camp! Il fallait qu'il y retourne et qu'il prenne en charge
ces malheureux! C'était inhumain de les condamner à rester là! Il trouverait bien quelque chose! Qu'ils vivent au
moins jusqu'à ce qu'ils soient assez grands et assez forts
pour affronter la vie tout seul, chacun dans son combat
individuel!

48
ANABASE

Bruno connaissait le chemin. Ils gagneraient du temps.

La rencontre au restaurant grec n'avait pas été longue. Le temps d'un souvlaki et les trois hommes avaient décidé de partir ensemble.

Yves s'était occupé des billets d'avion. Le départ était prévu pour le dimanche suivant. Pierre était si heureux de partir à la recherche de Johnny qu'il en oubliait la boutique et la vente monstre qui devait avoir lieu le lundi suivant. C'était annoncé dans tous les journaux et sa présence au magasin était indispensable, mais cette aventure en Allemagne, ses retrouvailles avec son beau nageur, éclipsaient tous les événements, petits ou grands, de sa banalité montréalaise. Pierre avait tout de suite décidé d'accompagner Yves et Bruno dans cette quête.

Yves y allait pour les documents! Par amour pour sa fille! C'était l'opération de la dernière chance pour les enfants du RESP. Léa comptait sur son cher petit papa.

Bruno Breton y retournait pour la fameuse thèse. Elle lui avait échappé la première fois, comme une truite agile dans les remous de l'évasion... Il appréhendait le moment où il devrait revoir Johnny. Il rougirait sans doute : le secret de leur intimité forcée le rongeait plus que la peur d'avoir à mener cette équipée. Plusieurs fois depuis son retour, il s'était demandé comment il avait pu faire ça... Aurait-il jamais voulu essayer s'il n'y avait pas été forcé par Thijs ? Il se demandait s'il devait assumer cette expérience ou la reléguer aux oubliettes. Il ne savait pas s'il devait être fier ou non d'avoir couché avec Johnny Assunçao... En tout cas, il avait évité d'en parler à Pierre !

Pour empêcher ce procès moral de l'envahir au point d'en devenir apparent, il s'efforçait de se concentrer sur les besoins du père Guénette et la stratégie à suivre pour enfin les combler : cette thèse était sa toison d'or et Bruno était son Jason. Cette comparaison le stimulait, le poussait à foncer ! Pourvu que Johnny se taise... sur certains détails, qu'il n'aille pas tout de suite raconter à Pierre, en riant, la séance sexuelle qu'ils avaient été contraints de donner dans le lit de Thijs !

À Amsterdam, le trio d'apparence touristique prit le train pour Münster... Yves admira les fenêtres pleines de plantes et les vaches dans les champs !

À Gronau, deux douaniers, accompagnés d'un berger allemand, montèrent à bord. L'inspection hollandaise avait été beaucoup plus discrète ! Les trois Canadiens n'avaient rien à cacher (sauf peut-être Bruno !) : ce qu'ils allaient reprendre était en Allemagne, mais ils n'avaient pas besoin d'en parler.

La plaine rhénane déroulait lentement sa nappe verte ; quelques bâtiments rougeâtres défilaient irrégulièrement par la fenêtre du train. Une route longeait le chemin de fer. Tout à coup, Pierre, qui n'avait pas quitté des yeux le spectacle du paysage, aperçut au bord de la route un jeune homme qui faisait du pouce... C'était

Johnny! Il allait en direction inverse! Oui, oui, c'était lui! Comment s'était-il rendu là? Il sortait d'Allemagne?... Où allait-il?

— Il a réussi à s'enfuir! dit Bruno. Il est libre!

— Il faut descendre à la prochaine station, dit Pierre. Il faut le rattraper!

Mais il oubliait que pour Yves et Bruno, il y avait autre chose là-bas; les papiers de *Verlorelei* avaient au moins autant d'importance que la liberté de Johnny. Pierre allait-il abandonner l'équipe pour suivre ce nageur solitaire... risquer de le perdre, de se retrouver seul en Hollande? Éait-il assez aventurier? Avait-il le courage de faire un tel saut?... Il était loin des chemises et du Pylône!... Si l'amour de Johnny l'avait entraîné jusqu'ici, il ne fallait pas qu'il trahisse cette poussée régénératrice!

Il descendit à Ochtrup, et les deux autres poursuivirent le voyage jusqu'à Münster... Ils mangèrent là une espèce de hot-dog; un petit pain plutôt dur, incapable de retenir la saucisse qui dépassait des deux bouts! Ils burent une bière à une terrasse, entre le magnifique palais Erbdrostenhof et l'une des innombrables bibliothèques de la ville... Ensuite, ils prirent un autobus pour Lengerich.

Comment pouvaient-ils savoir que la commune qui les attendait n'avait plus de lettres, plus de documents, plus de papiers? Comment pouvaient-ils savoir qu'on avait enfin cloué le bec à la corneille?... Léa ne saurait jamais qui l'avait mise au monde. Le père Guénette resterait, à ses propres yeux, un raté! Qu'attendaient donc ces deux voyageurs dans la forêt de Teutoburg?

49
FOLLE CHEVAUCHÉE
(LAVAL, novembre 1987)

Encore jaune! Il y a un bon Dieu pour les mères en détresse. Elle tournait les coins en troisième. S'il avait fallu qu'elle n'arrive pas à temps! André ne lui aurait jamais pardonné!

Une autre jaune! Elle accélérait au maximum. L'infirmière de l'école les avait fait transporter en ambulance! C'était grave! Au téléphone, l'infirmière lui avait dit que Benoît était dans le coma!... Pourvu que les travaux soient finis au coin du boulevard Daniel-Johnson! Il y avait toujours des embouteillages au coin de la troisième avenue! Ce n'était heureusement pas l'heure de pointe.

Pourquoi? Pourquoi Benoît avait-il pris ces pilules? Comment se les était-il procurées? Agrippée au volant, elle se traçait avec rage le portrait-robot du mauvais compagnon: un de ces *punks* dégoûtants, un plus vieux, sans conscience... Surprise elle-même par la violence de son imagination, elle ne se reconnaissait plus. Elle avait toujours lutté contre toute forme de discrimination, sans doute en réaction aux positions rigides de son père... Il fallait qu'elle soit ivre d'inquiétude pour penser une chose pareille... Il fallait pourtant qu'il y ait un coupable!

Elle ne pouvait pas supporter l'idée que son petit Benoît ait pu agir librement, qu'il n'ait pas subi d'influence extérieure pour faire une telle folie. Elle se serait sentie moins mal s'il avait été surpris en train de voler ou s'il avait été mis à la porte de son école... Elle imaginait tous les crimes qu'elle aurait excusés plus facilement, qu'elle comprendrait à la rigueur. Toutes les bévues habituelles des adolescents défilaient dans sa tête à la vitesse de l'éclair: la drogue, les fuites, les batailles et même la grossesse imprévue d'une petite amie, mais sons sang se glaçait dès qu'elle pensait au suicide. Atroce effroi!

Pourquoi voulait-il mourir?... Un garçon de quinze ans ne se suicide pas comme ça, pour rien! Il faut qu'il ait une raison majeure. Il faut qu'il soit bien mal dans sa peau... Des sédatifs en plus!

Rouge! Horreur! Il fallait attendre. Elle était tentée de foncer quand même. Il y avait peu de voitures dans l'autre direction... pas de police en vue! De toute façon, elle n'aurait qu'à leur dire: «Mon fils est en train de mourir! Il est dans le coma à l'hôpital!»... mais ça l'aurait retardée! Il valait mieux attendre que le feu soit vert.

Ils l'avaient pourtant toujours traité comme leur propre fils. Ils avaient tout fait pour lui. Lumière jaune pour la voie perpendiculaire! Elle n'attendit pas le vert, elle fonça! Son enfant! Son trésor! Il aurait pu coûter dix fois le prix, ils l'auraient quand même adopté... C'était pourtant visible! Il s'était comporté bizarrement depuis quelques semaines... Pourquoi fallait-il, en plus, qu'André soit parti? Ce voyage n'était pas nécessaire! Son associé de Saint-Jérôme aurait bien pu s'arranger sans lui!... Alice était seule, plus seule que jamais!

Aurait-il appris qu'il n'était pas leur fils? Qui aurait pu lui dire? En dehors de la mère d'André, personne ne savait que Benoît était un enfant adoptif. Ils avaient intentionnellement choisi le bébé qui leur ressemblait le plus. Des yeux presque aussi noirs que ceux d'André et la peau olivâtre d'Alice; le nez plus droit, plus fin et plus beau que leurs deux nez réunis.

Il n'aurait pas fallu que naissent des soupçons. Les parents d'Alice, Suisses d'origine, stricts et rigides, auraient mal accepté qu'ils adoptent un bébé dont on ne connaissait pas les ascendants. Pour son père, le lien du sang était une valeur sacrée... et s'il avait fallu qu'il apprenne que cet «enfant parfait» venait d'Allemagne, il aurait pu déshériter sa fille!

Ils étaient donc partis en voyage pendant plusieurs mois. Au retour, ils avaient le bébé. Une lettre d'outre-mer avait annoncé la bonne nouvelle aux grands-parents. Tout le monde était heureux... et ils n'avaient pas eu l'humiliante tâche d'annoncer que leur union était stérile!

Malheur! Un camion de livraison s'était stationné en double! Il ralentissait toute la circulation...Pauvre chéri! Pourquoi avait-il choisi de faire ça à l'école? Alice n'arrivait pas à faire taire le moulin à paroles qui posait sans cesse des questions-pièges dans sa tête... Elle réalisait qu'elle aimait Benoît, autant que s'il avait été la chair de sa chair. Peut-être plus!

Oui, elle était folle. Folle d'inquiétude, comme n'importe quelle mère qui ne sait pas si son enfant va vivre ou mourir, et qui brûle de le serrer dans ses bras, au risque de se tuer elle-même sur la route. Pourquoi l'hôpital était-il si loin de la maison? Laval, Laval, c'était trop grand, Laval! Pourquoi y avait-il toujours autant de distance entre son fils et elle?... Elle revit le premier agent, la visite-surprise qui avait changé sa vie.

— Garanties, mon œil, dit-elle en frappant furieusement le volant! Ils avaient accepté d'emblée les conditions du contrat. Cet étranger avait mis fin à leur attente pénible. À cette époque, Alice et André étaient prêts à tout pour avoir un enfant, et l'enfant était resté la plaque tournante de leur ménage, la pomme de leur discorde, le rideau de leur théâtre. Il leur fallait un enfant...mais un enfant vivant!

C'était vrai! L'agent avait eu raison. Benoît n'avait jamais attrapé aucune des maladies qui avaient affligé les autres enfants de l'école, mais s'il se tuait, ce n'était pas mieux!

Pourquoi? Pourquoi aurait-il voulu faire une chose pareille?... Il aurait fallu que cette garantie s'étende à l'équilibre psychologique de l'enfant... Sans ça, on ne devait pas parler de perfection!... Elle entendait déjà les éducateurs lui dire: «Vous savez, madame Lacasse, on ne peut pas prévoir. Si on le pouvait, on préviendrait!»

Encore deux coins de rue. Tout ce qu'elle souhaitait, c'est qu'il soit entre bonnes mains, que des gens compétents s'occupent de lui... Pourquoi Benoît voudrait-il mourir? C'était absurde!

C'était peut-être une erreur de le laisser lire à son âge des livres aussi sérieux?... La semaine précédente, Alice avait trouvé dans sa chambre un essai sur la génétique moderne intitulé *Critique de la structure isomorphique des sociétés basées sur l'hérédité*... Se doutait-il de quelque chose?

André, lui, était fier de dire qu'à quinze ans Benoît avait lu plus de livres que lui dans toute sa vie... Il faisait pourtant beaucoup de sport!... Ils ne l'avaient peut-être pas assez contrarié?... Ou trop?... Toutes ces incertitudes se bousculaient en elle.

Elle stationna en vitesse et courut vers l'hôpital en répétant mécaniquement: «Il ne faut pas qu'il meure! Il ne faut pas qu'il meure!»

Le directrice de l'école l'attendait dans le hall d'entrée. Sans dire un mot, Alice la suivit vers l'urgence. S'il avait été mort, elle l'aurait arrêtée... pour prendre le temps de lui parler, péniblement. Il y avait de l'espoir! Elle s'accrochait à cette lueur comme à l'ultime étincelle d'un feu qui va mourir et qu'on cherche, à tout prix, à sauver... en soufflant délicatement dessus.

— On a trouvé une bouteille de Largactyls vide, dit la directrice en marchant. Le médecin est en train de faire un lavage gastrique à l'autre... Malheureusement, madame Moreau ne peut pas se déplacer!

— Je veux le voir tout de suite! dit Alice énergiquement.

Elle ne voulait même pas savoir qui étaient « l'autre » et madame Moreau.

— Dès que le docteur aura terminé, dit l'infirmière qui attendait devant la porte.

— C'est mon fils, reprit-elle, en essayant de s'en convaincre une fois de plus.

L'infirmière restait impassible. On voyait bien, dans son regard, qu'elle compatissait, mais elle faisait son devoir, sérieusement, sans se permettre d'écarts émotifs. Alice savait bien que cette femme avait un cœur, elle l'avait vu dans ses yeux, mais comment son travail pouvait-il la rendre aussi froide?... Quel monde! Elle enrageait au point d'oublier, un instant, sa douleur.

Une autre femme sortit de la chambre. Une petite brune, au nez croche, fardée comme une poupée, la bouche mauve et les paupières vertes. Elle s'avança vers Alice d'un pas décidé!

— Annette Wilson, dit-elle mécaniquement en tendant la main.

— Alice Lacasse, dit Alice sans conviction. Est-ce que je peux le voir maintenant?

— Oui, si vous le voulez!

En entrant, Alice resta clouée sur place. Les deux lits de la chambre étaient occupés. Un autre garçon était étendu à côté de Benoît. Avant qu'elle puisse demander quoi que ce soit, la directrice, qui l'avait suivie, lui expliqua calmement :

— C'est le quatrième cas cette année! Ils font un pacte et tentent ensemble de s'enlever la vie... Si nous les découvrons à temps, nous pouvons les sauver, mais dans bien des cas, c'est peine perdue.

Alice, estomaquée, s'avança vers Benoît et lui caressa le front. L'autre garçon râlait dans son lit; les yeux à l'envers, il semblait souffrir beaucoup. Benoît était immobile. On aurait dit qu'il dormait... Alice ne put s'empêcher de se demander si l'autre était un enfant adoptif... Pourquoi Benoît avait-il fait ce pacte avec ce garçon?... Leur tentative était-elle un appel au secours? Avaient-ils des problèmes d'ordre sexuel? Son fils était-il amoureux de ce garçon?... Elle les regardait tous les deux sans comprendre... Benoît pourrait-il lui raconter? Le voudrait-il?... Son immobilité, son silence lui pesaient. Elle allait crier... Pourquoi naît-on? Que faisait-elle dans cette vie?... On a beau savoir qu'on naît seul et qu'on meurt seul!... Elle aurait beau prétendre que c'était pour lui, pour lui sauver la vie, qu'ils l'avaient adopté, mais ça n'aurait pas été la vérité... Elle savait très bien qu'on adopte des enfants pour la même raison qu'on en fait : le plaisir personnel. Et si on souffre tant de les voir prendre d'autres voies que celles qu'on avait prévues pour eux, c'est sans doute que ce plaisir devient, avec le temps, un besoin vital, une partie de soi.

L'enfant-dieu serait donc lui aussi l'enfant-drogue? On le désire, on l'entretient, on s'habitue; il nous consume et nous détruit. L'amour avait-il un autre sens que la destruction?

Alice s'assit près du lit. Les murs blancs lui firent mal. Elle sentit monter des larmes. Elle ouvrit son sac et mit ses verres fumés. L'infirmière sortit de la chambre pour noter les indications du docteur Wilson.

Alice regarda dehors, au loin, l'autoroute Laval. Pourquoi cet enfant parfait quitterait-il si tôt la vie?

— Si la justice existe, il faut que Benoît vive! se dit-elle en cherchant sous le drap la main de son enfant.

50
DU PLOMB DANS LA PIPE
(BANGKOK, mars 1982)

Dans la foule de Sumpheng, un enfant qui porte un rouleau de tissu rouge et or peut facilement passer inaperçu. Les clients des innombrables boutiques n'ont pas de trajectoire, ils se laissent porter par la houle humaine et vont d'un comptoir à l'autre, tâtent ici des soies riches, achètent là de beaux cotons.

Yon était chargé de vendre son rouleau à un Européen qui devait l'attendre au coin de la *soi* Bang Make Khao! Le prenait-on pour une cruche? Même s'il était Cambodgien, il voyait bien ce qui se passait chez Sun Ji! Ce tissu qu'il portait n'était que l'enveloppe enroulée autour d'un demi-kilo d'héroïne! Il devait jouer l'idiot; c'était sa seule chance de survie! Il devait faire l'enfant innocent, laisser croire à Sun Ji qu'il ne comprenait rien au monde des adultes... C'était un rôle de composition pour Yon qui avait traversé seul la forêt jusqu'à Rayong et qui s'était débrouillé tout seul dans Bangkok avant de retrouver Sun Ji.

Il était loin déjà de Tian Zi et loin de la liberté dont il rêvait à chaque seconde de son existence... le reste n'était qu'une pièce de théâtre, un cauchemar qu'on arrive à dompter en attendant. Quand il finirait par être libre, il partirait à la recherche de ses parents, en Australie ou en Amérique! Il se réjouissait maintenant de les savoir ailleurs. À voir agir les Thaïlandais à son égard, il leur souhaitait d'être ailleurs en train de se refaire une vie!... Il irait partout pour les retrouver, mais il fallait d'abord survivre.

Il avait d'abord transporté des briques sur un chantier de construction pendant quelques semaines avant d'être abordé par une petite fille qu'il ne reconnut pas tout de suite, mais qui se mit à lui parler de Tian Zi, du camp et des enfants. Qu'elle avait changé en si peu de temps! Elle avait l'air d'une ouvrière qui traîne derrière elle une longue carrière chargée de révoltes et d'humiliations!

Cette petite Vietnamienne du camp faisait une course pour Sun Ji, et Yon n'avait pas le droit de s'arrêter pour parler; ils ne purent donc pas converser librement, mais Yon avait reçu cette visite avec beaucoup de joie! Il ne serait plus seul! Ces enfants du camp étaient sa seule famille! En attendant d'avoir l'argent pour entreprendre la grande quête des vrais parents!

Le lendemain Sun Ji lui-même se présenta sur le chantier. Après avoir parlé quelques minutes avec le contremaître, il vint vers Yon et lui offrit de le prendre chez lui pour deux fois plus que ce qu'il gagnait à s'échiner au chantier.

— Mais je ne veux pas travailler sur une machine à coudre!

— Il ne s'agit pas de ça! dit calmement Sun Ji. Viens demain! Tu verras! Tu auras un compte en banque! Tu pourras éventuellement te payer une bicyclette! Un bateau même!

Yon aurait voulu refuser, mais sa curiosité l'emportait. Il accepta la proposition de Sun Ji... Il devint garçon de fumerie dans le salon que Sun Ji venait d'ouvrir au-dessus de l'atelier de couture. Pendant que les autres enfants s'éreintaient sur leurs vieilles machines assourdissantes, dans un local suintant et sordide, uniquement éclairé par deux petites fenêtres très hautes, monsieur Yon marchait sur d'épais tapis, se frayait un chemin discret parmi les rideaux qui servaient de cloisons aux salons particuliers aménagés dans la grande pièce à l'étage, et courait — lentement ! — d'une pipe à l'autre, allumant, attisant, préparant la drogue à mesure pour que les clients soient toujours satisfaits ! Sun Ji ne se faisait pas tant de soucis pour les acheteurs des vêtements qu'il fabriquait à l'atelier ; ils étaient vendus à des marchands ambulants qu'il ne revoyait pas souvent. La fumerie avait au contraire des clients réguliers et elle rapportait beaucoup plus. Jamais autant que les enfants, mais Sun Ji n'avait pas dit son dernier mot !

Quand la petite Vietnamienne lui raconta qu'elle avait vu dans la rue un enfant de Tian Zi, Sun Ji n'en crut pas ses oreilles. Il avait constaté *de visu* à l'emplacement du camp que tout avait été rasé. Tian Zi n'était plus qu'une nappe de cendres !... Comment cet enfant, qui n'était pas parmi ceux qu'il gardait à l'atelier, et qui avait donc été confié aux soins de Phong, abandonné parmi les « refusés », comment Yon avait-il pu échapper à la catastrophe ?... Sun Ji voulait savoir tout ce qui s'était passé ! Avait-il été témoin du bombardement ? Pouvait-il aider Sun Ji à découvrir qui avait osé attaquer son camp ?

Yon s'était mis à pleurer. Sun Ji le poussait trop ! Cet éternel bourreau d'enfant oubliait constamment qu'il s'adressait à des personnes qui pour la plupart n'avaient pas encore dix ans. Il l'avait tellement bombardé de questions, et si vite, que Yon n'avait pas pu supporter plus longtemps l'hémorragie mentale que provoquait en lui le rappel de son passé... Il avait bien connu Phong, et c'était surtout d'elle que Sun Ji voulait se souvenir! Elle avait été la petite «esclave» préféré, sa petite fleur embaumée... Pourquoi avait-elle été aussi zélée? Pourquoi avait-elle insisté pour rester avec les indésirables au camp, quand elle aurait très bien pu l'accompagner à Bangkok? Ces enfants étaient condamnés d'avance! Elle pouvait s'en tirer! Il lui aurait sûrement donné un emploi prestigieux: surveillante de l'atelier. Elle était la plus vieille; elle le méritait! Mais elle était partie au pays des possibles infinis. Des hélicoptères cruels étaient venus tout gâcher! Sun Ji n'y comprenait rien! Il s'était assuré que la police thaïe n'y était pour rien!

Yon avait toujours vécu dans des camps de réfugiés, entre quatre morceaux de tôle soutenus par des bambous. Il appréciait le luxe du salon où il travaillait maintenant! Sun Ji déposait dans un compte l'argent qu'il gagnait et ne lui donnait directement que le strict minimum. Yon voulait continuer assez longtemps pour ramasser toute la somme qu'il lui faudrait pour entreprendre la quête qu'il avait tant à cœur!

Mais Sun Ji avait pour lui d'autres projets. Des tissus à livrer qui semblaient bien précieux! Tellement précieux que Xiang Men le suivait, pas à pas, l'air de rien, à travers les courants enroulés de la foule, pour assurer la livraison. Xiang Men n'avait pas reconnu Yon! Il n'avait été au camp qu'à de rares occasions; il était toujours sur son bateau! Il était normal qu'il ne puisse pas reconnaître tous les enfants qu'il avait achetés ou vendus dans sa vie. Yon, lui, le reconnut tout de suite quand il le vit entrer dans la fumerie. Il ne l'avait vu que trois ou quatre fois, mais on ne peut pas oublier un homme qui nous arrache à nos parents!

En revenant des États-Unis avec une réponse dévastatrice: on y fabriquait des bébés hors compétition! — Xiang Men n'avait trouvé à Bangkok que ruines et désolation. Tian Zi était détruit et Sun Ji avait vendu le *Tian Zi Messenger* pour investir davantage dans le salon ou l'atelier. Xiang Men, qui avait horreur de voir ainsi traiter les enfants sauvés du camp, n'avait pas d'autre issue que de rester au service de Sun Ji. Où serait-il allé? Qu'aurait-il fait? Il imitait bien les sceaux officiels et faisait d'excellentes contrefaçons de documents légaux! Il avait beaucoup de talent pour acheter ou vendre les enfants, et il l'avait toujours fait avec la conviction qu'il leur rendait service en même temps! Il naviguait surtout avec la passion d'un vieux pirate!... Il devait maintenant rester là, s'enchaîner à Sun Ji et faire ce que lui demanderait son maître. Il sombra dans l'opium! Sun Ji le laissait fumer pour rien; il s'assurait ainsi la docilité muette du capitaine Souris.

Comme un passeur anonyme dans cette foule compacte, Xiang Men suivait discrètement l'enfant. Sans donner l'impression qu'il se sentait suivi, Yon s'assurait à chaque instant que le vieux navigateur marchait derrière lui; il avait cependant l'impression d'être plutôt son guide et de le protéger. Il ne pouvait pas d'empêcher de penser au pêcheur thaï qui l'avait amené à Bangkok... Il aurait pu retourner avec lui à Rayong; le vieux le lui avait offert! Mais Yon était obsédé par la recherche de ses parents. Il avait choisi de rester seul à Bangkok. Pour ne pas lui faire de peine, le vieux pêcheur n'avait rien dit de ce qu'il savait: les parents de Yon étaient partis vers le sud-est, peut-être en Malaisie, ou en Indonésie, ou jusqu'en Australie, peut-être même en Amérique! Le pêcheur thaï savait aussi que la vie serait moins rude à Rayong, pour un Cambodgien. Mais Yon n'avait pas cédé! Il se retrouvait pourtant encore en compagnie d'un vieil homme, à voguer, cette fois sous des flots de passants pressés, comme un sous-marin masqué que des requins auraient commandé à distance, avec en guise de quille son rouleau «fictif» et son flair d'acteur au gouvernail!

Les tissus étendus devant chaque boutique hurlaient, pareils à des drapeaux en feu, des voiles multicolores au mât de son aventure. Yon attendait son tour! Il espérait encore une suite heureuse à ses débuts désespérants!

Xiang Men savait que l'enfant ne pourrait probablement jamais mettre la main sur l'argent déposé dans ce «compte» également fictif par un monstre qui les tenait tous enchaînés à ses «affaires», à terre, emprisonnés à perpétuité... mais Yon avait au moins la chance de survivre à Tian Zi! Xiang Men s'en réjouissait secrètement. Il souhaitait que l'enfant s'envole et trouve ailleurs la liberté, mais il fallait qu'il le surveille, qu'il le ramène et qu'il continue cette comédie stridente, pour vivre lui aussi!

51
UN TAXI POUR MÜNSTER,
UN VOYAGE À PARIS
(GREVEN, novembre 1987)

Le monde du sport n'était pas prêt à ça! Bruno voyait défiler devant ses yeux les fermes et les petites agglomérations de la campagne westphalienne, mais son esprit était ailleurs. Les vaches avaient beau parader de chaque côté de la voiture, son imagination était déjà rendue à Montréal.

Ils étaient quatre. Yves et Farah derrière. Bruno était assis devant, à côté du chauffeur chargé de les reconduire à Münster. Bruno avait reconnu le grand noir du camion de fruits et légumes; il savait maintenant qu'il s'appelait Vassili Papanikos.

Un silence assourdissant régnait dans la voiture. Le docteur Farah parlait assez le français pour entretenir une conversation avec les deux Montréalais, mais Yves refusait de lui parler, Bruno réfléchissait et Vassili restait de marbre.

Bruno se demandait comment revenir à sa chronique sportive... Il venait de vivre une aventure « humaine » qui lui avait ouvert tellement d'avenues inexplorées! À *Verlorelei*, il avait même été tenté de joindre les rangs des volontaires qui espéraient fonder ensemble une communauté libre et indépendante; il aurait pu écrire un grand papier là-bas, mais même le rêve d'une société idéale, isolée, vierge, n'avait pas réussi à le retenir en Allemagne. L'envie de raconter tout ce qu'il avait vécu depuis son entrevue ratée avec Johnny Assunçao le poussait à poursuivre sa course, à rentrer vite à Montréal pour se mettre à la tâche et reprendre sa place au journal avant qu'on ne l'ait complètement oublié... Pourtant, sans se l'avouer encore, il savait déjà qu'avant longtemps il voudrait quitter les pages sportives... Il faudrait dénoncer le trafic des enfants et informer la population de certains abus, des activités coupables de certains réseaux et de l'existence d'autres tyrans de la trempe de Noëmie von Klapp... et il voudrait retourner en Floride pour enquêter sur les activités de Gallaway!

Tous ces projets n'arrivaient pourtant pas à chasser de son esprit le tourment de l'échec. Il aurait fait bien des détours pour éviter le face-à-face humiliant, pour ne pas avoir à décevoir le père Guénette en lui apprenant qu'il n'avait pas sa thèse! Pas de dossier non plus pour Léa! Yves et Bruno revenaient les mains vides! Pierre et Johnny finiraient bien par se retrouver quelque part en Allemagne, ou en Hollande... au moins à Montréal, mais le père Guénette ne retrouverait jamais son texte si précieux. On ne pourrait plus jamais lire *De l'Érotologie!* Impossible aussi de retrouver les parents de Léa: tous les papiers avaient été brûlés dans la chambre du *Doktor* Pletschscy.

Le père Guénette resterait-il un raté? Il ne fallait pas qu'il ait de lui-même une si mauvaise opinion! La recherche obsessive de son texte l'avait aveuglé!... Bruno cherchait déjà à forger des arguments dynamisants qui sauraient fouetter le philosophe, le pousser à reprendre la plume, à se libérer enfin de la terreur du texte perdu. Bruno aurait souhaité le voir entreprendre la rédaction d'une *Nouvelle Érotologie* ou même de rassembler et de publier ses notes, mais le vieux jésuite était têtu! Comme il appréhendait ces secondes retrouvailles, comme il aurait souhaité de pas avoir à faire ce pénible compte rendu, Bruno dévorait le paysage avec une avidité peu commune, à droite, à gauche, sans en laisser échapper un seul arbre ou une seule vache! Il tournait la tête mécaniquement, absorbé par le remous de ses désirs et de ses regrets... Le seul document qu'il avait pu tirer de *Verlorelei* ne lui était que temporairement confié! Thijs lui avait remis une carte postale en lui demandant de la porter chez Loes van der Gest en personne; il ne l'avait même pas glissée dans une enveloppe. Bruno reconnaissait dans cet exhibitionnisme, ou simplement dans cette nonchalance, la touche personnelle de Thijs. Il gardait un vif souvenir du jeu d'amour! Et maintenant qu'il savait que Johnny aimait les hommes, il était presque offusqué du peu d'ardeur que le jeune nageur avait mis au lit! N'était-il pas assez séduisant?

Bruno n'avait pas pu s'empêcher de lire la carte: elle représentait un café de Lengerich, une photo en noir et blanc; à droite l'adresse de Loes sur la *Sint-Annenstraat, A'dam*; à gauche une seule phrase en néerlandais: *Nu kunnen de ooievaaren zonder de kraai vrij vliegen.* ... et c'était signé *Thijsje*.

Il croyait que les deux derniers mots voulaient dire «voler librement», mais il n'en était pas certain! Encore messager! D'ouest en est et d'est en ouest! Bruno était tellement lié à cet enchevêtrement d'événements et de personnages qu'il ne pouvait plus rien refuser à ceux qui étaient liés de près ou de loin à cette affaire. Il irait à Amsterdam, même s'il savait d'avance qu'il serait interrogé sur le sort de Thijs à *Verlorelei*.

Yves était plus calme. Léa resterait parfaite! Elle ne changerait pas, même s'il était impossible de connaître ses véritables origines. Il était venu jusqu'à *Verlorelei* autant par curiosité que pour mettre la main sur ces documents hypothétiques sans lesquels les enfants du RESP devraient dorénavant continuer leurs recherches. La disparition de la thèse de son oncle lui causait moins de soucis qu'à Bruno Breton. Tout n'était pas perdu. Les papiers leur avaient échappé, mais Yves était au moins content d'avoir fait la connaissance de gens formidables comme Jack Prance, Miguel Parranquina, Thijs, Britt, Betty, Wana et tant d'autres. Il délecterait ses clients de récits rocambolesques; entre deux articles de sport ou deux contrats, il se ferait conteur!

Les deux voyageurs montréalais avaient eu la « chance » d'arriver à *Verlorelei* au moment précis du procès de Noëmie von Klapp et de ses acolytes, séquestrés jusque-là dans le bureau de la direction. Quand les jurés assemblés virent que Thijs semblait connaître le journaliste, ils acceptèrent parmi eux ces deux intrus venus de si loin.

Yves n'avait rien compris de ce qui se disait; il avait déchiffré la scène comme il le pouvait, d'après les regards. Bruno, lui, comprenait l'essentiel des propos échangés dans cette salle d'audience improvisée. La plupart « cassaient » l'allemand. Ils avaient envahi le bureau de Noëmie et se pressaient tous derrière leurs deux guides, Jack et Miguel. Chacun cherchait à ne rien perdre des réactions de Noëmie.

Certains voulaient qu'on exécute la corneille sur-le-champ. D'autres étaient plus tolérants et acceptaient qu'on la chasse simplement... à condition qu'elle leur laisse l'argent! Jack avait été magnanime: il était convaincu que la santé sociale de leur commune dépendait d'une liquidation sans douleur des anciens maîtres de *Verlorelei*.

— Qu'on leur laisse le choix: fuir ou prendre part à l'organisation de cette nouvelle vie paisible et libre comme la vie des animaux dans la forêt qui nous entoure!

Mais Miguel s'y opposait. Lui qui avait été si difficile à convaincre, lui qui avait forcé Jack à faire quelques feintes dignes de son ami Jay, il ne voulait plus laisser partir son ancienne «cheftaine». Il voulait mettre à la punir l'intransigeance et l'ardeur qu'il avait toujours mises à lui obéir.

À la grande surprise de tout le monde, Britt avait choisi de rester. Elle s'était toujours enchaînée à Noëmie sans se poser de questions, mais sa petite aventure avortée, si diaboliquement mise en scène par Thijs, lui avait prouvé que Noëmie ne l'aimerait jamais comme elle voulait être aimée. Elle voulait maintenant vivre sa propre vie, prendre ses propres décisions et retrouver la liberté qu'elle avait abdiquée depuis les beaux jours de Cologne. Elle voulait prendre une part active à la mise sur pied de cette commune démocratique dont parlaient Jack et Wana avec une ferveur irrésistible.

Le *Doktor* Prazec avait aussi choisi de rester. Son grand âge l'empêchait d'entreprendre une vie d'exil. La mort tragique de Pletschscy lui avait donné un choc dont il se remettait très mal.

Farah partait. Il voulait quitter *Verlorelei* depuis longtemps, mais Noëmie ne le laissait pas partir. Bien sûr il n'aurait plus Noëmie sur le dos, mais il ne voulait pas vivre dans une commune. Il avait envie de voyager. Il y aurait bien quelque part une clinique d'avortements qui aurait besoin de ses services! En attendant de se trouver un poste convenable, il irait à Paris! Il en avait assez de ces femmes parfaites... pour les autres! Il en voulait des «parfaites» pour lui!

Noëmie restait scellée comme une huître furieuse, mais on devinait dans ses yeux noirs tous les poignards de l'Argentine! Elle se retrouvait seule, plus seule encore qu'à l'époque des monologues délirants du *Doktor* Hertzmann, abandonnée de tous, elle qui n'avait jamais su s'abandonner, elle qui ne savait pas aimer... Elle restait là comme une bombe extrêmement puissante, capable d'anéantir la terre, mais toute contenue dans une petite boîte de fer froid aux yeux de feu noir... Elle était horriblement seule, comme une reine déchue devant ses sujets réunis! Sa mère était si loin... La Carlota n'existait plus! Pourquoi avait-elle un jour décidé de devenir Allemande... Même Britt l'avait trahie! La petite Brésilienne n'avait été que la goutte; le vase était prêt à déborder.

Les mutins voulaient continuer le commerce des enfants, mais en le contrôlant eux-mêmes, sans amour forcé, et surtout sans prétentions scientifiques... Ils n'avaient plus besoin d'elle! De toute façon, sans Pletschscy elle se serait agitée comme une mouche contre une vitre. La vision scientifique du *Doktor* Hertzmann n'avait jamais eu, pour Noëmie, la transparence qu'elle avait pour le *Doktor* Pletschscy, et la lecture de la thèse du père Guénette l'avait un peu détournée des véritables objectifs de *Verlorelei*.

Elle ne lâcherait pas! C'était certain! Mais on ignorait, pour l'instant, ce qu'elle inventerait pour essayer de ne pas perdre prise... Si elle partait, ce serait sur le sentier de la guerre; si elle restait... Non, c'était impossible pour elle de rester à *Verlorelei* sans en être la tête! Pour rien au monde elle n'aurait accepté de vivre en commune!

Quand Jack, poussé par tous ceux qui ne voulaient pas la laisser partir sans s'assurer qu'elle laisserait l'argent, lui demanda pour la vingtième fois de lui révéler le nom sous lequel elle gardait dans un compte suisse la fortune de *Verlorelei*, elle éclata d'un rire sadique et tragique à la fois.

— Personne d'entre vous ne pourra jamais toucher à ça!

Elle mettrait maintenant toutes ses forces à se venger, cruellement s'il le fallait. Elle irait jusqu'à s'acheter du temps de guerre pour reprendre *Verlorelei* de force ! Aussi rapide qu'une panthère, elle ouvrit toute grande la fenêtre circulaire et monta sur le rebord. L'épaisseur de mur lui permettait de se tenir recroquevillée dans ce demi-cercle. Elle menaçait de se jeter en bas. Son regard était insoutenable. Elle semblait sombrer à son tour dans le délire. Elle qui avait été le phare et la bouée rationnelle du *Doktor* Hertzmann, elle cédait à son tour à l'appel du mou, à l'abandon du fouet :

— *¡Inès! ¡No vayas a decir nada!*

On ne comprenait plus ce qu'elle disait. Comme un oracle dont le rite aurait exigé qu'il prenne la position d'un fœtus pour parler !... Mais elle pouvait tomber et emporter avec elle le secret qui priverait *Verlorelei* de tout l'argent qu'elle avait accumulé grâce au dépôt direct ! Elle était si petite que son corps ainsi plié aurait pu passer par ce demi-cercle. Personne n'osait l'approcher, la retenir : ses yeux ! Même coincée entre le mur et le vitrail, elle restait terrible ! Elle aurait pu crier encore qu'elle était la seule âme capable de poursuivre les expériences scientifiques de *Verlorelei*, mais tous ses interlocuteurs savaient maintenant qu'elle tenait plus aux revenus qu'à la pertinence scientifique des accouplements et des accouchements.

Elle ne parlait plus qu'espagnol et même Miguel ne comprenait rien à ce qu'elle racontait ! Elle avait fini par se jeter en bas ! Mais elle vivait toujours ! Elle avait les deux jambes cassées. On s'occupait d'elle à l'infirmerie ! On la soignerait tant qu'elle ne lâcherait pas le morceau... Ça semblait de moins en moins possible ! Elle délirait de plus en plus !

Bruno aurait tant de choses à raconter. Farah se mit à siffler un air connu. Yves l'accompagna bientôt, tout naturellement, sans réfléchir. Et ils entrèrent à Münster sans que le chauffeur n'ait pu desserrer les dents.

52
PARALLÈLES COURBES
(LAVAL, décembre 1987)

À gauche, les grandes fenêtres qui donnaient sur l'autre bassin lui empêchaient de voir où il en était rendu. Heureusement qu'à droite il y avait cette immense enseigne « Nageurs seulement » pour lui indiquer qu'il était temps de tourner. Il aurait pu compter ses brassées, mais il n'avait pas l'habitude de nager le crawl bilatéral. Il se l'imposait maintenant pour rattraper le temps perdu et pour retrouver son souffle. Son séjour forcé en Allemagne l'avait privé d'entraînement aquatique... On avait bien essayé de l'« entraîner » à la copulation contrôlée, mais sans succès, il s'était enfui avant qu'on ne réussisse à l'accoupler... et la rébellion menée par Jack Prance était survenue pendant qu'on le gardait sous surveillance, avant qu'on n'organise une nouvelle rencontre avec une « promise » parfaite, du point de vue de la génétique !

Johnny reprenait le collier. Il était encore temps de se qualifier pour les compétitions de l'été... mais il avait du pain sur la planche, des mètres et des mètres d'eau à voir glisser sous lui !... Et il se sentait particulièrement lourd : il s'en voulait d'avoir mangé tant de tarte aux pommes ! Madame Desjardins avait préparé un excellent souper pour les retrouvailles des aventuriers du voyage à *Verlorelei*... Les grandes idées et les émotions fortes y étaient peut-être aussi pour quelque chose. Le drame n'est pas bon pour les champions; un athlète qui veut réussir doit se tenir loin des cris et des larmes. L'eau seule avait le pouvoir de le purifier.

Pierre, lui, n'avait même pas vu *Verlorelei*, mais il ne s'en plaignait vraiment pas. Il préférait écouter Johnny raconter à sa façon, dans son franglais teinté d'un léger accent portugais, tout ce qu'il avait eu le temps de vivre pendant les quelques semaines de sa captivité.

— C'était du «traînement» ça aussi! disait Johnny au journaliste grâce à qui on aurait pu le délivrer, s'il n'avait pas eu, avant, l'occasion de partir.

— De l'entraînement! reprenait timidement Pierre, heureux de cette allusion intime que personne d'autre n'avait pu remarquer.

Bruno riait jaune. Quand Johnny annonça fièrement que les bourreaux de *Verlorelei* n'avaient pas réussi à l'accoupler de force, il aurait voulu rentrer sous terre... mais à quoi bon? Thijs n'y était pas! Qui d'autre qu'eux deux savait... quoi? Ils s'étaient vus nus. Ils s'étaient embrassés sans envie. Ils s'étaient efforcés tant bien que mal de faire semblant de faire l'amour!

Le rythme de Johnny s'était ralenti. Il aurait peut-être dû jouer plus juste; il aurait pu se laisser aller à aimer mieux Bruno, mais sa situation carcérale l'empêchait de s'amuser. Et de toute façon Bruno était tellement timoré qu'il n'aurait rien pu faire de plus. C'était tout autre chose avec Pierre! Depuis leurs retrouvailles miraculeuses à Amsterdam, une flamme plus ardente que jamais liait les deux amis. Pierre avait poursuivi Johnny dans Ochtrup, puis à travers toute la Rhénanie, mais comme il ne l'avait pas retrouvé, il avait décidé de retourner d'où il était venu. Brillante idée! Devant la gare d'Amsterdam, il avait rencontré Johnny, soleil éblouissant, transperçant la grisaille de novembre, dauphin dans toute sa splendeur, torpille, anguille ou loup marin, le nageur électrique vers lequel il avait eu l'impression d'être poussé par quelque force obscure de l'amour, comme s'il avait été aimanté à travers l'Europe du Nord.

Johnny se complaisait quand il pensait à lui-même : en se faisant un portrait tout doré, il incitait le destin à tourner en sa faveur, il accordait tout son être à ces images stimulantes... et Pierre, éternellement contemplatif, ne l'en aimait que plus ! Johnny sculptait son corps à l'eau et mettait tant d'énergie à hisser ses possibilités physiques au plus haut degré de la perfection qu'il n'avait jamais eu le temps de remarquer les autres. Il vivait dans les piscines depuis l'âge de huit ans ! Mais cette fois-ci, cette aventure l'avait réveillé : il avait vu qu'on s'occupait de lui, qu'on voulait partager ses peines et ses bonheurs. Pierre était là qui l'attendait. Depuis leur retour, il ne sortait plus ; il n'en sentait plus le besoin, puisqu'il voyait Johnny trois ou quatre fois par semaine, à des heures qui ne nuisaient nullement à son entraînement !

Pauvre Benoît ! Johnny frémit ; il « mourut » à son tour en abandonnant à l'eau, quelques instants, le poids de vivre. Il comprenait le suicide de l'adolescent de Laval, mais il s'en attristait aussi ! Il aurait bien aimé pouvoir consoler le jeune ami de Benoît et l'encourager à vivre !... Il était au moins heureux de savoir que Léa voyait encore Luc Moreau et qu'ils avaient ensemble des rapports d'amitié ! Johnny avait demandé à Yves d'inviter Luc, avec Léa et Sylvain, au lancement de la ligne de maillots de bains dont il voulait être le représentant officiel. Johnny ne se ferait pas prier pour exhiber sur les murs et les écrans son thorax aussi soyeux qu'une fesse de bébé et ses épaules démesurées. Il gagnerait peut-être enfin assez d'argent pour s'acheter une moto. Il acceptait tout ce qui favorisait son succès, même s'il fallait rendre Pierre jaloux !

L'était-il encore? Il avait du être quelque peu endurci par toutes ces épreuves récentes! Pauvre Pierre! Il n'avait pas la vie facile avec Johnny, mais il était si gentil, si patient...

Breton l'était beaucoup moins: il ne le lâchait pas d'une semelle depuis leur retour; il voulait tout noter ce que Johnny avait vécu... sauf bien sûr l'aventure secrète qu'ils avaient en commun. Bruno Breton voulait tout jeter à la gueule du public! Johnny n'était pas certain qu'il faille tout raconter... Une chose le rassurait: les patrons du journaliste étaient peureux!

Johnny éclata de rire. Des bulles montèrent en grappes le long de sa joue. Il revoyait Bruno raconter la scène de la salle de rédaction:

— Encore Bruno avec ses gros sabots! Y en a pas assez?

Bruno avait imité, la veille à table, le directeur de son journal qui avait dû se ronger les ongles jusqu'au coude avant de le bombarder de pareilles invectives. Il était averti: il ne fallait pas recommencer. Il n'y avait pas de place pour les revendications sociales dans les pages sportives! Johnny était assez d'accord avec cette affirmation. Le chef de pupitre n'avait pas l'intention de laisser s'infecter à nouveau l'atmosphère au journal, ni de vivre une autre fois l'embarras qu'avait causé Bruno Breton en critiquant ouvertement la politique des salaires de la Ligue nationale de hockey. Tout le monde savait qu'il fallait condamner ces abus, mais les pages du sport n'étaient pas destinées à de telles polémiques. Ni les «affaires sociales», ni la politique, ni la critique de l'économie capitaliste n'avaient leur place dans une chronique intitulée L'ÉCHO SPORTIF.

Devrait-il donner sa démission au journal pour suivre la piste sur laquelle le hasard l'avait lancé?... ou se taire pour garder sa place? Le scandale des bébés vendus

avec de faux papiers! Les enlèvements de jeunes athlètes et de jeunes ouvriers à travers le monde... et même
les évasions fiscales de Noëmie von Klapp auraient été
des sujets trop brûlants! Il ne fallait pas mettre le feu aux
pages sportives! Les querelles entre camps et entre par-
tisans dont elles étaient pleines comblaient déjà les besoins
d'agressivité «littéraire» des lecteurs.

Bruno avait pensé que le récit des enlèvements et
des expériences de *Verlorelei* pouvait intéresser les amateurs de sport, mais les dirigeants du journal préféraient
étouffer l'affaire pour ne pas se salir et pour ne pas alerter inutilement l'opinion publique.

Les trois derniers textes de Bruno n'avaient pas été
publiés. On les bloquait. Après la publication de son article intitulé «Assunçao séquestré», on lui avait même suggéré de revenir à ses entrevues de sportifs célèbres.

— Eux autres au moins, disait le directeur, ils décla-
rent des choses qui ne dérangent personne!

Encore des bulles! Johnny avait trouvé Bruno très
drôle en public... plus qu'en privé! Mais c'était maintenant décidé, Bruno Breton voulait recueillir les témoigna-
ges de tous ceux et celles qui avaient pu sortir de cette
inhumaine manufacture à bébés qu'était *Verlorelei*, de
même que ceux des «communards» comme Jack Prance.
Il essayerait d'entrer en contact avec Conrad Fisher en
Nouvelle-Zélande. Malgré la surveillance accrue de ses
supérieurs, Bruno mettrait tout en œuvre pour passer son
«message» au grand public. Mais comme il savait qu'il ne
pourrait plus lancer d'appels dans sa chronique, il cherchait frénétiquement des subterfuges à cette censure
absurde!... Ne devait-il pas plutôt écrire un livre là-
dessus? Le publier sous un pseudonyme? Il ne manquerait pas d'informations! Il connaissait maintenant tellement de gens liés de près ou de loin à cette affaire: Jack
Prance et garde Mac Lean parlaient l'anglais, la belle Wana
parlait le français...

— Et moi je patine dans les deux langues! pensa Johnny en piquant fermement du bras droit.

Il y avait aussi Liza van Openraam, la mère de Sylvain, qu'ils avaient connue la veille et qui devait en connaître beaucoup sur les premières années de *Verlorelei*, sur la genèse même du projet. Elle ne savait plus où était *Verlorelei*, mais elle avait quand même connu Britt et Noëmie von Klapp! Il était devenu impossible de trouver les formules du *Doktor* Hertzmann, mais Pletschscy avait-il vraiment englouti dans son bûcher toute la science du père des *Perlekinder*? Bruno avait des doutes. Il croyait qu'il était encore possible de mettre la main sur le secret des accouplements parfaits... Johnny s'en balançait! Il laissait ça au journaliste et s'enfonçait dans l'eau, toujours plus loin de ce cauchemar.

Il y avait bien sûr les frères et les sœurs de la nouvelle communauté de *Verlorelei*! Leur projet de démocratie érotique n'était pas banal. Bruno ne pouvait plus rester coincé dans cette gaine journalistique, muselé par l'insouciance de ses supérieurs... Mais avait-il le choix? Il se sentait dépossédé de ses écrits, comme l'était le père Guénette dont ils avaient tant parlé la veille.

Johnny aurait bien aimé le rencontrer, celui-là! Il n'était pas venu au souper. Yves l'avait invité, mais il était trop déprimé par la perte de sa thèse pour sortir. Johnny ne l'avait jamais vu, mais il savait maintenant que ce vieux jésuite l'avait suivi pendant les quelques semaines qui avaient précédé son enlèvement. Et c'était grâce à lui que Bruno avait pu suivre les ravisseurs et organiser la première tentative d'évasion. Johnny comprenait mal qu'on puisse être aussi affecté par la disparition d'un texte, mais il respectait le deuil que représentait pour ce savant le bûcher de Pletschscy... Il y avait pourtant ce bout de papier, seul vestige du passé de *Verlorelei*, retrouvé parmi les cendres et qui donnait une formule... incomplète, une partie de formule, mais personne ne semblait connaître les valeurs réelles symbolisées par les lettres grecques ou même les autres, et cet inestimable document restait un rébus :

$$\frac{A\gamma}{2\theta} = \mu^3 \leftrightarrow \theta = \frac{B\mu^2}{\gamma} \cdots$$

Léa était la seule à vouloir déchiffrer cette charade. Elle avait transcrit ces signes avec une grande précaution, presque religieusement, et elle se promettait d'arriver à comprendre ce que signifiait cette énigme génétique !

Johnny préférait l'eau tranquille de la piscine où il s'entraînait au fleuve impétueux dont Bruno Breton ne pouvait plus sortir. Il s'était un jour faufilé discrètement dans les douches d'un centre sportif pour avoir la chance d'approcher Johnny… et cette petite machination l'avait entraîné au bout du monde !

Il était légitime et normal que Bruno veuille parler, il se sentait tenu de le faire, mais Johnny aurait souhaité qu'il ne s'étende pas trop sur le passé et qu'il consacre plus de lignes à sa gloire future.

Publier un livre sur *Verlorelei*, c'était risquer le tout pour le tout. Il était peut-être plus sage de demander d'être muté aux affaires sociales et d'attendre qu'il y ait une place avant d'entreprendre ce récit troublant. Jamais conte d'enfant n'avait semblé plus alarmant ! *Perlekinder ! Verlorelei !* Noëmie von Klapp ! Des mots exotiques !

Quelle histoire ! Mais Johnny pouvait-il avoir une destinée en ligne droite, sans détours, comme celle dont rêvait pour lui son père ? Sa trajectoire semblait toujours se perdre à l'horizon, comme ces lignes de tuiles bleues qui sectionnent en couloirs la masse d'eau contenue dans la piscine : on les voit s'embrouiller devant soi, vers la partie profonde de la piscine… On a beau faire des projets, on ne sait jamais ce que la vie nous réserve, on ne sait jamais ce qu'on va devenir !

Johnny voulait avoir des enfants. Il le savait d'instinct, même si sa vie ne lui avait donné qu'une seule fois, à la naissance de son frère Carlos, l'occasion d'entrer en contact avec la divinité des petits. Il se voyait très mal en papa de pouponnière, mais il était certain qu'il pourrait faire un excellent compagnon, un guide et un protecteur pour un enfant qui serait à lui... et à sa femme!... Il faudrait donc qu'il en vienne un jour à quitter son ami Pierre! Le faudrait-il vraiment? Les « histoires » l'avaient toujours terrifié: il fuyait depuis toujours toutes les querelles, les esclandres de son père, les jérémiades et les malédictions de sa mère, les mille complications de la vie quotidienne... Là, dans ces limbes aquatiques où son corps arrivait à se tailler un chemin bien droit malgré l'incurvation des lignes bleues, il n'entendait plus que le clapotis et l'explosion des bulles qui sortaient de sa bouche.

53
TERRYBLE!
(CHICKENDOWN, décembre 1987)

On entendit le cri de Belinda jusque dans l'aérogare. Tout Chickendown fut saisi d'horreur en même temps. Comme une torpille lancée sur un sous-marin communiste égaré en eau claire, Gallaway bondit de son fauteuil... puis il se figea, pâlit, saisit mollement les bords de son bureau pour ne pas s'écrouler, et murmura: «Terry!». Lacroix le poignarda du regard. Il savait très bien de quoi il s'agissait encore!... Si elle n'avait pas été la fille du général, il l'aurait probablement fait enchaîner, pour qu'elle cesse de nuire au bon fonctionnement du camp. Le projet *Red Germ* était sur le point d'être enfin exécuté. Il ne fallait surtout pas qu'une «bibitte» indésirable le retarde par ses machinations absurdes!

En trois semaines elle avait bouleversé la vie à Chickendown, tout était sens dessus dessous! Chaque tâche qu'on lui assignait devenait une menace pour la sécurité du camp... et même quand on ne l'enchaînait pas à une tâche précise elle trouvait le moyen d'attirer l'attention de tout le monde en tramant toujours quelque plan diabolique. Elle n'était pas «du monde»!

Le maïs était calciné. Terry devait surveiller la cuisson et remuer souvent, mais elle avait été distraite par un calendrier illustré, elle avait voulu voir les autres mois de Disneyland. Elle n'avait pourtant rien fait d'autre que rêver, mais le maïs était noir. Les petits grains devaient dorer doucement sur le feu.

— Tu as les narines pleines de coton! dit Belinda. Moi je l'ai senti jusque dans le garde-manger!

Sa spécialité texane était gâchée. Belinda fulminait. Il fallait qu'elle retombe vite sur ses pattes et qu'elle trouve autre chose, rapidement, pour remplacer son *Cowboy delight*, le plat préféré du général.

Terry n'avait pas plus de succès à la cuisine qu'ailleurs. Il fallait pourtant la garder constamment sous surveillance. Par ordre du général. Mais Belinda craignait de se faire encore engueuler par Lacroix parce qu'elle avait laissé Terry toute seule pendant quelques minutes. Il ne s'agissait pas seulement de l'empêcher d'improviser ses «coups» — chacune de ses initiatives, même dans la plus quotidienne banalité, devenait vite un *putsch*, une déstabilisation majeure! Elle tenait ça de son père! — il y avait plus: il fallait la protéger contre d'éventuels ravisseurs!

Qu'elle fasse sauter des mines dans le champ de manoeuvre, qu'elle essaye de sortir un hélicoptère, qu'elle joue avec l'ordinateur stratégique, tout cela avait maintenant moins d'importance, pour Gallaway, que la «garde» de sa fille. Ni lui ni elle n'avaient le sens de la famille; ils avaient été piégés: l'habile stratège de ce coup, la subtile «ourdisseuse» de cette invasion de Chickendown par une petite peste armée d'une trop vive imagination, l'intelligence centrale ici avait été Rita.

Ni son amant ni elle ne pouvaient supporter Terry un jour de plus. Ils avaient essayé de la placer dans des écoles privées, mais elle ne restait jamais plus de quatre mois à la même place. Il y avait bien la *Fuller Free School* qui acceptait de la prendre, mais Rita tenait à ce que ce soit une école catholique.

Mother Angela de la *Holy Cross Girls School*, une lointaine cousine de sa mère, lui avait même écrit une lettre pour lui dire que dans sa longue carrière d'éducatrice elle n'avait jamais vu un cas pareil.

Le sociologue de Rita avait été poussé à la limite. Terry l'avait conduit jusqu'au point tragique de l'ultimatum : « Ta fille ou moi, choisis ! » Elle avait « rangé » dans un ordre irréversiblement anarchique des dossiers qu'il avait laissés sur sa table de travail et qui, en plus, n'étaient malheureusement pas paginés ! Elle avait saccagé sa culture organique de tomates, mis en miettes les faux Ming du salon ! Rien ne lui résistait, et les jeux qu'elle inventait s'avéraient toujours destructeurs et funestes.

À quatorze ans elle était déjà une terreur nationale. Gallaway ne pouvait pas la placer, lui non plus. Elle était connue et redoutée partout.

Il n'y avait donc qu'une seule solution, la garder avec lui à Chickendown, parmi les mercenaires. D'une certaine manière Gallaway était heureux de la retrouver. Il avait toujours gardé au fond de son cœur une petite place pour la chair de sa chair, pour cette enfant que Rita lui avait enlevée en partant au bras de son sociologue aux cheveux longs.

Le général se sentait un peu coupable de ne pas avoir été plus disponible à l'époque de leur vie commune. Il était trop préoccupé par la mise sur pied du camp de Chickendown, le recrutement du personnel, en même temps que par la passation périlleuse de ses pouvoirs administratifs au sein de *Castle Shoes Inc.* Ses stratégies financières et militaires l'avaient éloigné de la petite Teresa qui n'était encore qu'un bébé à cette époque-là.

Maintenant, au grand désespoir de Lacroix, il était prêt à l'aimer mieux, mais il devait la fuir. Sa propre fille le terrifiait!... Elle l'embrassait souvent, mais elle ne se contentait pas du front ou du nez, elle allait plaquer sur la bouche de son père des baisers humides tellement engageants que le général en restait chaque fois bouche bée.

— *Daddy! Give me your tongue!* lui avait-elle une fois glissé à l'oreille. Il en avait été estomaqué.

— C'est une grosse nature, avait dit Lacroix en la voyant! Il va falloir se méfier! Elle pourrait être dangereuse!

Les deux seules autres femmes du camp étaient la secrétaire-réceptionniste et Belinda, la cuisinière. Terry aurait pu être l'objet de bien des désirs, elle aurait même pu être victime de bien des assauts, mais elle prenait tellement de place et elle avait une présence tellement électrisante qu'elle glaçait tous ceux qui osaient l'approcher. Son moindre geste, sa moindre parole castraient d'avance ses prétendants potentiels. Était-ce l'air du Montana? Était-ce le sang latin de sa mère? Était-ce un libéralisme et une désinvolture hérités de son père? Elle était sauvage! Et Lacroix la trouvait indécente, aussi bien dans l'intimité des appartements de son père qu'en présence des « hommes ».

Elle avait déjà mis son talent de strip-teaseuse à l'épreuve... dans la cafétéria! Lacroix l'avait arrêtée juste à temps, juste avant qu'elle n'enlève son soutien-gorge: les seins d'une adolescente auraient eu trop d'effet sur les soldats, d'autant plus qu'ils étaient en pleine période de réclusion. Une telle vision aurait pu avoir des conséquences néfastes sur le programme « d'énergisation » que Lacroix imposait toujours à ses mercenaires pendant la préparation d'une campagne. Sans une concentration absolue, Lacroix n'aurait jamais pu tenir aussi serrées les rênes de son « char d'assaut » fait de chair et d'os. Il le menait si bien que Gallaway aurait pu prendre le temps de rêver, de s'amuser à jouer son rôle de père... et lui laisser la responsabilité de mener ses troupes à la victoire! Malheureusement, Terry ne jouait pas le rôle qu'on attendait. Elle embrouillait tout! Elle pulvérisait toutes les idées reçues. Elle était extrêmement indépendante et sauvagement affectueuse. Elle correspondait si peu à l'image que Gallaway s'était faite de sa progéniture, qu'elle rabattait sa crête et décevait ses aspirations paternelles. Il était donc pris avec elle, sans pouvoir l'approcher, sans pouvoir l'écarter!

Rita l'avait prévenu: s'il ne prenait pas la charge de sa fille, elle demandait le divorce. Et c'est ce que Gallaway voulait éviter à tout prix! Il n'avait toujours été que l'administrateur de la fortune de son beau-père! Il avait bien essayé d'acheter des parts dans *Castle Shoes Inc.*, mais tout ce qu'il avait obtenu de son beau-père en quittant son poste, c'était le maintien de son salaire! Heureusement pour lui, des circonstances favorables lui avaient permis de faire à plusieurs reprises de discrètes évasions fiscales... Tant qu'il était le mari de Rita, le vieux Castellano lui versait sa part du revenu familial. Il respectait le militarisme ardent de son gendre et, malgré sa réticence à se défaire d'un aussi bon vendeur, il avait encouragé Gallaway à fonder Chickendown. Après tout, si la chaîne de magasins allait si bien, c'était surtout grâce à Gallaway.

Mais le vieux Castellano restait ferme sur ses principes. Que sa fille vive avec un autre homme ne le dérangeait pas vraiment, mais un divorce aurait renversé l'ordre établi de son empire. Rita savait bien que son père s'opposerait à son projet, mais sa décision était prise. Elle se sentait maintenant capable de lui tenir tête. L'éventualité d'avoir à garder Terry avec elle au Montana lui injectait des forces surhumaines. Elle savait aussi que Gallaway était prêt à tout pour ne pas divorcer. Elle en profiterait.

— S'il prend la petite, je reste mariée!

De son côté, le sociologue faisait des pieds et des mains pour que Rita demande le divorce. Il était prêt à enlever Terry, à la ramener de force au Montana pour inciter sa maîtresse à mettre son plan à exécution. Lui aussi convoitait la fortune de Rocco Castellano. Le jour de l'arrivée de Terry à Chickendown, Lacroix savait déjà qu'elle allait leur mettre les bâtons dans les roues. En effet, dès le lendemain elle avait essayé de sortir un hélicoptère de l'aérogare; elle avait sérieusement endommagé le bâtiment et l'appareil!... De jour en jour, les craintes de Lacroix se vérifiaient: elle devenait un fardeau pour tout le monde. Il ne fallait pourtant pas qu'elle les retarde. Le contrat qu'ils avaient avec le ministère de la Défense exigeait que l'opération *Red Germ* soit terminée avant l'été.

Il n'y avait vraiment plus de temps à perdre! Il fallait organiser au plus vite le transfert des hommes en territoire européen et frapper au bon moment. Il fallait agir promptement et précisément. Pour une fois que Gallaway travaillait officiellement — ou presque! — avec les dirigeants des forces nationales, il fallait faire vite et bien; il fallait mener ce projet de manière exemplaire! Ils avaient carte blanche pour l'organisation de la campagne, mais ça risquait d'être une opération fort délicate: anéantir, sans laisser de traces, un camp d'enfants, semblable à celui qu'ils avaient détruit en Thaïlande, caché dans une forêt du nord de l'Allemagne.

Ils avaient obtenu ce contrat grâce à l'intervention de Jay Lopez, d'une part, mais aussi grâce aux informations qui leur avaient été fournies par Yanantha.

D'abord Lopez. En découvrant, grâce aux confidences d'un couple de ses clients, l'existence du *Utah Baby Factory*, il avait compris qu'il était dorénavant inutile de lutter contre ce fournisseur subventionné par l'État, qu'il serait de plus en plus difficile d'écouler ses

Sud-Américains. Un petit employé de l'ASS, ancien repris de justice, n'était pas de taille. Il fut donc tenté par la pirouette légale. Ce qu'il restait en lui de l'avocat ne put résister à cette idée : abandonner son bureau à l'*American Adoption Society* et se recycler pendant qu'il en était encore temps.

Il avait dû engager des gardes du corps : il savait qu'il serait poursuivi par les hommes de Zorrito et il craignait terriblement la vengeance de ce Péruvien qu'il avait entraîné à abandonner le trafic extrêmement payant de la cocaïne pour faire « la passe du siècle » en vendant des enfants. L'aventure de l'adoption les avait éconduits tous les deux, mais Lopez avait maintenant trouvé une voie de sortie des plus élégantes... On avait peut-être détruit pour rien le camp thaïlandais !

Après avoir cru découvrir la source de ses problèmes d'écoulement d'enfants en découvrant l'existence du UBF, Lopez se rendit à Eureka pour rencontrer les responsables du projet. Il fut stupéfait d'apprendre que ce laboratoire « national » n'avait pas mis plus de cinquante bébés sur le marché au cours de l'année. Il se trompait encore. La compétition ne venait pas plus du Utah que de la Thaïlande ! L'ennemi était ailleurs !

Les scientifiques du UBF rencontraient les mêmes difficultés que lui à Los Angeles. Ils étaient obligés de réduire la production parce qu'ils n'arrivaient pas à écouler assez de bébés pour rentabiliser l'entreprise. Sans les subventions gouvernementales, ils auraient été, depuis longtemps, contraints de fermer les portes du laboratoire d'Eureka. Mais Lopez était rapide : il avait convaincu les autorités du UBF d'investir dans la lutte contre ce compétiteur-mystère, qui devait sûrement être communiste, et de l'aider financièrement pendant qu'il se chargerait de localiser cet ennemi de l'Amérique !

Le UBF jouissait d'une position de faveur au Conseil des sciences, il était normal qu'il soit épaulé par les autorités civiles et militaires, mais la nature de sa production rendait l'engagement de l'armée officielle très problématique. C'était une position très délicate! Lopez avait prévu le coup: il leur proposa d'engager les mercenaires du général Gallaway. Le marché du UBF serait protégé et le Pentagone n'aurait pas à se mouiller dans une autre affaire aussi coûteuse que douteuse en territoire étranger.

Le point culminant de cette progression était peut-être l'effet du hasard. En effet, quand Lopez s'était présenté à Chickendown, Gallaway savait déjà qui était l'ennemi. Il connaissait l'existence du fournisseur invisible. Il avait reçu une lettre d'un dénommé Yanantha qui lui décrivait les pratiques scandaleuses de Noëmie von Klapp et qui l'exhortait à intervenir pour mettre fin à cette tyrannie inhumaine.

Devant l'inaction du père Guénette, Yanantha s'était décidé à enfin prendre personnellement contact avec le général Gallaway. Il connaissait Chickendown grâce aux informations qu'il avait obtenues d'une cliente américaine à laquelle il avait prédit un déménagement et dont le mari avait effectivement quitté les rangs d'une troupe de réserve en Allemagne pour aller s'engager à Chickendown. Il connaissait aussi les obsessions militaires et la phobie du communisme des Américains. Il écrivit donc une lettre enflammée dans laquelle il démontrait en peu de mots à quel point la présence des soldats de Gallaway était devenue nécessaire dans la forêt de Teutoburg d'où les communistes de Noëmie von Klapp s'apprêtaient à envahir l'Europe de l'Ouest.

Verlorelei était le nom de l'endroit. Jay Lopez venait de trouver, dans le bureau de Gallaway, la réponse qu'il imaginait devoir chercher longtemps. Il fallait les abattre comme on avait abattu Tian Zi! Mais en territoire européen, c'était plus difficile!

L'appui financier du ministère de la Défense donnait pourtant un regain d'énergie au projet initial. Ce que Yanantha proposait était intéressant, mais il n'offrait pas assez d'argent. Chickendown y aurait été perdant. Avec les renforts officiels de Jay Lopez, c'était une autre affaire!

La campagne de Thaïlande avait maintenant des suites. Jay Lopez avait proposé à Gallaway de devenir son agent permanent, d'organiser et de promouvoir la vente de ses services militaires, de lui trouver des clients et des causes payantes. Le général avait promis de lui donner une réponse au retour de la campagne *Red Germ*. Il voulait prendre encore un peu plus de temps pour réfléchir.

Lacroix n'aimait pas beaucoup les manières trop cavalières de Lopez, mais il reconnaissait son talent de vendeur. De toute façon, dans l'état de fébrilité où se trouvait Chickendown, il était bien plus préoccupé par les extravagances possibles de Terry que par la présence d'un tiers entre le général et lui.

— Mais mon cher *Tigerblade*, lui disait Gallaway, il va falloir amener Terry avec nous! Je n'ai pas le choix! Si on la laisse ici, elle est bien capable de faire sauter la place!

— Je ne réponds plus de rien! Si cette peste nous suit jusqu'en Allemagne, nous courons à notre perte! Tout ce qu'elle touche tourne à l'horreur!

— C'est une enfant!

— Justement! Les enfants sont souvent monstrueux!

L'énervement de Lacroix était proportionnel aux efforts qu'il avait mis à la préparation de cette campagne. Tout était prêt. L'hélicoptère battant pavillon américain pouvait mouiller dans les eaux de la mer du Nord. On survolerait les Frises et le nord de la Rhénanie pour attaquer *Verlorelei* en longeant l'Ems. Il fallait cependant que toutes les manoeuvres soient prêtes et que l'assaut soit presque silencieux. Aux yeux du Pentagone, la République fédérale d'Allemagne était une terre annexée à l'empire américain. La destruction de ce laboratoire demandait donc beaucoup de doigté et de nombreuses précautions. Qu'elle soit déclenchée pour sauver les intérêts de la science américaine ou seulement pour étouffer dans l'oeuf un repère de communistes, cette campagne poussait Lacroix au paroxysme de l'élan viril.

Gallaway semblait moins motivé. Il en avait assez de cette guerre de l'adoption ; il aurait préféré des manoeuvres de déstabilisation politique comme ils avaient l'habitude d'en faire. Et cette association avec ses anciens supérieurs lui rappelait trop son service militaire. Il se sentait diminué de ne pas être le seul chef.

Mais Lacroix avait su éveiller la fureur anticommuniste du général :

— Regardez bien les noms des savants mentionnés dans la lettre de Yanantha : Pletschscy, Prazec, Lievanov...

— Et Mac Lean ? dit brusquement Gallaway.

Il restait étrangement inflexible aux habiles allusions de Lacroix, mais celui-ci redoublait d'ardeur.

— Je suis convaincu que ce laboratoire est infesté de « rouges » ! Sa position géographique est très avantageuse ! Les bébés sont une couverture ! En réalité, c'est peut-être de là que se prépare la grande invasion !

— La peste rouge..., murmura Gallaway.

Il commençait à reprendre goût à la guerre... Lacroix sourit imperceptiblement. Le seul problème restait Terry ! Le général était maintenant enchaîné à sa fille, l'indésirable Teresa !

Il ne restait plus qu'une heure avant le repas. Terry pelait des pommes de terre sous la surveillance très serrée de Belinda qui grillait des poulets en grognant. Elle aurait souhaité la voir bouillir en cubes, la fille du général!

Comme une bombe inattendue, comme un colis piégé, l'enfant de Gallaway, sans le savoir, vengerait par ses extravagances les victimes vietnamiennes et cambodgiennes de son père.

54
RECOMMENCEMENT
(LAVAL, décembre 1987)

Luc survécut, mais il perdit son frère de sang. Après quelques semaines de convalescence, il apprit que le père de Léa était revenu bredouille. Il trouva la force de prendre la plume et de lui écrire une lettre d'encouragement, mais comme il avait appris aussi que Léa caressait le projet de partir à son tour pour *Verlorelei*, il y glissa quelques remarques personnelles qui laissaient transparaître son changement d'attitude à l'égard de cette autre enfant parfaite avec laquelle il avait mis du temps à se découvrir des affinités.

Chère Léa,

C'est désarmant. Voilà le mot le plus fort que j'ai trouvé! Désarmant d'avoir perdu Benoît sans pouvoir le suivre sur cette «île» où il est maintenant sans moi. Désarmant aussi que vous n'ayez rien pu tirer de cette clinique allemande!... Mais le plus désarmant, c'est de savoir que tu veuilles aller là-bas avec la mère de Sylvain! Qu'est-ce que vous feriez dans cette commune? Ce serait vous jeter dans la gueule du loup! Tu as plus d'avenir ici. Quant à elle, même si le CAMP ne lui a pas encore siphonné toutes ses énergies, il ne lui reste qu'une moitié d'espérance de vie : elle doit avoir au moins quarante ans d'après ce que Sylvain m'a dit ! Il a d'ailleurs été très gentil de venir me voir l'autre jour et de m'apporter un petit cadeau. Remercie-le encore pour moi !...

Je pense que tu t'illusionnes sur cette «ressemblance» que tu crois déceler entre elle et toi ! Quand on recherche ses origines, on est prêt à se jeter sur n'importe quel radeau, même s'il est promis au naufrage. J'ai compris ça avec Benoît !... Laisse-moi te dire, Léa, que nous avons bien plus de choses en commun, toi et moi, que tu peux en avoir avec elle. Notre solitude nous rapproche. Libère-toi de l'obsession de tes origines ! Ce n'est pas un conseil que je te donne, c'est un souhait que je formule, parce que j'ai envie de te savoir heureuse ! Il y a partout des enfants abandonnés, des parents tués, des peuples morts de faim ! Nous ne sommes pas les pires !

Moi je reprends le goût de vivre. Férocement ! Je sais qu'ensemble nous aurons la force d'écraser les tanks de la bêtise adulte ! Ensemble nous ferons sauter les derniers murs, les prétextes officiels de l'égoïsme des plus fortunés ! Ensemble ! Un seul anneau, l'alliage pas savant mais sauvage de tous les métaux, de toutes les races, de l'ivoire et de l'ébène, du café, de la pêche et du chocolat ! Ensemble nous marierons toutes les saveurs et nous dégusterons tous le festin des nations ! On fêtera la mort des différences, des prétentions nationalistes et des patriotismes. On les aura !

Je crois à l'avenir ! Lâche la science, Léa ! Réunis tous les ESP du RESP, fais une réunion comme tu aimes les faire, et décidez ensemble de ne plus chercher vos vrais parents ! Consacrons-nous à l'identité nouvelle ! Ça n'est pas parce que vous êtes orphelins, si j'ose dire, que vous devez avoir des vies vides ! C'est en tant qu'enfants libres que vous devez plutôt vous exprimer ! Si je cédais à la tentation de te taquiner un peu, je dirais : fondons un

Syndicat des Enfants libres, le SEL... et notre soupe aura du goût! Ou bien réunissons tous les Amis du Monde entier et fondons l'AME!

Il ne faut pas qu'une force commune soit basée sur des critères limitatifs. À quoi te servirait de savoir que tu es la fille d'un chanteur péruvien et d'une paysanne coréenne, ou d'une athlète camerounaise et d'un mineur écossais? C'est du délire! J'en ai tellement fait des suppositions semblables avec Benoît! Ça n'a rien donné... Ça l'a troublé davantage!

Soyons ce que nous sommes, simplement! Maintenant, c'est mon souhait le plus cher! Moi, il faudra que je le sois pour deux! J'ai «tué» Benoît, je l'ai poussé dans ce fleuve de recherche insensée! Il aurait pu pardonner à ses parents Lacasse et les aimer quand même, comme il les avait aimés avant!... Mais nous avions décidé de mourir ensemble! C'était peut-être une folie, mais nous ne voyions pas d'autre solution. Malgré moi, je l'ai trahi!... Maintenant je ne pourrai jamais plus l'oublier... Et je deviendrai un écrivain, même si ma poésie doit faire sourire!... Tu verras! En attendant, j'aimerais beaucoup que tu restes ici, qu'on se revoie souvent... Fais attention à cette passion du passé; elle est meurtrière... Restons en vie!

Ton ami si tu veux,

Luc Moreau

Il posa sa plume et regarda dehors. C'était l'hiver: il pleuvait sur la neige sale et Laval scintillait de partout, éclairée des couleurs crues qu'on ne sort qu'à Noël pour fêter — quelques-uns s'en souviennent! — la naissance de l'Enfant-Dieu! Il entendit le train rouler ses tambours sourds en passant sur le pont. Le monde est aussi grand que la vie qu'on y met. Le temps ne compte pas quand on en crée le sens.

Achevé d'imprimer à Montmagny
par les travailleurs des ateliers Marquis Ltée
en novembre 1987